火狩りの王

〈四〉星ノ火

日向理恵子

角川文庫
23537

人の子の罪に　野はあえぎ

神々の過ちに　星は燃ゆ

いまや　なべて生けるものの臨終なれど

狩り人よ　この苦しみの畑に

日々を身籠る光の穂を刈れ

目次

第七部　野辺の道

第八部　地の迎え火

登場人物

灯子　十一歳の少女。自分をかばって命を落とした火狩りの形見を家族にとどけるため、首都へ向かう。

煌四　首都に暮らす十五歳の元学生。油百七の元で、雷火の研究を行う。火狩りを父に持つ。

かなた　灯子が出会った火狩りが連れていた狩り犬。火狩りとともに行動し戦う。

緋名子　煌四の妹。胎児性汚染により生まれつき病弱。体に大きな異変が起きた。

明楽　流れ者の女火狩り。困難をこえていく力量の持ち主。狩り犬はてまり。

火穂　厄払いの花嫁として村を出された。回収車で灯子と出会う。

照三　回収車の乗員。灯子たちを首都に連れて行くとちゅうで大けがをする。

クン　〈蜘蛛〉の子ども。森に捨てられていた。

炉六　島出身の凄腕の火狩り。狩り犬はみぞれ。

油百七　燠火家の当主で偽肉工場の経営者。煌四に雷火による武器開発を指示。

綺羅　燠火家の一人娘。美しく聡明。

火華　油百七の妻。年齢不詳の妖艶な夫人。貧民区の出身。

ひばり　神族。風氏族に属し、人間を監視するしのびを自在に操る。

瑠璃茉莉　神族。木氏族に属し、植物を操る力を持つ。

シュユ・キリ・ヤナギ・クヌギ　首都の隔離地区に住む木々人たち。くれは燠火家の使用人だったが、行方知れずとなった。

第七部
野辺の道

一　満ち潮

日は大きくかたむき、世界そのものがぐったりとかしいでいるかに感じられた。水は絶えず揺れ動く。空に蓋をする雲に、山のほうへ位置をずらした太陽の光がおぼろに照って、空いちめんが銀色に染まっている。体をとりまく海の中は、空とは裏腹に黒々としていた。あと数時間もすれば暗さを引きよせはじめる沖の空からではなく、夜はじわじわと、海の底から吐き出されつつあった。

音が感覚を支配している。波の揺らぎが耳にも皮膚にも絶え間なく響き、自分が息をつぐ音すら、異様に大きく感じられた。

黒い森から海へ出て、首都へもどる。　黒い森と工場地帯をへだてる急峻な崖は、海の間際までつづいている。人工的な壁にさえ見える崖のむこう、工場地帯側には、調査船が乗り入れるための巨大な水路が横たわっているのだった。崖にはばまれて陸路で首都へ入ることはできないが、陸地を左手に見ながら海を泳いでゆけば、工場地帯に近づくことができる。ただし、潮の流れに注意していなければならなかった。潮の引く時間になれば、海から首都へはおろか、陸地自体に近づくことが困難だ。

森に残った灯子たちは、もう虫を見つけただろうか。〈蜘蛛〉が毒虫で操ったために炎魔の数がすくなくなっているとはいえ、煌四たちはわずかのあいだに三匹の獣と行きあった。灯子が怒りをあらわに言ったとおり、だれよりも強いのだと信じてきた煌四たちの父親も、森で炎魔の歯牙にかかって死んだのだ。明楽の鎌で切りぬけられることを、祈るしかなかった。かなたが全員を守りぬいてくれることを。

暗い色をした水がうねる。煌四は、森で寄せ集めた木の束につかまって泳いでいた。炉六に指示されて乾いた枝を集め、縛っただけの急ごしらえのものだが、どうにか水に浮かべることができ、細い枝や木の断面に顔や手を引っかかれることに耐えれば、危なげながらもつかまっていることができた。気休め程度の救命具だが、とにかく指先にすがるものがあるということが、煌四が水の中であわてふためくのをかろうじてふせいでくれていた。

煌四は毎日、景色の中に海を見ながら育った。坂になった町のいたるところから、学院の窓から。……しかし、海へ入ったことはなかった。工場からの廃液で汚染された海は、個人が魚を獲ることさえ禁止されている。その水にふれることすら、煌四にとってはいまがはじめてだった。

片腕を使えなくなった火狩りも、その狩り犬も、揺れ動く水中を器用に泳ぎ進んでゆく。そのうしろを、煌四は必死についてゆこうとしていた。が、身動きはことごとく波の複雑な揺れに左右され、自分がまともに進んでいるのかどうか、確信を持つことがで

きない。呼吸も思うようにできない海の中で、水にあらがわずにいれば潮が勝手に運ん
でくれるという炉六の言葉だけが、しびれる頭の芯に残っていた。

陸へむけてふくらんでゆく水の動きに乗って水路へ入れば、首都——工場地帯へたど
り着く。排水口が無数に穿たれた護岸が近づいてくる。ごぼりという音を耳がとらえて、
もう何度めかで、頭が波の下へ沈んだ。あわてて、木の束にしがみつく。が、力をこめ
るとたよりない道具は煌四の体重を支えることができず、かえって水の中へ投げ出され
そうになった。

眼鏡をはずしているうえ、水中ではほぼものを見ることができないが、それでもここ
へ来るまでに、人の形をしたものをいくつか、見た気がする。だれであるのかわからな
い人の影は、暗い水の中を、さらに暗い深みへむかって、ゆっくりと漂い去っていった。
死者の記憶がためこまれてゆく海。火穂はその死者たちの守り神を、実際に見たのだ
と言っていた。守り神に宛てて灯子が手紙を書いたのだと、だから首都へ来られたのだ
と。

ひときわ大きな水路へ入る。護岸の側面に幾すじかの配管が走っている。いまは南方
へ旅立っている、調査船のための係留運河だ。かつて炉六も、船に忍びこんでここから
首都へ入ったのだろう。

水路の先には調査船の格納庫が、錆も汚れもあらわに、鉄骨をむき出しにした金属の
腹の中身をごっそりと見せてそびえている。

護岸に打ちこまれた梯子をのぼって水路から脱出すると、全身へ一挙に重みがのしかかった。舗装の上へ炉六がひざをつき、深く呼吸しながら周囲へ視線をやる。あたりに人の気配はない。

肺がもっと空気をほしがっていたが、煌四は舗装のふちへかばんをおろして、ふたたび梯子をおりた。前脚で水をかいているみぞれの胸の下へ腕を入れ、かかえあげる。十段ほどの錆びた鉄の梯子が、濡れた犬の重みのぶん、ぎしぎしとてのひらに食いこんだ。綺羅にさえなつかないくせをして、みぞれは主のもとへたどり着くまで、煌四におとなしくかかえられていた。

身をふるって水を飛ばす犬のほかに、工場地帯に動くものはない。

「……いやなにおいだ」

炉六の声は、船が留守にしている水路の空間に、すみやかに消えた。狩人は犬のかたわらに立ちあがる。そのひざがしなやかに動くのを、煌四は驚嘆をこめて見やった。こちらはまだ呼吸も整わず、濡れた衣服とひえた体が地面へへばりつこうとするのを持ちこたえるのに精いっぱいだ。

それでもどうにか体を起こして眼鏡をかけ、炉六とみぞれが物陰に身を隠すのについていった。かばんの中身もずぶ濡れだった。帳面の中へ隠した母の手紙も、溶けたインクにまみれてもうだめになっているだろう。空の雷瓶に封じた願い文だけは無事だ。

工場はどれも仮死状態にあった。船祭りの時期をのぞいて止まることのない機械群が、

帯に沈殿している。

　重く沈黙している。　鉄骨や煙突がかしぎ、建物の骨組みがむき出しになっているのが遠くに見える。ちぎれた金属製のロープが、鉄塔に引っかかって垂れさがっている。——これがすべて〈蜘蛛〉に力を貸し、人間たちがしこんでおいた火の種によるしわざなのだろうか。

　生々しい破壊のあとも、野ざらしにされた悲しい骸のように見えた。破壊をまぬがれた建物や巨樹がそれらを見おろす。じっとりとした熱気が、いまだに空気の中に残っていた。

　ここに、いったいどれほどの者が生き残っているだろう。……

　炉六が短いため息をつく。無残なありさまの工場地帯に呆然としていた煌四は、視線を無理やり目の前の火狩りへもどした。

「やれやれ、また神宮まで行かねばならん。せめて明楽たちがもどる前に、こちらにまた火の手があがることがないようにしてやりたいところだが」

「いまは……どこかが燃えているようすはないですが」

　人体発火をかかえているのは人間だけでなく、神族もまた火に近づけば発火を起こす。あらゆる手を使って、火種をつぶしてまわっているにちがいなかった。煌四が視線をめぐらせようと頭をあげると、耳の奥がかすかに痛んだ。耳に水が入っている。

　静かだ。風もなく、排煙のとぎれた空を飛ぶ鳥もなく、膨大な重みの空気が、工場地

炉六のかたわらですました顔をしていたみぞれが、ぴくりとどこか一点へ意識をむけた。犬はほっそりとした鼻面に鳴き声をふくませると、主を見あげながら一歩かだそうとする。炉六は問いかけるようなまなざしを犬にむけ、煌四にはわからない短いやりとりをかわした。

「人の声がするな」

炉六が言ったが、煌四にはなにも聞こえない。

「神族か〈蜘蛛〉か、それとも〈蜘蛛〉のまねをして火をつけてまわっている人間かはわからんがな。なににせよ、見つかっては面倒だ——おい、みぞれ。行くな」

前へ進もうとする犬を、炉六が低めた声で呼び止めた。みぞれは、不服そうな顔を一瞬だけふりむけ、踏みとどまる。

火狩りは自分の狩り犬の頭を左手でなでると、背すじを伸ばして煌四を見おろした。

「二手にわかれるぞ。あの木々人の娘が負傷した火狩りたちをたすけているとすれば、回収車の格納庫付近のはずだ。あの一帯の火はトンネルをふさいだ神族によって消されていただろうし、けが人を大量に移動させることはできんからな。お前の妹もいっしょにいるだろう。探して、見つけてこい」

でも、と出かかった言葉は、相手の鋭い眼光にひしがれて形にならなかった。炉六の視線にこもる重さは、煌四の意思など簡単に押しつぶすほど威圧的だった。

「願い文は三つある。神宮へとどける前に共倒れをしては、意味がないのだ。分散させ

て、おれがだめだったときはお前が持ってこい。生半なことをすると、またあのチビ娘にどなられるぞ」

炉六の顔の色が褪せている。右手の重傷にくわえて、海に体力を持っていかれているにちがいない。

「待ってください。体だけでも、乾かさないと。体温がさがりすぎて、動けなくなります」

そう言う煌四の歯の根が、すでにあわなくなっている。炉六のおもざしが、鋭利であるのに消え入りそうに静かに見えて、それが煌四を不穏な気持ちにさせた。

「着るものはどこかで調達する。〈蜘蛛〉の死体からでももらっていく」

炉六がきっぱりと言う。これ以上の聞く耳は持たないと、言外に告げていた。

「………」

黙って視線をさげる。それ以外の返答は、すべて時間を無駄にするばかりだ。すなおにうなずく自分を、まるでまだ学生のようだと思った。

みぞれがもう一度、青灰色の毛並みに染みついた海の水をふり落とそうと、細い体をふるう。そうして、甘えたようすで炉六の足に自分の耳をこすりつけた。

炉六は、首に巻きつけるようにして運んできた火袋を肩からおろし、結わえた紐の部分をにぎってこちらへつき出した。中身のとぼしい火袋が、たよりなく宙に揺れる。煌四はなにも言わず、火狩りの収穫をうけとった。

「綺羅お嬢さんも神宮にいるのだろう。さっさと妹を見つけて、連れもどしに来い」

言うなり、炉六は神宮へむけて歩きだし、みぞれがしなやかにつき従った。

なにか言葉をかけなければと焦りながら、結局煌四は、無駄のない動きで歩き去る火狩りの背中を注視していることしかできなかった。狩衣の肩が、骨ばって見える。首すじく垂れた長い髪が、囚人をつなぎとめる重い鎖のようだ。そのうしろすがたを、武骨さをむき出しにした工場地帯の路地があっというまに隠してしまう。自由がきかないはずの体をそれでも操って、犬を連れ、火狩りは行ってしまった。

息を整えようとし、ひえきった体ではそれは無駄な努力だとさとって、煌四は炉六たちが去った路地とはべつの方角へ重たい足をむけた。

〈揺るる火〉は、選んだんだろうか。姫神のかわりになるかどうか。――自分の中にある火をどうするのか）

つぎの姫神を決める手立ての一つとして、綺羅が利用されようとしているのだ。いったいどのような形でかはわからない。綺羅を〈揺るる火〉の入れ物にするのだとひばりが言ったが、それがどんな状態をさすのか、煌四にはうまく理解できなかった。

麻芙蓉のもたらす作用から、まだ回復しきっていないはずなのに――ほんとうは綺羅は町の屋敷にいて、安全な部屋の中で、使用人たちに手厚く世話をされているのではないか。神族の手などおよばない場所で、体が回復するまでの時間をじっと耐えているの

ではないか。幻覚を見せるのだという麻芙蓉が、綺羅の意識から、いま首都で起きてい

る惨状を遮断していればいい……

頭蓋の内側がしびれて、秩序立ててものを考えることができなかった。とにかく、引

きずってでも体を動かさなくては、本能的に思った。寒気が皮膚をつき破り、肉や骨

に食いこむ。体温がさがりつづければ、命にかかわる。

この期におよんで自分の生死の心配をしていることが、無性に腹立たしく、同時にも

の悲しくなった。煌四が使い道を考案した雷火に撃たれて、たくさんの〈蜘蛛〉が死ん

だのだ。ぬかるむ土の上の累々たる死体は、いくつあったのか、大まかな数すら見きわ

めていない。近くにたおれていた、自分の足にふれた死体のすがたはひたすら――その体格も

特徴も、煌四はおぼえていなかった。ただ、無残に壊れた体、炎魔の毛皮をまとった黒

いかたまりだとしか、見えていなかった。

（……町は、どうなってるだろう）

照三や火穂、避難した工員たち、それに力を貸してくれた学院の教師たちに、災いが

およんではいないだろうか。燠火家の、まだ残っている使用人たちにも……

壁や塀、鉄塔やタンクをやりすごすたびに、あっていいはずのない光景が眼前へ現れ

る。黒くなって崩れた何棟もの工場、へし折れた起重機、内側からめくれあがって裂け

た配管――火による破壊のあと。

まだらな傷におおわれた工場地帯の足もとを、勢いを失わない水路の水が流れてゆく。

自分の呼吸音だけが寒々と響く耳の底に、遠い獣の声がいくつかかさなって、さまよいこんできた。
　——犬の声だ。すがたは見えない。が、金属の建物にはねかえりながら、前方から犬たちの声がするのを、煌四の耳がとらえる。自然と歩みは速くなった。
　容赦のない破壊にさらされた建物や、裂けてたおれた巨樹のために、自分のいる正確な位置がわからなくなる。地面までもがゆがんでいるのか、水路の水があふれて、路上にしぶきを噴きあげていた。
　犬の声をたよりに進もうとしたが、遠い音はでたらめに反射し、方角を見きわめることができなかった。——これでは、緋名子を探し出すことなどできない。
　焦りにつき動かされるように前へ進もうとし、しかし黒くなった建物の残骸をまわりこんだとたん、煌四は歩みを止めた。　足の裏から寒気が駆けあがる。遠い音はでたらめに反射し、方角を見きわめることができない。
　ひときわ大きな工場が眼前に現れた。足の裏から寒気が駆けあがる。高い塔も煙突も、無傷だった。炬口家の、製鉄工場……昨夜、空へ何度もいかずちをはなった打ちあげ機のある工場だ。
　くつもの棟からなる工場をかこんでいる。高い塔も煙突も、無傷だった。炬口家の、製鉄工場……昨夜、空へ何度もいかずちをはなった打ちあげ機のある工場だ。
　しんとしている建物から、異臭がする。倉庫の扉が開放されているらしく、そこからにおいが発せられている。水びたしになっている通路をわたればすぐにたどり着く。無意識に隣接する建物の残骸に身を隠しながら、体の芯を蹲踞させる異臭の源へ、近づいていった。——と、あとわずかで中のようすがのぞけるというところで、突然だれかにうしろから肩をつかまれた。

「おい」

心臓がはねあがる衝撃といっしょにふりむくと、そこには、二人の男が立っていた。

「なんだ？　まだ逃げ遅れがいたのか？」

煌四は息をつめたまま、二人の男たちを見つめた。煌四より頭二つほど上背のある若い男が、きつい視線をこちらへむけていた。灰色の作業着が、機械油とはちがうなにかで汚れている。

そのとなりの、背の低いずんぐりとした体形の男が、いぶかしげに下あごを横へずらしている。こちらも同じ作業着すがたで、きっちりと足にあった黒い革靴をはいている。その靴紐がまだ新しいのを見て、煌四のこめかみに違和感が引っかかった。

「ほら、きみ、どの工場にも避難命令は出ただろ？　なんで逃げなかったの」

背の低い男が、いやに大きく特徴的な目でこちらを見あげた。こたえるひまもなく、つぎの瞬間、煌四は勢いよく胸ぐらをつかまれていた。

「もしかしてお前、〈蜘蛛〉に手を貸すって、あっちこっちに火をつけてやがる連中の仲間か？　正直に言えよ、おい」

顔の間近ですごまれ、煌四はあわてて身をよじった。地面から浮かびそうになったかとに体重をかける。

「ち、ちがいます」

黒ずんだ大きな手を、必死でふりはらった。煌四の全身が海水で濡れていることに気

づいた男たちが、怪訝そうに顔を見あわせる。

「ひょっとして、学院の人？」

　背の低いほうの男が、体ごとかたむけるように首をかしげる。汚れてずぶ濡れになってはいるが、たしかに煌四の身につけているものは、工場で働く少年のいでたちとはちがっていた。煌四はじりじりと二人の男たちから距離をとりながら、それぞれの顔を見やった。

「なんだよ、教師の手伝いでもしに来たガキかあ？」

　煌四が返事もしないうちから、若い男が顔をしかめ、かたわらの路面へ唾を吐いた。

「気に入らねえよ、学院の先生どもは。こっちの人間をすぐに逃がすための権限は持ってたんじゃねえか。家が金持ちなんだろ、どいつもこいつも。それだってのに、ずたぼろで帰ってきたっていう回収車の乗員が言い出すまで、避難の呼びかけもしねえで。空に星が飛んできただだなんて、ガキみたいにはしゃいでやがったんだ」

「待機中の回収車のすぐ近くで、物騒なことが起きたしねえ。出発直前だったっていうのに」

　苦々しげな表情をした二人の、灰色の作業着、そろいのまだ新しい革靴。

「乗員なんですか……？　回収車の」

　自分の声が、耳につまった水のせいでやけに小さく聞こえる。帰ってきた乗員というのは、照三のことだ。工場にいる人間への避難の呼びかけを提案したのは照三だ。首都

にいる回収車の乗員たちにも声をかけて、いまの状況を説明したのかもしれない。

煌四の問いに、作業着にずんぐりとした体を押しこめた男がうなずいた。

「そう。せっかく厳しい試験にうかってさあ、家族も報酬を心待ちにしてるっていうのに。急遽招集をかけられて、大あわてで整備して、燃料と物資と人間かき集めてさあ。いよいよ乗りこむむってときだよ。神族がトンネルをふさいじゃったって、なんなの、まったく」

「町は？　町は大丈夫なんですか？」

煌四が身を乗り出すと、表情の読みとりがたい小柄な男が、口から前歯をのぞかせた。

どうやら、笑ったようだ。

「いまのところはね。〈蜘蛛〉が人間をたすけてくれるんだって言い張る連中と、そうじゃない者たちで小競りあいが起きる程度。火は燃えていないよ」

「お前、学院の教師連中にも言っとけよ。火が人運ぶのに、もっと人手をよこせって」

そう言うなり、回収車の乗員だという二人は煌四に背をむけ、歩きだそうとする。煌四はあわてて、体格差の大きい男たちに呼びかけた。

「ま、待ってください。けが人って、火狩りたちのことですか？　学院の教師たちも、こっちへ来てるんですか？　工場地帯は、いまはどうなって――」

追いかける煌四をうるさそうにふりかえって、背の高いほうの男が手短に言った。

「なんだ？　学生じゃなくって、やっぱり逃げ遅れか？　なら、さっさと町に……」

「妹を探してる」

　声を強めて言うと、乗員たちはまた顔を見あわせた。現実ばなれした空間を、二人の男たちは平然と歩いてゆく。

「妹？　いくつくらいの？」

　足を止めずにたずねる乗員に、煌四はうつむいてくちびるを噛み、声を引きずり出した。

「八歳……だけど、体が小さいから、もっと幼く見えると思う」

「工場勤めの子どもなら、ぼくらの見てきた限りじゃあ、もういないようだったけど……」

　二人の乗員たちはたがいに顔を見あわせ、肩をすくめて、それらしい子どもを見かけてはいないことを確認しあった。

「ガキの退避はかなりあとまわしだったというが、それでもちゃんと逃げたんだろう。おれたちがこっちへ来たときに残ってたのは、もう死んだ工員ばっかりだった」

「ぼくらは、生き残ってる火狩りたちを町へ運んでたんだよ」

　背の低いほうが、作り物めいて大きな目で煌四をふりかえった。

「もう、いま工場地帯に残ってるのは、ほぼ手当ての必要のない者か、手遅れの者ばかりだな。だけどそれも少数で、ほとんどの火狩りは町へもどしたよ。飼い主が負傷して町へ担いでいかれたというのに、犬たちがこっちに残っちゃってさ。あとで、犬と火狩

りの登録番号の照合をしなきゃならないの、結構な手間だよ」

「登録番号だのなんだのは、神族の仕事だろうが。これ以上手間をふやされてたまるか。あのにおいのせいだろ。森の中で、火狩りや村人をたすけてる連中と、あれは同じなんだろ。あのにおいのそばにいりゃ、犬どもは安全だと思うんじゃねえのか」

「ひどいにおいだよ。炎魔よけなんだっていうけど……」

小柄な男が、仲間にむかって歩きながら歯をむき出し、顔をしかめた。

「くさいといっても、貧民区のやつらと大差ねえよ。ほんとはもう町に逃がして、休ましてやりたかったのに……あのばかでかい図体の化けもんはともかく、けが人をたすけるのに駆けずりまわった姉さんは」

「それが、だめなんだって。木からはなれると、体がもたなくなっちゃうんだそうだ」

耳につまった水が、キンと高い音を立てた。

「木々人、ですか? いま、どこにいますか」

あわてて問う煌四に、男たちはますます怪訝な目をむける。

「でかい木々人は用事があるとか言って、どこかに行っちまった。──木々人の姉さんは、見失った。仲間のとこへ行ったのかもな。なにしろこっちも、あちこち走りまわってたからな」

若い乗員が口もとをゆがめて、くやしそうな表情をあらわにしたつぎの瞬間、突然目の前に、その暗い空間は現れた。

火を貯蔵してある塔のような筒状の小型タンクが四基、ならび立っている。鉄柵や梯子、配管が交差するその下に、夜の先やりとして暗がりがわだかまっている。直立するタンクの下に、犬たちがいる。耳の垂れたもの、毛足の長いもの、まだ若いもの、ひどく気が立っているもの……主のいない狩り犬たちが、一つところに群れている。犬たちは急に現れた煌四を警戒してうなりだすか、あるいは上目遣いにこちらを見やって、悲しげな音を鼻の奥に響かせる。十数頭の犬たちのかこむ中心に、布がいくつも横たわっていた。

「……これは」

寄せ集めの布なのだろう。素材も色もまちまちだ。が、それらはひとしく同じ形のふくらみを持っていた。まるく盛りあがった頭部、その下のいやに平たい体、とがり気味にふくらんでおわる足の先。布の下には人が入っているのだ。下に敷かれた布は薄く、路面にじかにふれているのと変わらない。負傷者をあんなところに長く寝かせてはおけないはずだ。そして、まだ生きている負傷者であれば、頭まですっぽりおおい隠したりはしないだろう。

二列に足をむかいあわせる恰好でならぶ人体の中には、ひどく小さなものもあった。

「けが人、だよ。逃げ遅れたり、あわてて機械にはさまれたりしたんだろうねえ。あっちの工場に、死んでいる人たちがいるんだよ。負傷した火狩りたちの搬送はもうおわったから、今度は亡くなっている人たちを探して、亡骸を集めているんだけどね。なに

しろ、人手不足でさ。夜間の照明、まともにつくのかな」

　ならび立つタンクのすきまから、炬口家の製鉄工場が垣間見えている。

「さあな。つかなきゃ、祭り船の照明でも借りてくるさ。――ほんとはこいつら、屋根のあると、りねえものを提供してくれるのが役目だろうよ。金持ちはこういうときに、こへ置いてやりたいのによ、使用許可がおりなきゃ、工場の建物を勝手に使うなだと。ふざけやがって。最後まで機械にしがみついたままのじいさんや、一人で逃げらんなくなって死んでたチビを、なんとも思わねえのかよう」

　黒い機械が、製鉄工場の屋上に載っている。雨風と排煙にさらされてくすんだ建物の上で、新参のその機械は、明らかに異物めいていた。夜のあいだに、幾条もの稲妻を空に走らせたはずの打ちあげ機は、灰色ににごった空気をせおって沈黙している。建物の下にいるらしい犬が、屋上にむかってうるさく吠えるのが聞こえてくる。　機械の周辺を調べているのだろうか。

　油百七は雷火を携行し、使用人と工員たちを引き連れて神族に戦いを挑みに行った。あの打ちあげ機の用途を、警吏たちは知らない。夜のあいだに空を裂いたいかずちは、なにも知らない者たちには神族の起こした現象に見えたはずだ。もうあの黒い機械を動かす者はいない。

　それでも、悪寒が背骨に食いこんだ。

　警吏の一人が機械の操作盤から顔をあげ、神宮の方角を見やったように思われた。

寒さから逃げるように、煌四は一歩前へ出た。犬たちが鼻を動かす。

「しょうがないでしょう。規則は規則。この布類を勝手に使ってるだけでも、ひやひやしてるんだよ。これ、盗みだぞ盗み。お前、よく乗員試験にうかったよねえ」

小柄な男が、どこか魚じみて大きな目を仲間へむけ、それからこちらへむけた。

「妹さん、この中にいないか、念のためたしかめる？」

さし出された問いに、煌四の視界が明滅した。体がかしぎそうになって、あわてて目をつむり、頭をふる。

「……この人たちを、どうするんですか？」

どれも、もう身動きをしていなかった。いくら見つめていても、胸も腹部も上下しない。もう、たすけることなど叶わない。

煌四の問いに、乗員たちは異様なものを見る目つきをむけた。若い乗員が、苦々しげに表情を険しくする。

「どうって、町まで運んで、身内のもとへ送りとどけるんだろうが」

ぞんざいな声の底には不審げな響きが混じっており、相手が煌四の正気を疑っているのが伝わってきた。

首すじをざわつかせて頭のうしろへ、ひときわ鋭い寒気が走っていった。――シュユ。小鳥をみごとに捕まえたあの豪雨が工場地帯を襲ったのが、遠い昔のことのようだ。

幼い木々人の亡骸が、灯子のそばにあった。シュユを探しに、キリは地下居住区を出て

きたのだ。それなのに、自分たちはあの小さな骸を、置いたままにしてきた。頭蓋のどこかで、ぐじゅっと音がする。いや、これは耳に残っている海水の立てる音だ。死者が漂っていった海の水の。

ここに横たわる者たちよりも数の多い犬たちが、黒い森のにおいを嗅ぎつけたのか、一定の距離を置いて煌四に注意をむけつづけている。犬たちの目が、煌四が自分の輪郭だと思っているものを薄れさせてゆく。

丁寧にならべられた死体から視線をあげて、もう一度工場の屋根の上を見やった。緋名子のふるう鎌が操作盤を破壊した栽培工場の機械とちがい、こちらは雷火をこめさえすれば、まだ動かせる。屋上でおとなしくしているあの機械は、まだ死んでいないのだ。

煌四は頭の中に、機械の設計図を呼び起こしていた。二度と使えないようにしておかなくてはならない。

「すみません、行かないと」

その場をはなれようとする煌四に、乗員たちがおどろいたようすで身じろぎする。

「行くって、おい、そっちは……」

首都や世界の行く末よりも、妹を探すことよりも、ここに生身でいる自分のなすべきことはあの機械を完全に壊すことだと、なにかに追い立てられるように煌四は、塀に守られた巨大な工場のそばへもどろうとした。

「やめとけ。製鉄工場には、探してる妹はいねえよ」

乗員が、煌四の肩をつかんだ。

「あそこは、建物じゅう血まみれだ。だれだか知らねえが、頭のおかしなやつが馬一頭つぶして、ぬいた血をばらまいたらしい」

「一応、中に人がいないか、ぼくらも見てみたけど——もうだれもいないようだったよ。逃げたんだろう。屋上に見たことない機械が設置してあったけど、それまで血がべっとりだった」

こみあげてくる吐き気を、煌四はのどに力をこめてどうにか押しとどめた。

（しのびを近づかせないためだ）

油百七と同行者たちは、全身を血で染めていた。それだけでしのびは効力を失ったし、ひばりは近くへ寄ることへの嫌悪をあらわにしていた。神族は、生き物の血液を必要以上にきらう……〈揺るる火〉の首をわしづかみにする使用人に、ひばりは直接むかってゆくことすらしなかったのだ。

「……行かないと。あの機械を、止めておかないといけないんです」

「どうせ、中へは入れないよ。ぼくらが調べたあと、なんでだかあの工場へは警吏が入りこんでいる。きみみたいな子どもが行ったら、問答無用で捕まるよ。妹を探すんじゃないの？」

生きた者たちのやりとりを、布におおわれた死者たちが聞いている。

願い文は、かならず炉六がとどけてくれるはずだ。しのびの警備をかいくぐって、雷瓶の設置作業もやってのけたのだ。自分がしなければならないのは、あの機械が二度と動かないようにすることだ。

「これを、使ってください」

煌四は相手の顔も見ずに、わずかな炎魔の火が入った袋をつきつけた。うけとった乗員が、目を白黒させている。

「でもきみ、これ——」

その声をしまいまで聞かずに、乗員たちをふりはらって走りだしていた。うしろから呼び止める声がするが、追ってくるようすはない。

寒さと疲労で思うように前へ出ない足を動かしながら、煌四は、緋名子のように人間ばなれした動作のできない体をもどかしく感じた。いつもなら、反対だったのに。生まれつき工場毒の汚染をせおった妹は、ままならない体をかかえて、煌四や親たちや、かなたが自由に動きまわるのを、薬のにおいの染みついた枕の上からながめていた。

製鉄工場へ近づくにつれ、吐き気をもよおすにおいが襲ってくる。乗員たちの言ったとおり、工場内には複数の人の気配があった。あたりが静かなせいか、足音がいやに大きく聞こえる。訓練された、警吏の歩き方だ。

かばんの中には、中央書庫の登録証が入っていた。見とがめられたときに、これで言い逃れができるだろうか。——緋名子の薬は屋敷へ置いてきたくせに、この金属片はだ

いじに持っていた。あかがね色の登録証を使って書庫へ入ることも、きっともうないだろう。義理立てをする必要はもうないと明楽の言ったとおり、燠火家は煌四のもどる場所ではなくなったのだ。

息があがっているのに、体はまるで温まらない。排煙よりも汚水よりもきついにおいが鼻を刺激する。建物じゅう血まみれだと言った乗員の、鼻梁のしわが脳裏にちらつい た。

隣接する工場の、崩れて骨組みをあらわにした屋根が煌四の行く手をさえぎっている。焦げた骨組みのすきまから、打ちあげ機が見えている。製鉄工場の裏手の出入り口が見える。そのわきに、中央書庫の警備員のように直立して見張りに立っている警吏がいた。これでは、近づくこともできない。ほかの入り口もかためられているか、たしかめよう と動きかけたとき――煌四の手を、正確には指の数本を、うしろからたよりなくつかむ者があった。

息をつめてふりむく。ふりむきながら視線をさげた。

指をにぎる小さな手の持ち主を、煌四は見まちがえなかった。暗さに目が慣れず、はっきりとそのすがたは見えない。それでも煌四の目に、幼さよりも老成した陰のやどる、見慣れた顔が映った。細い腕とちっぽけな肩。立つのもおぼつかないほど貧弱な足。体の芯に食いこむ寒さとからみあって、安堵が全身をあわ立たせた。ふるえだすあご を、歯を食いしばることで押しとどめ、煌四は感覚の麻痺した足でむきなおった。

「緋名……」

名前を、みな言うことができなかった。

小作りな顔に、まるい二つの目が開いている。あごのすぐ下で切りそろえた髪は、汚れて乾き、ひどいありさまになっていた。燠火家であたえられた白い寝間着も、ほとんどぼろ同然になっている。

瞳をまっすぐこちらへむけて、緋名子が立っていた。物陰の暗がりに、その手ににぎったままの三日月鎌が、場ちがいな金色の弧をむき出しにしていた。まばたきをせずに煌四を見あげるその目がおどろいているのか、それともおびえているのか、読みとることができなかった。

生きていた。

〈蜘蛛〉が侵入し、火の手のあがった工場地帯で、緋名子が生きていた。

体の中身が空洞になった気持ちがして、煌四は反対に、自分が生きているのかどうか確信が持てなくなった。

煌四は逆にその手をうしろへ引いて、緋名子の両肩を押さえ、顔をのぞきこんだ。

緋名子は無言で、煌四の手を引っぱろうとする。そのままどこかへ歩きだすつもりだ。

――たしかに生きている妹が、虚をつかれたようすで目をしばたたく。熱はないが、それは煌四の手がひえきって感覚を失っているせいかもしれなかった。不思議なものを見るようなまなざしが、胸をえぐった。

ほんのわずかの時間をこらえてから、緋名子がゆるゆるとかぶりをふった。

「警吏のおじさんがいっぱいいて、入れないの」

いつもの、緋名子の声だった。おびえた幼い者の声が、その手ににぎる鎌とも感情の

こもらない目とも、かけはなれたところから響いてくるように感じられる。

「——お兄ちゃん、こっちに来て。キリお姉さんが、動けないの」

たどり着いた先は、近くの貧民区のかたわらに建つ工場の裏手だった。上部に有刺鉄

線が巻きつけられた鉄柵の金網が、不自然に低い位置でねじまがり、押しひろげられて

いる。無理やり作られたその亀裂を、緋名子のあとにつづいて、身をかがめてくぐった。

（……貧民区の住人が、入らないようにするためか）

手や足を針金の先端に引っかけながら中へ入り、煌四は鈍い銀色の柵を見あげた。生

まれたときから、いや、生まれる前から工場地帯は動きつづけていた。緋名子と母親に、

そして首都に暮らす人間に毒を垂れ流しつづける巨大な工場群は、止めようなどないの

だと、そう信じていた。

いまその無機質な一帯は死に絶えたように沈黙し、工場地帯の異物としてあつかわれ

てきたはずの貧民区の住人たちさえすがたがない。

視線を空へ移し、太陽の、あるいは星の位置をたしかめようとする。黒い森の中と同じだ。雲が空をおおい、

天上の光のある方角を見さだめることができなかった。……灯子

とクン、明楽は、もうこちらへむかっているだろうか。危ない目にあってはいないだろうか。まるで森の土を労るかのように、かすかな音すら立てない灯子の歩みが、脳裏によみがえった。

まばらに生えた草を無意識によけて歩を進める。

裏口にあたる金属製の扉は、施錠されていなかった。緋名子が把手をまわした。扉を開けると中の暗闇へ光が切りこみ、こちらが思いのほか明るかったことを知らしめた。

「………」

入ってすぐの空間は工員の荷物置き場で、なんの飾り気もない棚に、かばんや上着がつめこまれたままになっている。作業場へ通じる扉とはべつの、事務机の置かれた暗がりから、浅い呼吸の音が聞こえる。

緋名子は先に立って部屋の奥へ踏みこんでいった。机の下に、背をまるめて横たわる者がある。きつい体臭をはなつそれは、キリだった。木々人は床の上へじかに身を横たえ、肩を小刻みに上下させて、顔をあげようとしない。

なにも言えないまま、煌四はなかばその場に崩れるようにひざをついた。歯を食いしばり、息を整えてから、キリに顔を近づけ、容体をたしかめようとする。砂の色の髪の毛が、床の埃を巻きこんでいた。キリは眉を曇らせて目を閉じ、ただ切れ切れの呼吸をくりかえしている。

「キリ」

名前を呼ぶと、苦しげな呼吸がふいに止まる。ひやりとしたが、キリはくちびるを嚙か

んで大きく息を吸いこんだ。

「……呼び捨てするな、モグラのくせに」

刺青いれずみの彫られた頰が動き、翡翠色ひすいいろの目が薄く開く。木々人の目は、弱い明かりのもと

でも息を吞むほどあざやかだった。

「あいつは？　赤毛の火狩り……もう姫神のところへ行った？」

眉間みけんにしわを寄せてたずねるキリに、煌四は首を横にふってこたえ、さらに顔を近づ

けた。耳の奥の水が邪魔だ。

「まだです。でも、無事でいました。灯子も」

キリの足に、ありあわせの布を裂いた包帯が巻かれていた。むき出しの足で、とがっ

た破片の上を歩いたのかもしれない。両の足が傷ついているようだ。煌四の視線をうる

さがるように、キリはあざやかな緑の目をめぐらせ、床をにらんだ。

「──木が、枯れそうなんだって」

か細い声で言うのは、緋名子だ。かたい表情で体も動かさないまま、じっとこちらを

見つめている。

「木々人さんのだいじな木が、枯れそうになってるって」

緋名子が凍えるような声をしぼり出す。妹が急に年老いて見え、煌四の胸に抑えよう

のない焦りが渦を巻いた。

「生(い)き木は、居住区の中ですね?」

キリはそっぽをむいて目を細め、なにもこたえない。

「行ってくる。隔離地区が破壊されたのかもしれない。もし崩落が起きているなら、なんとか生き木を掘り出して」

「……ばかなのか」

キリが、かすれる声を発した。

「崩落で埋まってたら、もうどうしようもないだろ。生き木は、クヌギが運び出して持っていった。あいつはあたしたちをこんなにした木の氏族の言いつけどおり、〈蜘蛛〉たちの墓を作りに行ったんだ。……お前たち、さっさと行け。ここは、死人だらけだ」

キリの言葉に、緋名子がかすかにかぶりをふる。緋名子のかたくなななまなざしが、この木々人がどれほど負傷者たちのために力をつくしたかを物語っていた。すでに町へ搬送されたという火狩りたち——彼らを発火が起きたというトンネルの付近から救出し、明楽や灯子にしたように。

「クヌギさんは、それじゃあ崖下(がけした)にいるんですね?」

煌四が問うと、キリはいまいましげに鼻で笑った。が、それは弱々しく息を吐く程度にしかならず、キリ本人のかさついた髪のすじを揺すっただけだった。

「クヌギは、ここへも来たんだ。あたしとこの子を探せって、あの灯子って子にたのまれたって……ヤナギが言ってた。クヌギと、ヤナギだけだった。ムクゲもゴモジュも死

んだ。……エンは、逃げたかな……〈蜘蛛〉の墓を作るなら、クヌギたちがいるのは神宮の下だろうけど。なんで〈蜘蛛〉の墓なんか、作ってやる義理があるんだ。神族の言いなりになりやがって」

浮かされるようなキリの声がふいに根を失い、あざやかな色の目が灰色のまぶたにふたたび隠れた。木々人は姿勢を変えないまま、弱々しい息をするばかりになった。

（このままだと、まずい……）

よりどころである生き木がなければ、木々人は衰弱し、やがて死んでしまう。

（せめて生き木の近くまで連れていけば、きっと）

思い至った瞬間、地面を埋めつくして折りかさなる黒い骸たちの記憶が、みぞおちのあたりにごぼりと湧いた。折れた腕や脚。裂けた顔面。しかしそこは、自分がむかわなければならない神宮の真下なのだと、煌四は自分の意思を無理やり矯正した。目を閉じたキリは、意識があるかどうかさだかでない。けがもしている。自分の足で歩くことも、これでは到底無理だ。

「……ごめんなさい」

かすれそうな声で、緋名子が言った。

「キリお姉さんの具合が悪いって、ほかの人に教えに行かなくちゃと思ったけど、隠れてたの。だれかが、体がおかしくなってる人間は、なんとか始末しなきゃって、言って

――怖くなって」

「……綺羅にも、話さなかったのか」

「……絣名子」

ずっと表情のなかった絣名子の目じりが引きつる。鼻の頭をまっ赤にした絣名子の目に、見ているこちらが不安になるほど、大きな涙が盛りあがってこぼれ落ちた。

「ごめんなさい。お兄ちゃん、ないしょにして、ごめんなさい……」

ごめんなさい、ごめんなさい、地下室の帳面や見取り図のはしに、とりかえしのつかなくなるまで、絣名子は弱々しい筆跡で、いくつもその言葉を書き記していた。

その文字に気づくことができなかった。

「……夜なのに、なんでも見えるから、特別な用事をたのもう、って」

はっきりとした衝撃が、煌四の腹へ落ちてきた。"旦那さま" と、使用人たちと同じに油百七を呼ぶ絣名子の肩を、思わず力いっぱいつかんでいた。びくりと身をすくめて、絣名子は泣いている目で煌四を見あげた。

自分の身に起きた異変を、絣名子はだれにも打ち明けることができなかった。異変の正体を知るため……いや、異変に体と精神を慣れさせるため、夜中に屋敷の中を歩きまわっていたのではないか。照明のない廊下を、足音を立てずに。

「お兄ちゃんの、お勉強――だいじな、とっても危険なお勉強だから、お兄ちゃんのために見張っててあげなさい、って」

「暗くても見えるなら、廊下をこっそり歩いてたの。そしたら、旦那さ

問う声が責める響きを帯びないよう、細心の注意をはらった。緋名子はひくっと小さくしゃくりあげ、首を横にふった。

「だって、綺羅お姉ちゃんに、怖がられると思ったの。ごめんなさい……さびしかった」

ひどい熱を出して苦しんでいるときよりも、緋名子の目はおびえていた。おびえていて、そしてその瞳は、母親の死を看取ったときよりも、ずっと大人びていた。

「もういい。緋名子は、なんにも悪くない。謝るようなことは、なにもしてない」

自分の言葉が、ほんとうらしく響いているのか自信が持てなかった。いままで煌四は、幼く弱い妹をごまかす言葉ばかりをかけてきたのだ。いまさら本心だと、どうして伝わるだろうか。

細すぎる肩をこわばらせて、緋名子は苦しそうにしゃくりあげている。

「緋名子、歩けるな？　いまから、この人の仲間がいるはずの場所へ行く」

煌四が顔をむけると、緋名子の目がひたむきにこちらをのぞきこんだ。小さくうなずく。にぎりしめている鎌が、細かにふるえていた。

「――かなたや、灯子ちゃんたちは？」

「いま、クンといっしょに探し物をしている。見つかりしだいこっちへ来る」

打ちあげ機をなんとかしておきたかった。またあの機械を使って、大きな破壊が引き起こされるかもしれない。せめてそれを阻止しておくのが、自分の役割だ。……だが、いま製鉄工場へむかえば、まちがいなく警吏に見とがめられる。機械のことを伝えられ

たとしても、町へ連れもどされるか、どこかへ拘束されるにちがいない。あるいは乗員たちの言ったように、こちらの言うことなど相手にもされず、捕まるだけかもしれない。

そうなったら、キリをたすけることができなくなる。

「行こう。それは置いていくんだ」

煌四は緋名子のひたいに手をやり、熱がないことをたしかめると、抱きしめるようににぎっている火狩りの鎌を自分の手にとりあげようとした。しかし妹は肩をわななかせ、苦しげにしゃくりあげると、刃がむき出しになっているのにもかまわず、ますます鎌を抱く腕に力をこめた。

「……お父さんの」

顔をくしゃくしゃにして、緋名子が歯を食いしばる。目から頬へ、さらに涙がこぼれて伝う。

細い声で両親を呼びながら、緋名子は背中をまるめて泣いた。煌四は、大きな獣におびえるようにすくむ自分の手を一度きつくにぎりしめ、無残にふるえる小さな背中をなでさすった。

緋名子が死んだ親のために泣くのは、母親を看取ったあと以来だ。煌四はいまになって、やっとそのことに思い至った。燠火家で寝起きするようになってから、住む場所も食べるものも保障され、綺羅が自分の妹のように接してくれて、緋名子も安心しているのだと思っていた。

都合のいいように思いこんでいた。

全身の体温をしぼり出すように、緋名子は泣く。煌四はその背中をなでながら、労り<ruby>労<rt>いたわ</rt></ruby>り

をこめて鼻をすりよせるかなたと同じ役割が、自分にもできているようにと願った。

二 ほとり

わらわらと耳の底へ、いくつもの気配が這いこんでくる。

黒い森の中で、灯子は自分の感覚がおどろくべき速さで周囲になじんでゆくのを感じていた。黒い葉。よじれた枝。ねばりつく土。腐った花のにおい。

ときおりきつく鼻をつくのは、炎魔の糞尿のにおいだろうか。しかし、この森をなわばりとするはずの炎魔たちは、いまだに襲ってこなかった。〈蜘蛛〉の使った虫の毒は、いったいどれだけの炎魔たちを狂わせたのだろう。毒された獣たちは、結界を越えて首都へなだれこみ、工場地帯で火狩りたちに狩られた。灯子も鎌をふるったのに、自分が切り裂いた黒い獣がどんな形をしていたか、やはり思い出すことができない。

いま灯子の手に三日月形の鎌はなく、武器を持っているのはとなりを行く明楽だけだ。その横顔は、先頭に立つクンの小さな背中を、ひたと見つめている。クンはほとんど地面ばかりを見て歩く。まるっこい頭をきょろきょろと動かし、ときおり木のうろに手をつっこんでいた。引きぬいた手には虫がまとわりついており、クンはそれを無造作に、服の腹のところへ隠し入れてゆく。それらはクンが使役するつもりのふつうの虫らしく、

〈蜘蛛〉がどこかに隠れているかもしれない特別な虫とはちがうようだ。

特別な虫、人体発火を無効にする虫を〈蜘蛛〉が森へ隠したはずだというのも、煌四が考えたことであって、確証はなにもない。ひょっとすると灯子たちは無駄に歩きまわっているだけかもしれず、こうしているあいだにも、崖のむこうの首都がさらにとりかえしのつかないことになっているかもしれない。いまにも首都にいる者たちが火に巻かれて、自分たちだけが生き残りになってしまったら——灯子は胸をぞくりとつきあげる想像を、歯を食いしばって意識から追いやった。

「灯子、疲れない？　すこしなら、おぶってやれるよ」

くくりあげた赤毛を揺らして、明楽が言った。灯子は、あわててかぶりをふる。

「い、いいえ、平気です。さっき、休ましてもろて。歩けます」

木々人のキリが手当てをしてくれたが、明楽の体は傷まみれなのだ。灯子たちが森へ迷いこんだときに、やすやすと山猫型の炎魔を狩っていたが、ほんとうならあんなに動いては傷に障るはずだった。

疲れはてているのは明楽も同じだ。クンが腹をすかせて歩けなくなったら、自分がおぶってやらなくては。——そう思いながらも、灯子はトンネルの前で炎魔の群れと夢中で戦ってから、おかしくなっている自分の体が不安だった。

（役に立つんじゃろうか。なにかのあったときに、思うように動かんかったら、どうしよう）

平気だと言いながら、灯子の手は自分でも気がつかないうちに、明楽が肩に巻きつけているマントがわりの布をそっとにぎっていた。木々が行く手をさえぎり、からみあって隆起した根が地面をうねらせる森を、萎えた足で歩くのは困難だった。

かなただが、明楽の前を歩くてまりに何度も体を近づけようとした。そのたびにまっ白な抱き犬は、一人前に牙をむいてかなたを牽制する。てまりにいやがられるとおとなしく引っこむかなたのようすが、まるでまだ首都へたどり着かない旅の途上にいるかのような気持ちにさせた。灯子を気遣うようにすこし歩いてはふりかえるかなたに、灯子は小さくうなずいて返事をした。

「……ほんとうに、炎魔がいない。全部が全部、虫の毒にやられたっていうのかな。回収車を襲った竜みたいな憑依獣が、首都の近くにはいなかったのがせめてもの救いだな」

冗談めかしてぼやく明楽の声が、甘ったるい土のにおいに吸いとられてゆく。

「車をつぶした竜の下で、女の子が死んでた。あれは、あんたや火穂の友達？」

灯子の耳の中で、たしかな熱を持って脈がうごめいた。

「友達……です。厄払いの、花嫁さんじゃった。紅緒さんという人で、わたしにも火穂にも、親切にしてくれなさった──」

灯子の動揺を感じとったのか、クンが足を止めてふりむく。が、すぐまた前をむいて歩きだした。

「そうか。埋葬してきたよ。車の中の乗員たちは、出入り口や通路がゆがんで運び出す

ことができなかったけど。せめて、あの子だけでもと思って」

明楽の声は、木々の形作るいびつな檻によどむ空気を、ほんのかすかに揺るがせて消えてゆく。病みはてた森のことさえも、狩人の声はなぐさめているかのようだった。うつむいて、目をこらす。

なにも返事をできずに、灯子は足がよろめかないよう、ひたすら気をつけた。

竜に襲われ、逃げるのに精いっぱいだった自分たちにかわって、明楽が見とどけてくれたのだ。あそこで死んでいった者たちのことを。

〈揺るる火〉が、生きてる女の子だったらしいね」

声音のかすかな変化を聞きつけ、てまりが主をふりかえる。もう明楽の目は、ほんのひとかけらの笑みもやどしてはいなかった。

「機械人形じゃなく、生身の体を持つ子ども。　妖精だとか天の子どもだとかの呼び名は、たとえじゃなかったってことだ」

「わ……わかりません」

灯子は、自分でもおどろくほどかたくなに、首をふっていた。声の大きさにぎょっとして、あわてて息をつめる。　炎魔がへっているらしいとはいえ、不用意にまわりへ気配を伝えるのは危険だ。

「──昔の人は、自分たちで星をこさえて空に浮かばすこともできなさって、そんなものすごいことができたんなら、もしかしたら、あの子はほんとうは機械なのかもしらん。

骨や肉でこさえた、機械かもしらん。そいでも、海の守り神さまも――ハカイサナも、古い世界で同じようにして生まれたんじゃという。人がこしらえた生き物なんじゃと。

「ハカイサナが、人の作った生き物？　その話は、だれから聞いたの。煌四から？」

ちがうとしめすために首をふったが、その動作はいかにもたよりなくなってしまった。

も、もしもそうなら、〈揺るる火〉も」

だれから聞いたのか、記憶がひどくおぼろになっている。

ハカイサナは海に棲む鯨のすがたをした守り神で、その体の表面には、死者たちの顔が紋様として刻まれている。灯子が無垢紙に書いて流した手紙を読んで、ちっぽけな船が首都にたどり着けるよう、力を貸してくれた。巨大でなめらかな背の上に、かなたの主であった火狩りの幻影が立つのを、灯子たちはたしかに見たのだ。……あれが旧世界の人工物だなどと、だれから教わったのだったか。

こめかみがきしんで、かげりのやどる目の中へ、ゆらゆらとなびく銀色の髪のまぼろしがさまよいこんだ。地下通路で、突然すがたを消してしまった――あの痩せ細った子どもは、いまどうなっているだろう。

そのときクンが、小さく声をあげた。突然に進路を変えて、木立へわけ入る。明楽がすかさず追い、灯子もあわててついていった。やや遅れる灯子のうしろへ、かなたがするりとまわりこむ。

「いた」

クンの声がした。がさがさと、地面の落ち葉をかきわける音がする。

灯子がかなたとともに追いついたときには、クンはねじれてうなだれた枝の一本の木の根方にしゃがみこみ、根もとのうろに手をつっこんでいた。その顔がふりむくと、手になにか黒いものをつかんでいた。

「あったよ、虫」

上からかがみこむ明楽と灯子をふりかえり、クンは両の手に持ったものを持ちあげてみせる。──かかげた手から、ぽとぽととなにかがしたたった。しずくのように落ちるそれは、赤銅色の体をひしめかせた大型の蟻たちだ。クンの手の先に、団子状に密集した蟻の群れがうようよと、かたい脚をからませあっている。

「さわっちゃだめだよ。　毒があるから。盗まれないように、虫に番をさせてたんだ」

そう言いながらクンは、自分は平然と素手で毒蟻のかたまりをつかんでいる。ふうっと息を吹きかけると、蟻たちはあわててふためいて地面へ落ちていった。

毒蟻が最後の一匹まで落ちてしまうと、クンの手には大きなガラス瓶が残った。厚みのあるガラス瓶の中には、外側にへばりついていた蟻たちとはちがう、煤色（すいろ）の虫がひとかたまりに閉じこめられていた。眉間（けん）に力をこめて目をこらそうとするが、暗い森の中、灯子の目は容器の中の虫たちの仔細（しさい）までとらえることができない。それでも、特徴のある脚の動かし方から、それがどの種類の虫であるかはわかった。

（ほんとうに、おった……）

クモだ。瓶の底を黒々とさせるほどの数のクモたちが、一つところへ封じられ、生きてさかんに動いていた。

「……これが？」

明楽が眉を寄せる。

クンの表情に変化は訪れない。それを灯子は、不安に思った。この虫を見て、クンが平気でいられるはずがないのに。

人間も、神族さえもその呪詛を引きついでいる、旧世界で作られた人体発火病原体。古代の火をとりもどした〈蜘蛛〉は、この虫たちによって発火を無効にしたという。しかし、ただ一人、虫の毒が効かなかったために、クンは仲間に森へ捨てていかれたのだ。

「これで全部？」

クンがわたした虫の瓶を手に、明楽が首をひねる。

「わかんない。ほかにもいるかもわかんないけど、この近くにはこれだけみたい」

包帯まみれの明楽の腕が、クンを抱きよせた。揺すぶるように〈蜘蛛〉の子の頭をなでる。

「よし、首都にもどろう。とにかく虫は見つけたし、時間切れだ」

そう言って明楽が顔をあげたとき、奇妙な音が灯子たちを包囲した。てまりが脚をつっぱってうなる。かなたの背中の毛がそよぐのが灯子の肌に感じられ、立っている体が急激にかしいだ。

が、それは錯覚だ。体は地面に立っている。変形したのは、景色のほうだった。ねじくれた木が鎌首をもたげる。襲いかかる炎魔の爪の形をして、どす黒い葉をつけた枝が垂れ、地中から湾曲した根が幾本も頭上へつき出した。灯子たちを中心に、突如として大きく動いた森の木々が、平衡感覚をさらう。

明楽が武器をとる。狩りのための鎌ではなく、短刀をぬいてかまえた。

ぎしっと音を立てて、おおいかぶさろうとしていた植物たちの動きが止まった。てまりがその場で飛びはねながら、かん高くわめき立てる。明楽から押しつけられた虫の瓶を、クンが両腕に抱きこんだ。

「こちらの草木は、うまく反応してくれないな」

毅然とした声が、森の空気を張りつめさせた。

うねった形のまま動きを止めた木々のむこうに、人影がある。森にいるにはまるで似つかわしくない、美しく梳かしつけられた髪と重たげな着物。その装束に銀糸といっしょに織りこまれ、まとう者を飾っているのは、ふんだんにちりばめられた青い小花だ。着物の模様の青い花は、着ている者の白い頬にも咲きほころんでいる。くっきりと紅を引いたくちびるが、笑っていた。

「あ……」

ふれそうなほど間近にせまった、生き物の肋骨のように土から突出した木の根の列の内側で、灯子はかなたに体を寄せ、湧きおこる恐怖をなんとか押しとどめようとした。

そこに現れたのは、工場地帯で出会った神族だった。地下の隔離地区から出てきたクヌギとヤナギ——そして、《揺るる火》といっしょに出会った、若い女のすがたをした神族だ。

「姫神が近づいてくる人間たちをどこかへ逃がしたというので、捨て置けばいいものを、探して始末してこいと命じる者たちが多いのだ。工場地帯はずたぼろで、見ていてもしょうがないので動くことにした。本来こういう仕事をするやつが、しばらく使い物にならないのでな」

しとやかな声が、聞きとれないほどすらすらと言葉をつらねる。

「……あのしのびの頭のこと？」

枝葉と幹のむこうに立つ神族をまっすぐに見すえ、明楽が問うた。むこうに立った神族とくらべると、明楽はいっそう傷ついて見え、姿勢をたもっているのもやっとに思える。

「おや。赤い髪。その鎌も見おぼえがある。——お前、千年彗星（せんねんすいせい）について進言すると、神宮まで来た火狩りの血縁の者か。この世に火狩りの王を生むのだと言っていた」

頰笑みながら紡がれた言葉に、明楽の気配が大きく変わるのがわかった。

この神族は、明楽の兄を知っているのだ。

てまりが吠えつづける。聴覚をかき乱すかん高い声が、森の空気をざわつかせる。灯子の背後で、深く息を吸い、またゆっくりと吐く音がした。

「そうだね」

明楽のうけこたえは、そっけなかった。ふりむくと、その表情はまるでな敵と対峙する炎魔い。表情は変わらないのに、そのまなざしには殺気がこもっていた。敵と対峙する炎魔のように。

「たぶんそれは、あたしの兄ちゃんでまちがいない。千年彗星が帰還するはずだと伝えに神宮へ行って、そして帰ってこなかった。あんたが殺したの?」

小花の刺青の神族は、軽く首をかたむける。

「いや、べつの者たちが。お前はひばりの能無しや、あいつが監視していた富裕層の人間にもちょっかいを出していたそうだが、ねらいはなんだ? 兄の仇討ちか?」

「ちがう」

明楽の低い声に、てまりがそれ以上吠えるのをやめた。全身をこわばらせて神族をにらみつけたまま、明楽を守ろうとするかのようにその足もとに立っている。

「そんなことをしても、意味がない。自分の恨みを晴らすために動くような余裕は、もうこの世界の人間にはないんだ」

わらじの足の下を、なにかがくぐりぬけてゆくのを灯子は感じた。ぞくりとしながら、それでもそのまま動かずにいた。クンが鼻から息を吐く音がする。……クンの操る虫が、朽葉の下に身を隠して前方の神族のほうへ進んでゆく。

「結局は、あたしの兄の言ったとおりになったわけだけど。 神族はどうするつもり?

聞いた話では、そっちの思惑も一つにまとまらなくて、いらない混乱を呼んでるらしい
じゃないか」

「知らん。どの氏族も、おまけに《蜘蛛》も──どいつもこいつも、世界を存続させる
ことに躍起になっているのだ。この世界に、そこまでしてやる価値があると思っている
のだからおめでたい。どのみち、最後に決めるのは千年彗星だ。あれの中にある火は、
《蜘蛛》どもがよみがえらせたちっぽけな火などとはくらべものにならん。旧世界の神
族宗家の火。下手に意思などあたえたせいで、千年彗星の気まぐれしだいで、いまこの
瞬間にもこの世は跡形もなくなるかもしれん」

それを語る口調は、内容とは裏腹に軽やかですらあった。

星を焼く娘。クヌギが《揺るる火》のことをそう言い表していた。痩せ衰えた体、不
思議な色をした、はてしなく孤独で心細そうだった目。灯子はあの少女のすがたを思い
出して、なぜか無性にせつない気持ちになった。

（……決められんと言うとった。火をどう使うのか、決めんとならんのに、決められん
と）

森の暗さと、うまく光をとらえられない灯子の目が、神族のすがたを無遠慮にくすま
せる。──クンの虫が咬みついたら、あの神族はどうなるのだろうか。

「それを止めるために、人間の娘を依巫にするのか」

明楽の声音が低くなる。対する神族のくちびるが、笑みを形作った。

「それでまるめこめると疑わない氏族もある。だが無駄だ。所詮われわれは、旧世界の力には太刀打ちできない。病原体にも、火にも」

明楽も、クンが虫を操っていることに気づいているのだろうか。……気づいていて、神族の注意を自分にむけるために話をつづけているのかもしれない。

「神族も、死ぬかどうかの瀬戸際なんじゃないか。悪あがきもしてみたくなるだろう。人間も同じだ。世界をこのままにはしておけない。神族にまかせておくのは、もうおわりだ」

明楽の言葉に、神族はひどく楽しげに笑った。ここは黒い森の中なのに、その笑みは花の咲きならぶ庭にでもいるかのようだ。

「無駄に永らえることばかりが善きことだとは思わないな。世界が滅びるならばいっしょに朽ちる。神族の治める国土がなければ、根をおろすことはできん。わたしは木の氏族だ。草木と同じ道をたどる」

ぬらぬらとうなだれて茂る森の枝葉が、じゅわりと息を吸う。その深い振動が、灯子の頭皮をざわつかせた。どこまでもひろがる黒い森の気配が、樹木の目のようななにかが、その一瞬、たしかにこちらへ集中する。

見られている。黒い森が、こちらを見ている。

「威勢ばかりいいが、お前はいったいなにをしに首都へもどったのだ。兄の仇討ちをはたそうというのでもない。……常花姫の遺言した火狩りの王とかいうものになるつもり

か？　常花姫もひどいことを言い残すものだ、“千年彗星を狩った者は、火狩りの王と呼ばれるであろう”——人間に、血をわけた妹にもひとしい存在を狩れとは”

　灯子のひざを緊張して、あずき色の鼻から、しぶきを一つ飛ばす。かなたの尾が、幾度かクンの息をする音が異様に大きいと感じるまで、灯子は自分が呼吸を止めてしまっているのに気がつかなかった。

　明楽は神族の言葉にはこたえずに、周囲に神経をすましている。

「お前は死ににもどったのではないのか。生まれた場所に。自分が火狩りの王になるつもりはないのだろう。だれに託すかも決めておらんのだろう。お前はするだけのことをしたつもりになって、義理ははたしたと、安心して死にたいだけだ」

　神族の声は、もはやそのくちびるからこぼれているのではなかった。灯子たちをとりかこむ枝葉、樹皮、朽葉、根、下生え——森の草木が、さやさやとささやきあい、声をこだまさせて全方位から話しかけてくる。

「ほかの火狩りたちのことなど、お前は信用していないではないか」

「やつらは首都を追われたお前に近づいて、持っているものをみな奪おうとした」

「お前を人と思わなかった」

「お前が心から信頼できるのは、火狩りでも人間でもない——」

「炎魔たちだけだ」

　明楽の手がふるえている。いや、ふるえているのはてまりだろうか、それとも自分の

手だろうか。樹皮や葉にやどる黒いまだら模様が、目玉の形をしてこちらを見ている。幾千、幾億という森の目が、ぐねぐねとうごめきながら灯子たちを見つめている。

「──おい、〈蜘蛛〉」

神族の目が、明楽にしがみついて立つクンを見た。

「いらぬ細工をするな。わたしをここで葬っても、お前たちが時間を無駄にするだけだぞ。崖のむこうへ帰してやろう」

すさまじい重みをこちらへそそいでいた黒い森の圧迫感が、ふいにほぐれた。灯子たちのぞきこむ数えきれない目玉の気配が霧散する。その変化に思わず身じろいだ灯子の肩を、明楽が押さえる。動きを制されて、灯子はただ身をこわばらせた。心臓が、呼吸の音よりもはげしく胸の中で暴れている。うしろから伸びてきたクンの手が、灯子の手をにぎりしめた。

白い手で袂を押さえながら、神族がしなやかにひざをかがめる。その手が、土になにかをこぼす。種だ、と灯子は思った。あれは土に種をまく動作だ。

「……なんで、そんなことをする？」

明楽の問いに、もう気迫はこもっておらず、それはまるでみなしごが通りすぎる大人へかける声のようだった。

神族が種をまいた土から、するするとあざやかな緑色のものが伸びてくる。光るようなその色は、木々人たちの目と同じだ。

「お前たちは、もうかかわるな。お前たちがいると」

「ひばりがよけいなことばかりして」

「後始末にこまるのだ」

神族の声が、周囲の枝葉からささやき出される。ざわざわと、葉擦れの音が声になる。

黒い森にはないはずの緑の植物がびっしりとからみあって高く伸び、足もとの土が大

きく崩れた。

「手揺姫はたしかにあわれだが」

声が幾重にも響く。　間近でがなりたて、あるいは遠くからささやきかけてくる。もは

や、刺青を持つ神族の口が紡ぐよりも多くの言葉が、ゆがんだ枝葉のこすれあう音とな

って響いている。

「無垢紙と墨と筆を持たされ」

「姫神自身の意思とは関係なく」

「ほんとうのことを書くことは許されずに」

「宗家の者たちが言うがままに書かされている」

《揺るる火》へ読ませるための、すべての言い訳を」

「ひばりがあわれに思って好き勝手に動くのも、無理はない」

独り言めいた呪文が、土のにおいといっしょにずらずらとつらなってのしかかってく

る。灯子はクンの肩を抱きよせ、明楽の腰をつかもうとする。明楽が手を伸ばす前に、

かなたがてまりの首根っこをくわえ、持ちあげていた。一度だけわめいて、てまりはす
ぐおとなしくなる。

地中から、森の土を食い破って伸びあがる植物が、檻のように灯子たちをかこんだ。
それは一瞬にして視界を埋めつくし、ざわざわと音を立てながら生長をつづける。緑の
伸びる音が耳をふさぎ、灯子は明楽を支える手に力をこめて、息を止めた。

三　灰

　煌四はキリの体を支えて、建物から出た。鎌をかかえた緋名子が前を行く。時刻はまったく読めず、妙に静かな空気が不気味だった。異能や炎を使って戦っていた者たちは——あるいは幽鬼のように水辺のにおいを引きずってさまよっていた者たちは、どこに隠れているのだろう。

　散らばる破片で傷つかないよう緋名子の足に巻いた布が、早くも黒く汚れていた。ときおり脂ぎったようなぬめりが空気中に混じり、胸を悪くさせる。雨を降らせる役目をおえてからも空に居座りつづける雲のせいか、大気が重くのしかかるのが感じられた。

「……置いてけばいいのに」

　煌四になかば担がれる恰好で、足を引きずりながら進むキリが、顔をうつむけたままつぶやいた。

「まだ、おかしな気を起こす連中がいる。もたもたしてると焼け死ぬぞ」

　煌四はこたえずに、歩きつづけた。キリはほとんど自分の体重を支えることができておらず、気をぬくといっしょに転倒しそうだった。

黒く焦げて屋根のぬけ落ちた工場がある。ありえない形にゆがんでたおれた鉄塔、ど
こから飛んできたのかもわからない機械の部品。根もとからかしいで煙突にもたれかか
る巨樹。あるいは、水かさをまして道をあふれながら流れる水路……工場地帯は破壊
によって、もとのすがたを失っている。

これだけの破壊が火によってもたらされたのだとすれば、工場ばかりか貧民区も相当
数が壊滅状態になっているのではないか。貧民区の住人たちは工場の工員たちとちがい、
町へ逃げたとしても、身を置く場所もない。

キリを支える手に、知らず知らず力がこもった。もっと早くにこうしておけば。動く
体があって、ほんのわずかではあっても手だすけをするための力があって、そしてこの
人たちは同じ首都に、足をのばせばすぐおもむける場所に、ずっといたのに。

緋名子は寝間着のたっぷりとした布地を細い足首にからみつかせながら、迷いなく歩
いてゆく。汚れてはいるがまだ白い寝間着の色と、だいじそうにかかえた鎌の金色が、
緋名子のすがたを荒れはてた工場の景色から一人浮かびあがらせていた。

灯子と犬たち、そしてクンとともに、地下通路を進んでいたときのようだ。　地下通路
でも、煌四たちは、この世のものとは思えない痩せ細った少女に先導されていた。

ややうつむいて前を行く妹の首も、あの痩せ細った子どもと同じに細い。父がふるっ
ていた火狩りの鎌が、緋名子の体の貧弱さをいっそう際立たせていた。

キリはぐったりとうなだれて、もう口をきかなかった。ただ、思うように動かないは

ずの足を、もつれさせながらも前にくり出す。包帯の上から保護用に布を巻き、できる限り破片の落ちていない場所を選んで進んでいるつもりだったが、キリの灰色の足にはいつしか血がにじんでいた。

「緋名子、一度止まろう」

小さな背中に呼びかけて、煌四はそばの工場の屋根をあおいだ。この建物自体は無傷で、上から倒壊してきそうなものも近くにはない。それを確認してから、足の傷をあらためるため、建物の壁を背にキリを座らせた。

意識が朦朧としているのか、キリは血のにじむ足を痛がるようすもなく、姿勢をたもとうとして枝を切りはらった腕をつっぱった。それでも力がこもらずにたおれそうになるキリを、緋名子が支えた。

なにごとかを言おうと、キリの口が動く。聞きとれないかすかな声を聞こうと、緋名子が耳を近づけた。すこししてからこまったように眉をさげて、こちらを見る。

「……置いてって、って」

緋名子の声は、悲しそうに困惑していた。煌四は疲労のためにきしみをあげそうな体に深く息をとり入れて、かぶりをふる。

「だめだ」

息があがって、それ以上はしゃべることができなかった。

（くれはさんは、どこにいるだろう……）

いまも地下水路にいるのだろうか。煌四に母親の遺した手紙をわたしたせいで燠火家を追われ、神族によって体を作り変えられて、それでも使用人だったあの人は、自分たちをたすけようとしてくれた。同時に煌四は、灯子たちと森に残ったクンのことを思った。

緋名子をキリのもとへ残して栽培工場から出たあと、動けなくなっていた煌四を、いっしょにいたクンは置いていかなかった。くれはに隠れていろと言われたようだったが、それでも、〈蜘蛛〉の異能を持つクンは、煌四がいなくとも灯子を探しに行けたはずだ。クンはそれを選ばなかった。選ばない理由が、〈蜘蛛〉の子にはたしかにあった。

「あっ」

キリの体を支えている緋名子が、目をしばたいて顔をあげた。ふりかえって視線の先を追うと、焦げた瓦礫に半分ふさがれた路地のむこうに、一匹の犬がいた。つやのあるまだらの短毛、垂れた耳の若い犬が、こちらへ鼻をむけてにおいを嗅いでいる。狩り犬だ。火狩りはいない。かわりに先の白い尾をふる犬のうしろから、ひょこひょことたよりない足どりでついてくる人影があった。

あ、と、煌四の口からも、緋名子と同じような声がもれる。

「おや——？　おやおや、こんなところで会うとは……」

知っている顔が、ぎょろりと目をむいてこちらへ首を伸ばしている。分厚い眼鏡をかけた、痩せこけた骸骨のような顔。猫背の首をつき出すように、むこうもおどろいた顔

をして立っているのは、学院の教師の一人、火十先生だった。

人なつこそうな狩り犬は、垂れた耳をなびかせてひと息に駆けてくると、大きな黒い鼻を近づけて緋名子のにおいをたしかめ子、キリのにおいを嗅ぎまわった。煌四や緋名ると、ためらわずに頰をぺろりとなめた。

「大丈夫ですか？　どこへ行っていたんです。よく生きていましたね」

狩り犬のあとから走ってきた火十先生が煌四たちを見おろし、首のうしろに手をそえる。片腕にかかえこむようにして、形のよれたかばんを持っていた。

「せ、先生、どうしてここに……」

たずねる煌四にはこたえずに、学院の教師はその場に身をかがめて緋名子がけがをしていないか目でたしかめ、壁にもたれかかって動かないキリの脈をたしかめた。

「この人は、木々人ですか？　ぼくでは担ぎあげられないな。とにかく傷の処置をしないとね」

キリの手首から手をはなして、かかえていたかばんの中身を探る。そうして火十先生は、骨のめだつ指でむこうの路地をしめした。

「うん、ぼくの持ってるのは布ばっかりです。さっき、ぼくらの出てきた角から加工工場へ、貯水タンクの裏手からまわってください。仮の救護所がある。人がいるから、処置の道具をもらってきて。とくに消毒液。きみのほうが足が速いでしょ」

「は……はい」

てきぱきと出される指示にとまどいながらも、煌四はすぐにもどると伝えるために緋名子にむかってうなずき、立ちあがった。緋名子になにか言葉をかけ、目をつむっているキリに呼びかける教師の背中をたしかめて、言われた道を走りだした。

突然、音が明確に聞こえだした。鼓膜に張りついていた水が、海の温度をやどしたまま、ぬけ落ちていったのだ。

火十先生から指示されてむかった救護所では、先ほど二人の乗員についていった遺体のならぶ場所とちがい、立ち働く人間が多くいた。工場の扉が開けはなたれており、野天ではなく屋根の下に手遅れだった者たちが横たえてならべられ、中にも外にも人より

もたくさんの犬たちがうろついている。

救護所にいる作業着すがたの者たちから、明らかに浮いている数名の集団がある。高価だが手入れをしていない衣服のそれは学院の教師たちで、現れた煌四におどろき、一様にざわついた。

「手伝いに来たのかい？　煥火家さんは、いったいなにがあったというんだ」

煌四のことをおぼえている教師が、身を乗り出すように話しかけてきた。さまざまなことを聞き出そうと、その場にいる教員たちが近づいてくる。全員が、手に四角いものをかかえていた。見れば、初等科のまだ幼い生徒が授業で使う、石板だ。

「す、すみません、消毒液と包帯を、すぐ持っていかなくてはいけなくて……」

ここで時間を食ってはいられない。煌四が投げかけられる質問をさえぎろうとすると、むこうから軽いエンジンの音が近づいてきた。だれかが、小型運搬車を運転してくる。

開けはなたれた扉の前で止まると、牽引されている柵つきの荷台が、破片の飛散する路面で危なっかしく揺れた。運転してきたのは、先ほど煌四が会ったのとはべつの、回収車の乗員らしかった。

「おぉい、犬たち、これに乗せてたらどうです？」

「乗るかね、われわれの言うことをちっとも聞かんのに」

教員のうけこたえに、作業着すがたの男はあからさまに不満を顔に表す。

「それでも、火狩りだけじゃあ仕事ができないって。犬を連れてきてくれって、町に担ぎこまれた火狩りたちが言ってますよ」

「そうは言っても、そんな荷台の上じゃあ、かえって犬たちがけがをするでしょう。自分たちで走ってくれたほうが早いんだが」

「じゃあ、なんか方法考えろって。自分で走れといったって、犬に命令できる火狩りがいないんだから」

乗員と教師たちが言いあっているすきに、煌四は手当てのための道具が入った箱を見つけ、手を伸ばした。こちらに背をむけている教師たちに頭をさげて、もとの場所へ駆けもどった。

緋名子もキリも、同じ姿勢で先ほどの場所にいた。血のにじむ布をほどき、火十先生

が新しい布をあてがって傷口を押さえている。

「ああ、やっぱり早かったね」

のどにからむようなぼそぼそとした声が、あまりにもこの場にふさわしくない。煌四は箱を置いて消毒液をとり出し、火十先生のかばんから引ぎ出された新しい布に染みこませて傷口を洗った。細長く折った布を包帯にして、足をおおう。布しか入っていない、と言っていたかばんに教師が手を入れるたび、カタカタと音がした。

手当てをするあいだもまるで反応しないキリをはげますかのように、緋名子がキリの腕を抱いていた。その緋名子にすっかりなついたようすで、耳の垂れた犬がそばに姿勢よく座っている。毛づやがよく、まだ若いためか好奇心の強そうな犬だ。

「……学院の先生方がいました。いろいろ訊かれそうだったけど、こたえるひまがなくて。あの——火狩りの登録番号を記録しているんですか？　どの先生も、教材の石板を持っていて」

たずねながら、頭の芯がきんとひえた。火狩りの死傷者の数を記録しているのだとしたら、それは首都の火狩りたちを統括する神族の仕事だ。学院の教師たちも、神族側だということになる。いま、ここにいる歴史学の教師もだ。

火十先生は、いがらっぽい咳を一つすると、自分のかばんに手をつっこんだ。

「ああ、これのこと？」

こともなげにそう言って、救護所の教員たちのものと同じ、初等科で使う石板をとり

出す。こちらに見えるようかかげたそれには、チョークではなく、錐か釘のようなもの

でおびただしい数字が彫られていた。

「これはね、距離の数値を調べているんですよ」

授業中のように、抑揚をおさえた声で言う。

「……距離？」

「そう。人体発火の起こる距離。路面や建物の焦げや破損の具合から火の大きさを推測して、焼死体、あるいは人の脂が付着している場所との距離を測って……このような大惨事の渦中だけれどね。有志の教員十人たらずで、やっているんだ。これまで、どれくらいの距離で人体発火が引き起こされるか、ちゃんとした数値はわかっていなかったでしょう。いま数値を測り集めて資料を作れば、かならず後世に役立ちます。もうこんなできごとは勘弁してほしいけれど、事故による失火からも、たすかる人がふえます」

長くしゃべったのどを調整するかのように、火十先生は首すじの皮膚をつまんで左右に引っぱる。

「紙に書くと、もし記録者が発火した場合、いっしょに燃えちゃうでしょう。小さい生徒さんには悪いんだけど、だから石板を拝借してきたというわけです。これなら、ぼくらがうっかり燃えちゃっても、記録は残りやすくなるからね」

煌四が言葉をなくしているのを気にもかけず、火十先生は汚れた布をまとめてかばんに押しこむとそこへ置いたままにし、石板を紐で首からさげて、キリの片手をとった。

「反対側はお願いします。妹さんから聞いたよ、神宮の下へ連れていくんでしょう。——ああ、かまわないよ。ぼくもなるべくひろい範囲を歩いて、火が燃えた場所と人体発火の起きた場所を知っておきたいから」

　煌四は言われるまま、前腕から生えた枝葉を切り落としたキリの左腕を肩にまわし、痩せた教師と息をあわせて体を担いだ。

　煌四たちを心配そうに見あげながら、緋名子がぴったりと身を寄せてくる犬の顔を両手ではさんだ。緋名子が目をのぞきこみ、黙ったままそっと背中をたたくと、犬は活発にひと声鳴いて、路地を走り去っていった。

　あたりが暗くなってゆく。炉六は、神宮へたどり着いただろうか。綺羅は、どうしているのだろう。キリの言葉どおりにめざす先へむかえば、そこには巨体のクヌギがいるはずだ。クヌギの近くで——〈蜘蛛〉たちの死体がまだそのままになっているはずの崖下で、生き木を見つけるだけではすまないだろうという予感があった。あそこは、神宮の足もとだ。

　たどり着く前に、なんとか歴史学の教師をそばから遠ざけなくてはと、煌四は思案しはじめた。なにかが起きたとき、緋名子はきっと逃げきれるだろうが、この人はそうはいかない。

　崩れた建物のむこう、先ほどの救護所にいた犬たちが、さかんに吠える声が響いてくる。

四　橋

体が転がる感覚と痛みのために、灯子は息ができなかった。草や葉のにおいがきつくまとわりつく。それに混じって、ひえた金属と汚水のにおいがする。

大きく息を吸いながら、もがくように顔をあげた。ほとんど悲鳴に近い、てまりの吠えたてる声が聴覚をかき乱す。

自分のいる場所と、明楽たちの位置をたしかめようと視線をあげる。瞬間、目がくらんだ。膨大な重みが押しよせ、のしかかってきて、なにが起きたかもわからずにまぶたをふさいだ。

耳もとに揺れるものを感じ、灯子はこわごわ感覚をすました。——目を開けると、そこに痩せこけた顔がある。しなびた顔には、それでも少女のおもざしがやどっている。長すぎるまつ毛。一瞬も絶えずに、背後にゆらめく白銀の髪……

〈揺るる火〉がこちらをのぞきこんでいる。しかし、深い色合いをたたえたはずのその目はまっ暗だった。銀色とも黒ともつかない不思議な色をやどしていた瞳（ひとみ）は、その眼球

ごと消え去って、まつ毛に飾られた眼窩（がんか）には、ただぽっかりと空いた二つの黒い穴だけがある。

ずるりと、手首にからみついていた木の根が、生き物のようにほどけてゆく。

なにごとかを問いたげに、〈揺るる火〉は折れそうな首をかしげて口もとを動かすが、それは灯子になにも伝えてはこなかった。大きくなりすぎた鳥の翼のように銀の髪はためき、そしてそのすがたは、空気に呑まれてかき消えた。

「いたた……なんだったんだ、あの派手な刺青（いれずみ）のやつ」

そばで明楽が、悪態をつきながら首のうしろをさする。くくった髪に木の葉がまとわりついていた。座りこんだクンが、ぺっぺっと口に入った枯れ葉を吐き出している。這（は）いつくばって呆然としている灯子を気遣うように、かなたが頭に鼻でふれた。

（……見えんかったんじゃろうか）

明楽もクンも、いまのいままでそこにいた〈揺るる火〉のすがたに、おどろいているようすがない。明楽はクンをそばに引きよせながら、周囲の気配にだけ神経をすましている。そばに明かりがある。燃料のとぼしい照明器具が、近くに置かれているのだ。

（かなた、見た？）

声には出さずに、犬の目をのぞきこむ。かなたは、ただじっと灯子を見つめかえすばかりだった。

するすると、黒い森に生えていたはずの植物たちが影になって、舗装のすきまへすが

たを隠していった。灯子たちを襲った神族の異能が、用をおえてしりぞいてゆく。

「灯子、立てる？」

明楽が手を伸ばす。それをつかんで、灯子は立ちあがろうとし、こみあげてくる吐き気におどろいて、自分の口を押さえた。

すぐ近くで、水の音がする。

クンがのどの奥で、きゅう、と小さな音を鳴らした。

まっ暗によどんだ空気に、水のにおいがむせかえる。そばに置かれているごく弱い照明が、通路になった空間を照らしていた。だれかが置いていったらしい携行型の照明を、明楽が拾いあげてかかげた。

「——地下通路？」

怪訝そうな明楽の声が、地下を流れる水路と半円形の天井にこだました。灯子は無意識に背後にある壁を探り、手をそえて立ちあがる。ここは、煌四といっしょに歩いた、工場地帯の地下通路だ。クンがせわしなく目玉をめぐらせながら、虫の入った瓶を腹にかかえこんだ。ぴたりと一点をとらえて、その目の動きが停止する。灯子はその視線の先へふりむいて、壁に目をこらした。

暗くて目がきかない。それでも、どこか見おぼえのある形が、像を結びかける。森へ迷いこむまでに歩いた地下通路の壁にも、こんな模様がいくつかあったはずだ。

——虫の絵。

かなたがぴくりと耳を立て、てまりがやにわにわめきはじめた。　犬の声におどろいて乱れた聴覚に、自分たち以外のだれかの足音がまぎれこんできた。

「だれだ！」

明楽の声が、低く暗がりを切り裂いた。

ひっ、と息を呑む音がし、悲鳴になりそこねた幼い声の切れはしが、通路の先からこぼれた。　前へ出た明楽が、消えかけの照明をかざした。　弱々しい明かりにさらされた顔が二つ……げっそりと頬のこけた男と、おびえながらもきつい目つきをした少年だ。　灯子よりも、いくつか年下に見える。　重そうな木箱をかかえている男にすがりつきながら、痩せた少年がこちらをにらんだ。

父さん、と呼びかけながら少年が恐怖に顔を引きつらせると、男は深い怒りをあらわに歯ぎしりした。　脂汗の浮いた顔が青ざめているのが、暗い中でも見てとれるほどだ。　かなたが異様に緊張しているのが伝わり、灯子の心臓がずくずくと痛いほどはねまわった。

ごとん、とかたい音をさせ、男が木箱を下へ置いた。　少年の顔が泣きそうに引きつり、しかしそのまなざしに慈しみにも似た色が表れるのを、灯子はたしかに感じた。　男は手になにかをにぎりこんで、食いしばった歯をむき出しにする。　反対の手が、ほとんど力まかせに少年の肩をつかんで抱きよせている。　てまりのけたたましい声がつづく中、クンが、ぎぃと威嚇の音をのどからもらした。

あの木箱の中身がなにであるのか、地下通路にいた親子がなにをしようとしているのか、頭が理解する前に、灯子の全身に冷や汗が噴いた。

火の種。首都の人間たちがあちこちにしかけているという。〈蜘蛛〉によって救われると信じている者たちが。——目の前にいる親子も、その仲間なのだ。

逃げなくてはとクンの肩を抱いた灯子とは逆に、明楽は前に出た。ひと息に懐へ飛びこみ、男に当て身を食らわせた。その動作に、ためらいはなかった。

体を折ってえずく男の手から、卵型の照明に似た形の金属の道具がのぞく。それをとりあげて、明楽は水路へ投げ捨てた。うずくまって苦しむ男のかたわらで、少年がわななきながら灯子たちを見つめていた。立っているすべを、灯子は忘れそうになる。親といっしょに燃えて死のうとした子どもの前に、どうやって立てばいいのだろう。

男が運んでいた木箱を明楽がかかえあげ、金属の道具と同様に水路へ落とした。粘り気のある水音を立てて、にごった流れがこの親子の荷物を水の中へ引きずりこんだ。

呼吸を引きつらせてうずくまっていた男が、唾液の糸を引きながら顔をあげようとする。うめき声が、すじ張ったのどから引きずり出される。痙攣を起こしたかのように全身がわなないていた。

「あとすこしで……子どもをこの世から解放してやれたのに！　〈蜘蛛〉に焼かれろ、神族の手下めが」

明楽がかすかに肩を上下させながら、背すじを伸ばして男を見おろしている。

「……あたしは、首都づきの火狩りじゃない」

低い声が、流れる水面へ落ちていった。

人の声とは思われない慟哭をあげる男とその子どもの首根っこをつかむようにして、歩きだした。大きな歩幅で迷いなく進むので、灯子たちはついてゆくのがやっとだ。てまりとかなたが、背後を警戒しながらついてくる。

おびえた少年が、まだじっとこちらを見ているのが、背中に感じられた。木の氏族の使った異能によって突如すがたを現した灯子たちは、神族が遣わした火狩りに見えても仕方がないだろう。明楽が水路へ捨てた道具、あれは火をつけるためのものなのだろうか。だとしたら木箱の中には、工場の建物を破壊するほどの大きな火を生む火の種が入っていたのにちがいない。

どうしてだろう、もうこんなにたくさん死んでしまったのに、なぜおわらないのだろう。疑問を親子の前に置き去りにして、灯子は必死に自分の呼吸を落ちつかせようと努めた。

(あの人たち、置いてってええんじゃろうか)

明楽を見あげたが、目の底から湧いてくる暗さが、灯子の視界も問いも、どろどろにごらせてしまう。水のにおいが鼻腔にねばりつく。足早にその場をはなれ、明楽の選びとった通路わきの扉からどこかの工場へ入ると、階段をのぼり、無人の建物を通過して外へ出た。

首都へ、工場地帯へもどってきたのだ。

建物から外へ出ると、まぶしさが灯子の目の底を刺した。思わずまぶたを押さえる。目が拾った刺激が、つめたい頭痛を呼び起こした。クンが、すかさず灯子の手をにぎった。汗で湿った手の感触にすがることで、灯子はめまいに耐えた。

目も開けられないほどまぶしく感じられた空は、ぼんやりと西日の名残をにじませた曇り空だった。

「……まずいな」

明楽が歯噛みしながらつぶやいた。

灯子の目をくらませた灰色の空をせおって、複雑な建造物がそそり立つ。崖のむこうの森にいたはずの灯子たちは、崖を越えず、海路も経ずに、しかしたしかに首都へもどってきていた。背後にはかさをまして流れる巨大水路があり、水路のむこうには切り立った斜面がそびえている。——あの上は、旧道だ。この急な流れの水路は工場地帯と町の境界で、橋を越えれば、むこうには町がある。……もどれってことか。邪魔者は、町に引っこんでろって」

「神宮からかなりはなれてる。

明楽は吐き捨てるように言ってから、視線を落とし、深く息をついた。眉間に険しいしわが寄っている。——あるいはあの神族は、火をつける人間に行きあわせ、灯子た

を発火に巻きこもうとしたのかもしれなかった。

灯子の腕に、クンが体を縮めるようにしてしがみついてきた。クンの小さくやわな手につかまれてはじめて、灯子は自分の体が大きくふるえていることに気づいた。ふるえを止めようとするのに、止めるすべがわからない。

「明楽さん……？」

灯子のたよりない声にはふりむかず、明楽は動かない工場地帯へ視線を走らせる。その横顔が、褪色（たいしょく）して見える。空に蓋（ふた）をする雲のせいだろうか。それとも灯子の目のせいなのかもしれない。まともに空を見ようとすると、糸くずのような線がいくつも、うよよと視界の中を泳いだりはぜたりした。

うつむいて、目をこする。

夜や森や暗い地下通路が、目の異変をどれほどおおい隠してくれていたことか……いまになってそれに気づいた。かなたもてまりもクンも、灯子が見つめるとまるで泥をかぶったようだ。森にいてさえ覇気を失うことのない明楽すら、灰色のもやでおおってしまう自分の目を、灯子ははじめてくやしく思った。

（どういう意味だったんじゃろう……あの神族さんの言いなさったのは）

明楽が首都へもどった理由。死ぬためにもどったのだろうという言葉を、神族が、いや黒い森の植物たちがささやき、がなりたてた。あれはほんとうだろうか。森の草木のぞきこまれる感覚にあらためて身ぶるいし、灯子は頭をふるった。いまは、目であろ

うが手足であろうが、いちいち体のことを気にしてなどいられない。すくなくとも使え

る、そのことだけが重要だった。

「灯子、願い文を貸して」

明楽の手が伸びてきた。灯子はうなずいて、雷火用の瓶に入れた願い文を懐からとり

出す。うけとる明楽の包帯だらけの腕が曇り空に砕ける弱い残照にさらされ、痛々しか

った。

明楽は、肩に巻いた布を歯で嚙みながら裂き、瓶から出した願い文をつつんだ。手早

くそれを、てまりの首に結わえつける。森で解放されたばかりだった荷物をふたたびお

わされ、てまりは不服そうにひと声鳴いた。クンがかくまうように自分の腹に押しあて

て持っている虫たちの瓶も明楽が布でくるみ、落とさないようクンの胴に固定して結ん

だ。

そうして近くの建物の入り口わきに水道の蛇口を見つけると、力強くそれをひねった。

白くなって流れ出る水のそばへ、灯子とクンを呼びよせる。灯子もクンも、夢中で水を

手にうけ、口へ運んだ。地下通路で飲んだものよりも、ずっと金臭い。かすかにへどろ

じみたにおいもするが、のどをすべってゆく味はこたえがたいほど甘く、おぼれるまで

飲んでいたいほどだった。ふるえのやどる灯子の手はうまく水をうけとめられず、クン

の小さな手も大差なかったが、それでも一心にかわきを癒やして、顔を洗う。明楽も注

ぎ口の下へじかに口を持っていってのどにうけ、そのまま顔や髪をごしごしと洗った。

てまりが不器用に水を飲むあいだ、かなたはうしろでじっと待っていた。

と、ふいに身を反転させてふりむいたてまりが、あごをふるわせながら高く吠えたてた。

明楽は水を浴びた髪をふるいながら、すばやく顔をむける。灯子はふりむこうとして、どろりと不快な揺れをひたいの奥に感じ、一度きつくまぶたを閉じなければならなかった。

まるで泥水でも入っているかのような目玉を、それでもあるべき位置へ押しとどめてまぶたをあげたとき、橋の手前に一人ぶんの人影があった。灰色の作業着をまとっている。いやに小柄だが、どこかの工場の工員だろうか。工場地帯のようすを見に来たのかもしれない──

作業着すがたの小柄な人影は、こちらに気づいたのか気づかないのか、どこかおぼつかない足どりで歩き去ってゆく。建物の陰に、そのすがたが隠れる。

「──行くよ」

明楽が無視してきびすをかえそうとしたとき、先ほどの人影が、思いがけず橋のたもとへもどってきた。今度ははっきりと、その顔がこちらを見ている。そして人のすがたは、一つではなくなっていた。

そろいの作業着をまとった人影が三つ。そのうしろに、ひらひらとした少女用の衣服を身につけたたよりない影が一つ……工員たちがこちらを指さし、声をあげている。灰葱色（あさぎいろ）の衣服を着た少女が、はっと息を呑む音がたしかに聞こえた。灰色の中にただ一人、浅葱色の衣服を着た少女が、はっと息を呑む音がたしかに聞こえた。

「いた……」

おそるおそるつぶやいてから、こちらへ駆けてくる。長い髪をうしろで結わえている

ために、顔中の傷がいっそうめだつ。浅葱色の衣服をまとった肩や胸が、呼吸のために

小刻みに上下する。首都風の、少女用の衣服からのぞく足が、いかにもたよりなかった。

「火穂——？　なんで、こんなとこに」

明楽が眉を大きくゆがめる。声音に、わずかの憤りが混じるのがわかる。

（なんで……）

灯子は、夢を見ているのにちがいないと思った。

「火穂ちゃん！」

クンがおどろきとうれしさをこめて火穂にむかって駆けてゆくので、夢であるなら壊

れなければいいが、と案じた。案じるばかりで、灯子は自分の体を、走ってくる友達の

もとまで動かすことができなかった。

「会えないかと思った……よかった、いた……」

声は、動きの静まっている空気に溶けて消え入りそうだ。澄んだ、なつかしい声だっ

た。

町の、海際の家にいたはずの火穂は、夢の中のものとは思われないたしかな足どりで

こちらへ近づくと、泣きだしそうに顔をゆがめてクンの頭を抱き、灯子の手をつかんだ。

火穂の手のつめたさが灯子を正気にかえらせた。心臓が、あわてふためいたようにつぎ

の血をめぐらせる。

「か、火穂……なんで？　なんで、ここにおるん？」

たよりなく問う灯子に、火穂がまっすぐ目をむける。それはあの、真水をたたえたか

のような、くっきりと澄んだ目だ。……しかし、灯子がせめてもう一度見たいと願った

火穂の目は、顔の輪郭ごとぼやけて、うまくとらえることができなかった。灯子の視界

のかすれが、火穂の瞳（ひとみ）を無残ににじませてしまう。ふるえまいとすると、灯子の手はよ

けいにがくがくと暴れた。火穂がその動きを自分に引きうけるように、痙攣（けいれん）する手を

つかみこむ。

「けがをした火狩りをたすけるって、町からこっちへ来る人たちがいたの。その人たち

についてきた」

火穂が、うしろに立っている三人をふりかえる。灰色の作業着をまとった者たちはこ

ちらへすばやく歩みよってきて、灯子たちを——正確には明楽を、親しみと好奇の入り

混じったまなざしでかこんだ。足もとのてまりが、低く身をかがめてうなる。

「……回収車の乗員？」

明楽が作業着すがたの三人を視線で制しつつ、問いかけた。最初に橋の手前に立って

いたのは、明楽よりいくらか年下に見える女、そのとなりに腰のまがった老人、あとの

一人は四十がらみのいかめしい顔をした男だった。極端に姿勢が前かがみになっている

ため、老人の作業着の襟もとから銀の鎖と金属片がのぞいていた。照三が身につけてい

たものと同じ、乗員の鑑札だ。

「工場地帯がえらいことになって、いてもたってもいられませんでな。回収車の準備も急のことだったんでなあ。配属された乗員も、わしらみたいな寄せ集めだ。一応全員、試験にはうかっとるがな」

腰のまがった乗員が、前歯のまばらになった口で笑った。

「照三の生意気野郎に呼びつけられたんだ。いまのいままで、首都へもどっていたことも隠していたくせをして。……大方、話は聞いた。あんたのしようとしていることも」

厳しく眉間にしわを刻んだ乗員がそう告げた。老いた乗員は明楽を見あげ、感嘆したように口もとのしわを動かす。

「こんなお方がほんとうに、いやあ、しかし……薪さん、なにか着るものをとってきてあげなさい。これじゃあ寒いし気の毒な」

薪と呼ばれた小柄な女が、黙ってこくりとうなずき、また走り去っていった。きついくせのある結わえた髪がはずんで、うしろすがたがどこか紅緒に似て見えた。

「薪さんは、口がきけんのです。ほんとうに、危ういところで試験にこぼれずにすんだ寄せ集め者ばかり、車につめこまれてゆくはずだったが、乗りそこなった」

うたうように話しながら、老人はしわだらけの笑顔を明楽にむけた。

「トンネルが崩れて、回収車は出発できません。車を見に行くには、工場地帯はまだ危険だ……」

明楽が声音を厳しくする。火穂がクンを抱きよせ、ずっと灯子の手をにぎっている。火穂に会えたのをやはりほんとうのこととは思えず、灯子の意識はたよりなくかしぎつづけていた。

眉間のしわをますます深めて、いらだたしげに咳ばらいをする乗員を手で制し、老人が穏和なそぶりで首をふった。

「知っとりますよ。血の気の多い連中が、まっ先に格納庫を見に行った。車は、なんとか修理すりゃあ動かせそうだ。村のために急いで動かすようにということだったが、ま
ず道をどうにかせにゃあな。……そんなわけで、わしらは、いま仕事がない。それで、
けが人だけでも町へ運ぼうと、乗りそこないの乗員一同、働いておったのです。この火
穂さんは、海際の家にとどまれと言うのを、どうしても聞きわけずに来てしまった。自
分にも、けが人の手当てを手伝わせろと、そりゃもうものすごい剣幕だった」

いかめしい顔の乗員が、太い腕を組んだ。

年老いた乗員に顔をむけられても、火穂はなにもこたえなかった。

「出動中の二台が、どっちも森の中でだめになったそうだな。いま待機中の車だけでは、
半年ごとに村をまわるのは厳しい。なんとかせんと」

「話したんですね、あいつ……」

明楽の問いに、乗員二人は同時にうなずいた。明楽の眉がつらそうに寄せられるのを
見て、灯子は思わず火穂の肩に顔を押しあてた。火穂の肩からは、消毒液のにおいがす

る。

「照三さんが、明楽さんに会ったら伝えろって。──　"ばか女"」

火穂が、まなざしをまっすぐにむけて明楽に言いはなった。灯子はびっくりして、火穂の横顔を見やる。……灯子の目の中で、火穂はざらざらとした泥をかぶってでもいるようだった。

「……はあ？」

口を開き、気色ばみかけて、明楽は食いしばった歯の奥へ出かかった言葉を押しとどめた。くちびるをゆがめてわななくそのおもざしが、一気に幼くなる。その表情を、火穂の瞳がひたと見うけとめつづけている。

「死ぬ覚悟があるんなら、火狩りの王が生まれたあとも、ちゃんと生きて責任をとれ。そう言ってた。町に、〈蜘蛛〉の言うとおりにすれば人間は救われるんだって、強く信じてる人がたくさんいるの。なにが起きてるのかわからないから、みんなだんだん同じことを信じはじめて。──だけど町に火をつけられるとこまるから、『赤い髪の火狩りが新しい王になる』って、乗員さんたちにたのんでうわさを流してある。みんな、なにか信じられるものがほしいんだって」

明楽が目をみはる。火穂の小さな声の余韻が、機械たちの黙りこむ工場地帯の空気に、くっきりと残っていた。

「そんなこと、勝手に」

「勝手に火狩りの王を生むんだって、願い文を書いたのは明楽さんでしょう」

火穂が、顔をゆがめる明楽を目の底へ呑みこむように見つめた。

「あいつは、あんたなら大丈夫だと言っていたぞ。おれはあそこの親父さんに、工員見習いだったころから世話になってる。照三のことも昔から知ってるんだ。ろくでもないガキではあったが、あいつが言うならほんとうだろう」

腕組みを解かないまま、乗員は明楽の連れている灯子やクン、犬たちに視線をよこす。

「……火狩りは？　首都の火狩りは、どれくらい残ってる？」

明楽が、必死に声をふりしぼっている。明楽のそんな声を聞くのは、はじめてだった。年老いた老人の口もとから、いつしか笑みが消されていた。かわりにやんわりと口をすぼめるしぐさは、まるで舌の上に苦い飴玉をふくめているかのようだ。

「負傷して町へ運んだのが、三十人たらず。工場地帯に残っている火狩りは、まだ動ける者と死んだ者だけです。……神族からの命令がないから動かなかったのか、町に残ったままの火狩りもかなりいるようだ。こちらでは、死者のほうが多いかなあ。生きておって、工場地帯に残った火狩りは、わしらの知る限りでは五人ぽっちだ」

その数のすくなさに、星を狩り、火狩りの王になろうとする者が、〈揺るる火〉を狩ろうと決意している者が、いったいどれだけいるか——いや、その少数の中にさえ、流れの火狩りさまの中になら……明楽さんと同じことを考え

（湾で死んどりなさった、それだけしか残らなかった

て、力をあわす人が、もっとおったのかもしらん）

しかし、黒い森に現れた神族は、木々や草葉の口を借りてたしかにこう言っていた…

…お前は、火狩りも人間も信用していないだろうと、明楽が真実心を許せる者は、いなかったことになる。

うならば、流れの火狩りの中にも、明楽が真実心を許せる者は、いなかったことになる。

（いや、ちがう……）

灯子はかぶりをふった。神族は灯子たちを、だれよりも明楽を混乱させるために、あんな言葉を響かせたのだ。そうにちがいない。……それに、〈揺るる火〉を、あの天の子どもの首を狩りとる者がほんとうに新たな王であるのか、灯子はもう、確信を持てなくなっている。

「灯子」

暗くさまよい出しそうになった意識を、火穂の声が呼びもどした。ふりむいた先に火穂がいることが、灯子にはまだ夢としか思われない。まるでまどろみの中にだけ現れる、幸せな夢だ。

「これは、灯子にあげる」

火穂が、肩からななめに結わえていたつつみをほどく。布にくるまれていたのは、わらじだった。火穂のしぐさや声に、灯子は気の遠くなる心地がした。自分たちはいったいどれほどの長い時間、神宮をめざしてさまよいつづけているのだろう。

「ほんとうは新しいのを作りたかったんだけど、材料もないし、時間もなかった。」明楽

さんのぶんも、作れなかった」

火穂が手にしているわらじは、ガラス作りの村で宿の女主人からもらったものだ。あの村を出たあとは明楽の荷車に乗って湾までむかったし、首都へたどり着いてからも火穂は照三のそばを一歩もはなれておらず、わらじはどこもすり切れもゆがみもしていなかった。

「座って」

火穂はすばやくそう言い、灯子をその場にかがませると、汚れたわらじを脱がせ、新しいものをはかせた。

「これ、食べ物。おばさんが持たせてくれた。クン、一人で全部食べちゃだめだよ。灯子と明楽さんと、いっしょに食べなさいよ」

クンにまるいものの入ったつつみを持たせる火穂に、明楽が眉をつりあげた。

「ちょっと。火穂、あんた、灯子とクンを連れて帰りに来たんじゃないの?」

火穂は澄みとおった目をまっすぐに火狩りにむける。その横顔に、じわじわと夜が影をにじませはじめていた。

「ここへ置いていっても、灯子たちは明楽さんを追いかけるもの。あたしじゃ止められない。この乗員さんたちが力ずくで止めようとしたら、そしたらクンが、虫を使って抵抗するでしょ?」

「火穂、あんた、なに言ってるかわかってんの」

叱りつける明楽にも、火穂の表情は揺るがなかった。

「もしいま置いていくなら、あたし、灯子たちといっしょについていくから。足手まといが、またふえるよ」

そう告げながら、迷いのない目で明楽のまなざしをすくいあげる。乗員たちは肩をすくめ、それぞれに仕方がないといった調子の息をもらした。

「首都は、ひどいところだ」

年老いた老人が、ふたたび目じりや頬にしわをならべて、ひそやかに頬笑んだ。

「わしは、妻も子どもたちも工場毒で亡くしました。あそこなら、たいした重労働もなかろうと行かせた染料工場で、家族みんなを死なせました。こっちは整備工場で年じゅう機械油にまみれて、家族中でいちばんの重労働と思っていた自分だけが生き残った。友人たちも、みなひどい死に方でした。せめて人が、人らしく生きて死ぬ場所であってほしいと思いながら、この年になって首都から逃げるようにして乗員試験をうけた。……たのみます。あんたのような若い人にこんなことをたのむのは無責任のようだが、それでも。このとおり」

話すうちにその笑みがしだいにはっきりしてゆき、年老いた老人はにこにこと破顔しながら明楽にむかって頭をさげた。　明楽が、目をみはっている。

「……顔を、あげてください」

歯を食いしばってそう言い、明楽はだしぬけに、その場にひざをついて崩れた。路面

に手をつき、這いつくばるようにうなだれる。濡れた赤毛が、重たげに垂れた。

「すみません。あたしに期待してもらってもこまる。約束できるのは、神宮に、火狩りの王を生むための願い文をとどけるということだけ。これだけは、命にかえてもやりとげる。だけど……」

明楽が這いつくばったまま言葉を消え入らせるのと同時に、薪という名の乗員が、まるめた布を持ってもどってきた。走りとおしてきたらしく、息があがっている。明楽のようすと、仲間の乗員たちをかわるがわる見やりながら、小柄な乗員はひざをつき、持ってきたものをおずおずと明楽にさし出した。

「……ありがとう」

狩り装束の上衣は、けが人の着ていたものなのか、破れて血のあとがついている。口がきけないのだという小柄な乗員が、明楽をじっと見つめながらなにやら手でしぐさをした。汚れているが、これしか見つからなかったのだ、と言っているようだった。

明楽はそれをまとい、力をこめて帯をしめた。

「……灯子、クン」

火穂が、名を呼びながらそれぞれの頭をかかえこむように、ひたいを寄せる。火穂の手が心もとなくふるえていた。火穂とひたいをくっつけあう灯子を、かなたがゆっくりと尾をふりながら見あげている。その耳のつけ根を、火穂の手がなでた。

同じくらいに遠慮がちな手つきで、顔をあげた明楽がそれをうけとる。

「ちゃんと、帰ってきてね。　死なないでね？　かなたも」

「うん……うん。火穂」

《揺るる火》を狩ることなど、はたしてできるのだろうか？　ほんとうに、火狩りの王は生まれるのだろうか？　火穂の暮らしてゆくことになる首都は、これ以上危険な場所にならずにすむのだろうか……どの不安も、口にすることはできなかった。

「神宮へののぼり口は、残ってますか？」

明楽のまなざしが、もとの鋭さをとりもどしつつある。　問われた乗員は、ひげの剃りあとがめだつあごをさすった。

「火狩りや経営者が神宮へ行くときに使うのぼり口は、崩落に巻きこまれて使えそうもなかった。崖の下で、ばかでかい木々人があのへん一帯掘りかえしてる。神宮までのぼれるようにするんだと言っていたぞ」

「クヌギだ。——クヌギとヤナギは、キリと緋名子を見つけてくれただろうか。腕組みを解いて、乗員が明楽に、カラカラと音のする筒状の入れ物を投げてよこした。

「痛み止めだ。役に立つかはわからんが、もう手もとに残った薬はこれだけだ。——地下通路や建物の中に、まだ火をつける者がいるかもしれん。おれたちも、遺体の搬出がおわったらむかうよ」

明楽が、乗員たちにもう一度深く頭をさげ、なにも言わずに身をひるがえす。足早に歩きだす明楽を、灯子はためらわずに追った。かなたとクンも当然のようについてくる。

灯子はクンの手をにぎりながら、火穂の顔を目に焼きつけようとした。……うまく見えない。視界が暗くぼやけるのにくわえて、勢いよく湧く涙が火穂の顔をにじませてしまった。

火穂は口を引き結んで、じっとこちらへ視線をそそいでいる。まなざしに祈りをこめようとしているのがわかった。

（帰るから、きっと……火穂のとこへ、ちゃんと帰ってくる）

火穂の友達になる。自分がそう言ったのだ。そして火穂は、ここで生きてゆくと決めたのだ。

明楽の赤い髪が空になびく。すでに夜をにじませはじめている空に、それは消えかかる狼煙のように揺らいだ。

火穂にもっとかけるべき言葉があったような気がしたが、どれも灯子の背中から形を失ってこぼれていった。その背中を火穂にむけて、灯子はクンの手を引いて歩いた。うつむき、すっかり汚れたそでで目もとをぬぐう。

空はいまだに雲に蓋をされていて、顔をあげても星など見えなかった。──いまも星の高さにいられたら、雲の下のようすまでは見ないですんだろうに、〈揺るる火〉は雲のこちら側にいるのだ。

「……明楽さん」

たよりなく呼びかける灯子を、明楽はふりむかなかった。

「黙って歩け。急ぐよ」

破壊されていない建物の敷地の中をぬけ、止まらずに進む。かなたが背後のものから守るように、灯子とクンのうしろについていた。明楽の頬が泣いて濡れているように思えたが、暗さのためにはっきりとたしかめることはできなかった。

橋のたもとから町へもどらず、ふたたび神宮へむかって進みはじめた瞬間から、しのびやほかの神族に襲われるのではないかと身がまえていた。が、それらしい気配はなく、かなたもてまりも、危険を察知するようすはなかった。

火穂からわたされたつつみに入っていたのはにぎり飯で、結局、歩きながらそれをほおばっているのはクンだけだ。明楽ははじめから手にとろうとしなかったし、灯子も、いま食べるともどしてしまいそうだった。ひややかな空腹が腹の中に貼りつき、それが体を前へ前へとせき立てていた。

明楽はめだつことを避けているのか、建物にはさまれた細い通路を選んで歩く。入り組んだ工場地帯のどこかに、〈蜘蛛〉はいるだろうか。水路から襲ってきた、体を作り変えられた人々は。……あるいは、〈蜘蛛〉に救われようとして、人体発火をかえりみずに火をはなつ人間は。

「灯子、具合がおかしいんだろ。平気なの？」

歩きつづけながら、明楽が問うた。あたりがどんどん暗くなる。時間の感覚が、灯子の中で意味をなさなくなっている。

返事をしない灯子にそれ以上は言葉をかけずに、明楽は指についた米粒をなめとっているクンに横顔をふりむけた。

「クン、虫は調達した？」

「したよ。森にはいっぱいいたもの」

明楽が言っているのは、発火を無効にする特別な虫ではなく、クンが異能で使役する虫たちのことだ。にぎり飯をたいらげても空腹が癒えずに、クンは自分の指を順番にしゃぶっている。

「そうか。じゃあ、なにかあったときには、灯子はクンといっしょにいるんだよ。──正直、守りきれるかわからない」

入り組んだ建物が、じわじわと夜にひたりはじめる。前をむいた明楽の揺れる髪が、暗さにまぎれてもうよく見えなかった。

「弱いな、あたしは。ほんとは力ずくでも、あんたたちをすこしでも安全な場所へ置いていかなきゃだめなのに」

暗くなってゆくのが、怖かった。夜がおおいかぶさってきて、なにもかもを押しつぶしてしまうようだ。

「明楽さん、あの……森で、神族のまわりの草やら木から、声が聞こえましたよね？

あれは、どういう意味ですか？　ほんとなん、明楽さんが、信用しとらんって、その…

「……ほんとうかもしれないな」

明楽が返事をするのと同時に、てまりがくしゃみでもするように、フン、と大きく鼻を鳴らした。沈みかけた声を持ち直すため、明楽が顔を上むけたのがわかった。

「人間よりも、炎魔のほうが信用できる。だって、そうでしょ。火を使えないあたしたちは、炎魔たちの恵みがなければ、生きられないんだ」

クンがなめとりそこねた飯粒を、となりを歩きながらかなたが舌でもらいうける。クンはかなたのほうをむいて、反対の手もさし出した。

「炎魔は人間のように、あれこれずるいことは考えないよ。すくなくとも、人間にむかってくるときの炎魔には、命のやりとりしかない。あたしは……火穂に伝言されたとおりにばかだから、わかりやすくないと信用できないんだ」

ひとしきりクンの手をなめまわしたかなたが、前を行く狩人の思いをなめとろうとするかのように、くりかえし舌で自分の鼻を湿している。

「あの」

呼びかけたが、なにを言おうとしているのか、灯子はあっさり言葉を見失う。重圧をはねかえすような明楽の声からは、ほんとうの言葉を隠している響きが感じとれた。け

れどもそれは気のせいなのかもしれず、そ
も訊くべきなのかさえも、わからなかった。
前を行く明楽の足どりは、決然としている。
手に力をこめた。ぎゅう、と加減をせずにに
ぎってくる手の力の弱さに打ちひしがれな
がら、灯子は火穂のくれたわらじを無駄にす
りへらさないよう、ちゃんと足をあげて前
へ踏み出した。

ふいにてまりが、歩く明楽の足のそばへ飛びすさった。

どこかから、犬の声がする。

人の気配の失せた工場地帯に、犬たちの息遣いが聞こえていた。まだこちらに残っ
ている火狩りたちの狩り犬だろうか……明楽と同じ目的を持つだれかが、近くにいるの
だろうか。

しかし、それをたしかめることなく明楽は建物にはさまれたせまい路地を歩いてゆく。
一度もふりむかないその背中が寒そうだった。

夜がおおいかぶさってくるのといっしょに、灯子は腹の底からつめたいあぶくが立ち
のぼるのを感じていた。後悔とも恐怖ともなにかの予感ともつかないそのつめたさは、
あっというまに頭蓋までのぼり、ただでさえ焦点のさだまらない視界を暗くにじませた。

〈揺るる火〉は、どこにおるんじゃろう。いま、どうなっとるんじゃろう……。三つある願い文の
無事に願い文をとどけたとして、それに応じてくれるのだろうか。

どれか。炉六という名の火狩りか煌四が、すでにそれをとどけているかもしれない。火穂は、もう町へもどっただろうか。でたらめな間取りの、海に近い家へ帰っただろうか。

（きれいじゃったなあ。首都の服を着ても、火穂はきれいなあ）

よく似合うと、言いそびれてしまった。死に装束めいた花嫁衣裳なんかよりも、ひらひらとたよりない首都風の衣服のほうが、火穂にはずっと似合っている。これから火穂は、ああいうしでたちをして生きてゆくのだ。ここで。

かなたが幾度か、歩く灯子の手の甲に頬や耳をすりつけた。かたくしなる犬の毛がふれるたび、灯子はさまよい出しそうになる意識をつなぎとめた。

前の晩には機能していた照空灯はともらず、そこかしこの安全灯の赤い光だけが暗闇の奥にぎらついている。血の色をしたその小さな照明は、これから起こることをまばたきせずに待ちかまえている目のようだった。

明楽はわき目もふらずに歩きつづける。灯子は、自分やクンがほんとうの歳よりもどんどん幼くなってゆく心地がした。こんなにちっぽけで力も持たず、無防備な者が、あの人についていってなにをしようとしているのかと、何度も同じ問いが頭をかすめた。

実際に明楽の足どりは、灯子たちをふりきろうとしているかのようだ。邪魔になるくらいならここで足を止めたほうがいい。幾度もそう思うのに、「置いていかないで」と言ったクンの声がはっきりと耳によみがえり、灯子は足を速めて明楽に追いすがった。

　赤い髪がふいに揺れを止めたのは、大きな工場のわき道をあとわずかでぬけきるとい

うときだった。明楽の気配が変わり、かなたが背中の毛をぴりっと逆立てる。犬はすみ

やかに、火狩りのとなりへ歩み出た。

　明楽の腕が、うしろ手に灯子たちをかばおうとする。

　──ひた、と。

　足音とも呼べないかすかな音だけを連れて、なにかの影が前方におり立った。まとも

に働かない灯子の目の錯覚でなければ、その影は工場の壁を伝いおりてきた。人の形を

して、破れた衣服を引きずっている。

　身を低くした獣じみた姿勢で、立ちふさがる。つややかな髪と、こちらを恨めしげに

にらむ黒々とした目には見おぼえがあった。

「……やっぱりお前たちが」

　影が口をきき、かなたが牙(きば)をのぞかせてうなる。

「その犬。──その犬が悪いことをみんな引きつれてきたのよ。だから、獣はいやだっ

たのに」

　うめくようにそう言って、綺羅をとりかえそうとして崖(がけ)から落ちたその人は、路地の

先に立ちはだかった。

五　虚空の娘

「……しかし、みごとにめちゃくちゃですね」

ぜえぜえと息を荒げながら、火十先生がぼやいた。軽い口調にしようと努めているのがわかるが、うまくいっているとは言えなかった。

「これじゃあ事態が収束しても、もとの状態にもどすのは一筋縄ではいかないねえ」

二人で両側からキリを支え、緋名子はすこし距離を置いてその前を進んでゆく。工場地帯のこのあたりは、ほぼ壊滅状態だった。地下通路から侵入した〈蜘蛛〉と、それを手引きした人間がしこんでいた火薬が、工場を見たこともない形にゆがめ、路面を瓦礫と破片だらけにしていた。回収車の乗員たちは、こんな場所へ踏み入って、けが人や死者を探し出したのだろうか。

「町で、不思議なうわさが流れているよ。赤い髪をした火狩りが、人々を救う火狩りの王というのになるんだって」

「え……？」

火十先生が弱々しく笑ったが、うなだれるキリの頭に隠れて、その顔は見えなかった。

まったくでたらめな破壊のあとが、足もとにも頭上にも散乱し、正気を削りとってゆく。首に石板をさげた学院の教師は、思い出したようにしゃべることで、なんとかそれにあらがおうとしているのかもしれなかった。

「赤い髪の火狩りだなんて、昔ぼくが書庫へ忍びこませてあげた人のことみたいでしょ。その後、彼のすがたは見ていないんだけど。——町のほうでは、空気がピリピリしてるんです。まあ当然だね、なにも知らずに突然こんなことがはじまって、だれもがおどろいて、混乱していますよ。そこへ、〈蜘蛛〉が人間に火をとりもどしてくれるなんて、声高に言う人たちがいるもんだから。なにを信じていいかわからなくなると、人は暴走します。火狩りのなんとかというのは、それを鎮めるのが目的の、作り話なのかもしれないね。だれが流したのだか、わからないけれど」

もともと肺が弱いはずの教師は、のどの奥に異物を引きずるような音を混じらせている。工場地帯の空気は汚れ、煤や埃が無数に舞って、呼吸がかなり苦しいのではないだろうか。

「知ってるの？」

「……赤い髪の火狩りを、知ってます」

煌四のたよりないつぶやきに、火十先生の歩みが鈍った。

ほとんど力を失っているキリの体がかしがないよう、煌四も一旦足並みをあわせた。

緋名子が、こちらをふりかえる。

（もう働く必要はないと言われたんだ。もう、これまでのことを秘密にしておく必要もない）

キリの、切り落とした前腕の枝のあとが、ごつごつとてのひらに食いこむ。増水しているらしい水路の水音が、まるで緋名子を呼んでいるようだった。

「先生。教えていただいた中央書庫の第三階層で——本を見つけたんです。炎魔の毛で綴じられた、手製の本でした。先生が以前、こっそり中へ入れたという火狩りが隠した本です。その火狩りの血縁者だという人が、いま、首都にいて……」

教師は、歩きながらとぎれとぎれになる煌四の話を、ひどく神妙なようすで聞いていた。見つけた本に書かれていたことを、懊火家でしてきたことを、そしていま首都で起きていることを、すべて話しおえるまで、一度も口をさしはさむことはなかった。

ときおり壊れた建物のむこうから、犬の声がした。犬たちが、町に運ばれた火狩りのもとへ行かずにとどまっているのは、ほんとうにこちらが安全だと思っているせいなのだろうか？

「……なんというか」

言いさしてためらうように、火十先生はいがらっぽい咳をした。

「自分の無力さが、情けなくなりました」

息を地べたへこぼすようなその声が、聞くこちらの肺の深くへ食いこむのを、煌四は感じた。自分たちが踏む破片の割れる音が、低くすりよってくる夜の気配を濃くしてゆ

く。

足音を立てずに前を行く緋名子が、煤けた風景から浮かびあがって見える。細い腕に
かかえた鎌の金色が、現実ばなれしてあざやかだった。

カタカタと、教師の首からぶらさがった石板が乾いた音を立てる。

「すみません。こまったときにはたよれと、先生から何度も言ってもらっていたのに。…
…自分でやれると思いこんで、〈蜘蛛〉を大勢」

だしぬけに火十先生が大きな咳の発作に襲われだし、煌四はあわててキリの体を引き
うけた。緋名子がすばやくキリの腕をつかみ、入れかわりに煌四は、背中をまるめ、痩
せた首すじをこわばらせて咳きこむ教師がその場に崩れないよう、体を支えようとした。

「……ああ、ごめんごめん。大丈夫です。やっぱりこちらは空気が悪いね」

もう一度はげしく咳をして、火十先生は呼吸を整えた。

「先生、町にもどったほうが──」

「いいえ、ぼくのはまだまだ、のど風邪みたいなもんです。彼女のほうが状態が悪い。
行きましょう」

そうしてふたたび、キリを担ごうとする。とまどった顔の緋名子にうなずいてみせ、
煌四もそれにならった。

「雷火だよね。きみがとっくみあっていたのは。大きいよ、あれは。大きな火はね、ど
う使うか、しつこくしつこく考えないと。いかずちを作る方法を、きみは考えた。そこ

で止まっちゃだめですよ。　もっともっと、　しつこく考えるんだ。　必要なら、　今度こそ、いくらでも知恵を貸します」

歩きながらそう言う教師の声は、　まだのどの奥に細かな異物を引きずって、　苦しそうだった。

海の底で吐き出された夜が、　背後から追ってくる。

神宮の下へむかって工場地帯を進むにつれ、　周囲には異様な空気がよどみだした。　機械の稼働音とはちがう変則的な物音が、　崖のほうから地を這って響いてくる。　もうすぐ建物のとぎれる前方で、　なにかが動いている。

胃の腑が引きつれた。　行く手が暗く見える。　先を歩く緋名子が暗がりに呑みこまれそうな気がして、　呼び止めようとしたが声が出なかった。

「……いま、　人の声が」

ふいにか細くささやいたのがキリだったので、　煌四たちは足を止めた。　乱れた髪におおわれた顔を、　キリは横手の建物へむけようとしている。

「人の声がした。　だれかいる。　……たぶん、　けが人」

煌四には聞こえなかった。　が、　前方でくりかえされる重低音を無視して耳をすませると、　工場の鉄塔にからみつくようにして、　犬の吠えるのが聞きとれた。

「見てきましょう」

胸の深いところから咳をしぼり出すと、　火十先生がキリの腕を注意しながらはなし、
ずり落ちかけた眼鏡を直した。

「危険なところへは、　行かないでくださいよ」

煌四たちにそう言い残す声が、　よどんだ空気の中にかすれて消えた。　自分の言葉が煌
四たちの行動を制限することを、　教師自身があてにしていないのがわかった。

猫背のうしろすがたが建物のむこうへ見えなくなるのを待って、　キリがひざに力をこ
めた。　唐突だったので、　煌四はよろけそうになる。　それにいらだったキリが、　舌打ちを
もらそうとしたのだろうが、　しゃくりあげるような音がのどを伝うだけだった。　それで
も体を自力で支えつつあるのは、　生き木に近づいてきたためなのかもしれなかった。

「……はなせ、　モグラ。　ここからは、　一人で行く」

キリの言葉に、　緋名子が目をしばたたいた。

「あのおっさん、　死んだらこまるんだろ。　あっちにクヌギたちがいる。　あとは自分で歩
ける」

「だましたんですか？」

「ばか。　だれかいたのはほんとうだ」

けがをしている灰色の足はひどく痛むらしく、　ひざがふるえている。　片側から支える
煌四に、　かなりの体重をかけたままだ。　仲間の木々人たちのすがたはまだ見えず、　崖の
付近には神族たちもいるかもしれなかった。

「一人じゃ、危ないです。いっしょに行く」

煌四はキリの手首をつかんでいる手に、力をこめなおした。

「うるさいなあ。ほんとにお前、いらいらする」

火十先生がもどるのを待たずに進みはじめた煌四に、キリは引きずられるようについてきた。腕をはなして歩きだすだけの力は、やはり残っていないのだ。緋名子がそれを見とどけて、ふたたび前をむく。

崖へ近づくにつれ、経験したことのない臭気が空気を重くしていった。排煙とも汚水とも黒い森のそれともちがう、不吉なにおいが漂ってくる。自然と息がつまるのを、どうすることもできなかった。

「なんだよ……全部が自分のせいみたいな顔しやがって。お前なんか、流されて巻きこまれた、ただの、ガキじゃないか。思いあがるなよ、モグラのくせして」

キリの声の根が、危なっかしくぐらついている。その揺れに自分までおぼれないよう、煌四はじっと前方に意識をむけた。もうすぐ建物がとぎれる。雷火による破壊のあとが、工場の建造物をゆがませている。あのむこうに、煌四が引き起こしたできごとの結果が、まだ散乱しているはずだ。

緋名子を呼び、うしろにまわらせた。見せてはならない。しかし、もう置いてゆく勇気もなかった。

巨樹と人とが融合したすがたが、崖の手前に、ただならぬ大きさの体を影が見える。

さらしている。

煌四の衣服をつかむ手があった。緋名子だ。顔を前へむけたまま、緋名子が以前はよくそうしたように、煌四のズボンをつかんでいた。緋名子の目がおそれをこめて見つめているのは、クヌギではなかった。煌四が地下通路から黒い森へ迷いこんでいるあいだに、緋名子はあの巨大な木々人とはもう会っているのだ。

妹が見つめているのは、クヌギのその手もとだった。変則的な低い音の源。

「クヌギ……」

キリが煌四よりも前によろめき出る。仲間の声など聞こえていないようすで、クヌギは太い腕を動かしつづけている。

工場の機械とひとしく無機質に、木々人の手が土を掘り起こす。あたり一帯に折りかさなる〈蜘蛛〉の死体を、掘り起こした土の中へ無造作に投げ入れてゆくのだった。充分な深さの墓穴ではなく、あれでは強い雨が降れば骸がむき出しになってしまう。それを補おうというのか、クヌギは〈蜘蛛〉たちの骸を手でこねまわすように、大量の発酵

思わず立ち止まっていた。かなたを連れた灯子とおりていった地下居住区で目にした、巨人化した木々人が、そこにいた。その体を形作っているのが血や肉なのか、植物なのか、ここからでは見わけがつかなかった。いくつものくぼみがあり、複雑な凹凸があり、木々人の体には、深い影が棲みついていた。ただ、暗さの中でもキリと同じ色をした目があざやかに光り、二対四本ある腕が、きしみながら動きつづけている。

よけの薬剤をなすりつけていて、
がきしみをあげる。

煌四は反射的に吐きそうになるのを、
緋名子は決して鎌の刃先があたらないよう、
キリは歯を食いしばると、煌四の肩にまわしてあった腕を引きぬいて、
進み出た。
　歩けずにひざをつく。這いずっていったその先、地面の上に、もう一人の仲間がいた。
　長い首を持つヤナギだ。だが謎めいた笑みを浮かべていたヤナギの顔は、崩れた路面にうつぶせになっている。
　ヤナギは長い首を、打ちやられた帯のように、めくれた舗装の上に投げ出していた。
首のつけ根が、一本のかしいだ木を支えている。生き木だ。木々人たちの生命のよりどころとなる緑の木は、人の腰ほどの高さもない。土から根をぬかれ、いまにもたおれようとかしいだその木を、ヤナギの体がかかえこんでいた。長い首とは裏腹に、その体は無理に縮められて見える、ひとにぎりの肉塊だった。こぶにおおわれた球状の体の、おそらく腹にあたる部分から植物の根そのものにしか見えない無数の器官が伸び、生き木の根にからみつき、すでについえた力で抱きこんでいた。
　ヤナギに顔を寄せてから、キリが、手を動かしつづけるクヌギをふりあおいだ。
「クヌギ、やめろ——やめろ、なにをしてるっ！」
　キリがわめくが、その響きは虫の羽音程度にしか、クヌギにとどいていないのではな

巨人化した木々人の手に押されて、もう死んだ体の骨

緋名子の頭を抱きよせることで危うくこらえた。

ひしと身を寄せてきた。

崩れるように

いかと思われた。

クヌギにむかって這いずってゆこうとしたキリは、ふと糸が切れたようにこうべを垂れ、ひくっと痙攣じみた息をついた。

ざらざらと、土と舗装のかけらの混じりあったものを、クヌギの手がひしめく死体の上にばらまく。かぶせられる土の重さが、死者たちを押しつぶしてゆく。

「……やめろよ」

キリが顔をあげ、仲間にむかって慟哭した。

「あたしたちは、化け物じゃない！　……こんなことをしたら、ほんとうに、化け物にはなりさがってない。……」

キリがうなだれ、身をふるわせて鳴咽をもらすのも、クヌギの目には入らず、聞こえていないようだった。緋名子が煌四からはなれてキリのそばへ行こうとし、けれどもその背中にふれるのをおそれたように、踏みとどまる。

煌四はヤナギの顔の前へまわって、頭部を支え起こそうとした。手が止まり、ひえきったしびれが胸のあたりから全身へひろがった。

そのつめたい感触には、おぼえがあった。工場毒の汚染をうけ、衰弱し、人の言葉を失って苦しみぬいて息を引きとった母親の体温も、こんなふうに、おそろしいほどつめたかった。

灰色だった肌からは、完全に色も、陰影すらもぬけ去って見えた。つやのない長い髪

が、刺青の頰と目もとを半分隠してしまっている。首すじに手をあてたが、煌四の指にふれたのはただひえきった皮膚の手ざわりだけで、脈はなかった。

（だめだ。死んでる……）

そう感じたと同時に、どこかでかさかさと虫の這う音を耳がとらえた。

「庭園の木々人も、残りたったの二人か」

凜とした声とともに、ふいにその場に、異質な存在が訪れた。前ぶれもなく、しかし当然のような顔をしてそこに立っているのは、若葉色の、裾の長い着物をまとった女だ。くっきりと紅を引いた口の横、白い頰には、青い花の刺青がおどっている。

植物をかたどった刺青のために、一瞬、木々人かと思った。しかし特有の体臭はなく、髪や皮膚の色ももちがう。そのいでたちは、神族のものだった。キリがいまいましげに、現れた女のすがたを見やった。

「失せろよ。いまさら、なんの用だ」

口をきるなり、キリは神族にむかって毒づいた。長い裳裾を引きずった神族は、くちびるに笑みの形を浮かべる。

「いまだから用があるのだ。木々人が隔離地区から勝手に出歩いているのだからな。生み出したものの後始末はせねばならん」

乱れた死体だらけの崖下に、なめらかな声が朗々と響く。それにあらがうかのように、

緋名子が鎌をにぎったまま身がまえる。

キリが大きく舌打ちをした。

「お前の作った木々人は――シュウは死んだ。木の氏族の、名前は瑠璃茉莉だったな。

衰弱したキリがにらんだところで、神族の表情はまったく揺るがなかった。崖下の惨状も、工場地帯で、首都で起こっていることも、まるで関係のない遠くから見物しているかのようだ。

〈揺るる火〉は――千年彗星はどうなった?」

自分の声がとどくかあやしみながらも、煌四はそう問わずにいられなかった。神族の目がこちらをむく。不思議と、恐怖はこみあげてこなかった。……かさかさと、虫がどこかで這いまわっている。

「お前は? ああそうか、あのいかずちを落とした人間の仲間か。謀反を起こした人間の筆頭は、ひばりの監視対象だったろう。だからあいつは無能だ。〈蜘蛛〉の頭数をこれだけへらして、結果としては上々だが」

つややかな口はよくしゃべり、聞きたくない言葉を大雑把に投げてよこす。

「お前たちも、いったいなにがしたい? 千年彗星は危険物だ、帰還後すぐに機能を止めて、地中深くにでも埋めておくしかない。それを、宗家も〈蜘蛛〉も人間どもも、こぞってほしがるのだから手におえない。あれの中にある火は、いまの世界のだれにも御せない。発火を無効にした〈蜘蛛〉であろうとだ。土氏族は愚かしくも依巫にする娘を

連れ帰り、水氏族は人間を新たに作り変えた。そこにいる小さい娘も そうだろう？ そ れもこれも、世を永らえさせるためだという。わたしは、お前たち木々人を作ったとき にもういやになったのだ。何度も何度も、悪あがきはよせと言いつづけてきた のに、やつらは変わらん。まったく、狂っている」

狂っていると言いはなつ神族の、きれいにそりかえったまつ毛にかこまれた目が、緋 名子を見すえた。

──虫が。 かさかさと虫が這う。煌四は神族の視線から妹をかばおう とし、しかし、背後の気配に異変を感じてふりかえった。

「緋名子？」

いまのいままで、目じりを引きつらせて神族をにらんでいたはずの緋名子が、天から 糸で吊られたように直立して空を見あげている。目も口も、ぽかんと開いたままになっ ていた。

「薬が切れてきたのだろう。水氏族のやり方は、体を根本から作り変えているのではな いからな。また薬を投与しなければ、体がもたんのだ。無駄なあがきをするから、面倒 事がふえてゆく」

神族の声は飄々（ひょうひょう）としていて、上をむいたまま緋名子が獣じみた悲鳴をあげるすがたを、 絵空事のように思わせた。緋名子の小さな体を突然襲う異変に、キリも顔をこわばらせ ていた。

「おい、しっかりしろ」

それでも煌四より緋名子に近い位置にいたキリが、手を伸ばそうとする。体のわきに腕を伸ばした状態で硬直した緋名子の手に、キリの指先がふれる。

そのほんのかすかな接触に、緋名子が絶叫した。いや、こわばりきった体が、大きな痙攣を起こしたのだ。

悲鳴をあげながら、緋名子がキリのわき腹を蹴りつけた。

おかしな声をあげて、キリの体がななめに転がる。実際には軽く吹き飛んだのに、煌四の目はそれをとらえきることができなかった。切りそろえた緋名子の髪がはげしく揺れるのだけが見えていた。さけび声をあげつづけながら、緋名子がその場に這いつくばる。ゆがんだ舗装に頭突きでもするような勢いだ。そのむこうで、キリが自分の腹をかかえてまるめた体を痙攣させている。

「緋名子、よせ!」

どうやって止めるか考えもせず、煌四が駆けよろうとしたときだ。めりめりと雷鳴にも似た音が、頭上から降ってきた。——手が、おりてくる。機械の腕かと見まごうほど、それは巨大だった。開いた五本の指は人間のそれと同じ形で、しかし質感は人体でも機械でもなく、樹木のものだ。

「……モグラか。モグラの用があるのは、あっちだ」

遠雷の響きを持つ声が、ひどくゆっくりと降ってきた。巨人化した木々人が、こちらへ手を伸ばしてくるのだった。とっさに

緋名子に飛びついてかかえあげ、クヌギの手の下から逃れようとした。──しかし、そこには動けないキリもいる。

てしまうのではないか。煌四は意味のわからない声をあげながら緋名子を肩に担ぎあげ、キリのわきの下へ手を入れて引きずろうとした。わずかな振動で、キリが痛みに顔をゆがめる。

煌四は躊躇して動きを止め、そして、まにあわなかった。

クヌギの手が背中から体をつかみあげた。硬直している緋名子もろともに、荒々しい手ににぎりこまれ、持ちあげられる。内臓がばらばらに浮きあがり、もとの位置にもどりそこねた、その感覚といっしょに落下の衝撃が全身を襲った。

空がくらくらと回転した。

息ができず、身動きのとれない時間がどれほどの長さだったかわからない。キリを引っぱろうとした右手が、緋名子の頭をかばっていた。手の甲がすりむけている。その手に小さな頭を載せて、緋名子は目を閉じ、完全に力をぬいていた。決して手ばなそうとしなかった火狩りの鎌がない。クヌギにつかまれたとき、緋名子の手から落ちたのだろうか。

薄く開いた口が息を通わせていないように見えて、煌四はなにがどうなったのかもたしかめず、上体を起こして緋名子の顔をのぞきこんだ。

「緋名子──緋名子！」

大声で呼びかけるが、反応しない。

「死んでいませんよ。安心してください」

穏やかな声がかかって、煌四は動きを止めた。もう聞くはずがないと思っていた声だ。それが錯覚であることをたしかめるために、煌四は視線をあげたのかもしれない。先ほどまでいた、小花の刺青の神族はいない。かわりに、縹色の直衣をまとった年若い男が一人、異様に大きな建造物を背後に立って、こちらを見おろしていた。

荒々しい岩壁を背にした、白壁の巨大建築。その前面にかまえるあざやかな朱の門と板塀。

目がとらえたものと体の感覚が、すぐには噛みあわない。圧倒的な大きさの建物と、その前に立つ見おぼえのある顔の持ち主……おとがいに紐を結わえた烏帽子が、ふちの細い眼鏡をかけた顔にも、すっきりとくしけずった髪にも似合っていなかった。にらみつける視線をどこか気にしているようすで、その神族は自分のまとっている着物のそでを持ちあげた。

「この恰好はあまり好きではないのですが、神宮での正装なので、仕方がないのです。
――大丈夫ですよ、その試験体は、すぐにまた動けるようになりますから」

にこりと笑いかける顔。丁寧で心のこもった口調。

人間の医師のふりをしていた水氏族の神族が、わずかな距離しかない位置に立っていた。白衣をはおっていた体に、いまは水紋をかたどった模様のある直衣をまとっている。

緋名子や、燠火家の使用人だったくれは、そして水路をさまよう者たちの体を作り変え

た……火を必要としない体にした張本人が、いままた目の前にいる。這いつくばる煌四たちを、虫でも観察するかのように見やっている。

感覚への違和感に、視線を転じた。工場の屋根屋根と煙突、切れて垂れさがったロープ、宵闇に呑まれかかった破壊のあと——工場地帯が、はるか下にある。そのむこうに、海が意味もなくつけくわえた絵のように黒く横たわっている。

手の下、ひざの下には、乾いた土の感触があった。

ふたたび視線を神族のほうへ、その背後へむける。岩壁の陰にいだかれてそびえていた。も柱も一切くすませることなく、白壁の巨大建築。多層的につらなる屋根にふかれた碧瑠璃の瓦。

いくつもの階層からなる、冗談じみた大きさの建物が、外壁

いつも遠目に見るばかりだった。だから、人ではない者たちの住まうその宮城は、ただならない美しさを漂わせて見えた。……が、いま間近に見るそれは、工場地帯にあってもおかしくない、いびつさをも備えていた。柱の太さも窓の位置も、屋根の高さも正確にそろっておらず、白亜の壁の外側を、大小さまざまの配管が交差し、くねりながら這っている。まるで、海際のつぎはぎ細工の家のように——つねに高みから工場地帯を見おろしているその建物は、化け物じみた威容をしとやかに彩られ、そこに立っていた。煌四は崖の上にいた。

つきあげたのは、怖気だったのか畏怖だったのかわからない。体をなんとか動クヌギが、煌四と緋名子をつかみ、神宮の建つ敷地へ持ちあげたのだ。

かそうとしてかなわなかったキリは、いっしょではなかった。

「その試験体をわたしてください」

とももなげに、神族はそう言った。

暗いはずなのに周囲が、神族はそう言った。っているためだった。岩山の中腹のようすが見えるのは、神宮そのものがぼうっとした明かりをはな見取り図で知っていたはずの敷地は、実際にそこに立ち入るとより広大に感じられる。威容をそびえさせる神宮の周辺にもいかずちの攻撃はおよんだらしく、あちらこちらに土のえぐれたあとや、砕け落ちた岩の破片がある。

……炉六はどこだろう。もう願い文をとどけおえ、明楽たちを手だすけするために森へむかっているのだろうか。ここから見る限り、崖の上に、〈蜘蛛〉のすがたはなかった。崖下から火を這いあがらせる〈蜘蛛〉たちを押し流した崩落が、高い位置にあるこの敷地の地面をも道連れにした形跡があり、足場は極端にかたむいている。〈蜘蛛〉は神族が起こした地すべりで、一人残らず排除されたのだろうか。それとも、残った〈蜘蛛〉たちがいるのかもしれない。のように沈黙している工場地帯に、まだ生き残った〈蜘蛛〉たちがいるのかもしれない。

「これから新人類たちに、つぎの任務に就いてもらいます。工場地帯に残った人間の中に、〈蜘蛛〉に加担し、火をつけてまわる者たちがまだひそんでいる。われわれ神族も火種の除去に力をつくしていますが、地下通路のすべてを水で押し流してしまうわけにもいかない。負傷者の救助をおこなっている人間もいるようですが、区別のつけようが

ないので、すべて排除しろということです」

あの建物の中に、姫神がいる──綺羅も、きっとあの中にいるのだ。碧瑠璃の瓦。まっ白な壁。赤い柱。それらがちぐはぐに入り混じって、距離感覚を狂わせる。はじめて間近に見る神宮は大きすぎて、どこになんのための空間があるのか見当をつけることができない。神宮は背後の岩壁から這いずり出たかのように、天然の壁と融合していた。さながら、建物に擬態した大きすぎる生き物が、自らを封じこめる岩屋から這い出そうとしているかのようだ。朱色の塀にかこまれた正面の空間は、神宮の前庭だ。

〈揺るる火〉は、いま、どこにいるのだろう。やはりこの建物のどこかにいるのだろうか。

雪白の壁面に開いた無数の小さな窓から、こちらをうかがう気配を感じた。中にいる神族たちが、なりゆきを見守っているのかもしれない。不恰好な建物に隠れて、足もとで起こるできごとを見物しているのかもしれない。

煌四は、ぐったりと力を失って動かない緋名子を、ざらつく地面に慎重に横たえた。体のあちこちに小さな傷はできていたが、立ちあがるのに問題はなかった。かばんの中には雷瓶がある。

「きみでは、われわれ神族に対抗できませんよ」

「うるさい。緋名子に、もうなにもするな」

烏帽子を結わえた紐を邪魔そうにして、神族は指であごをさすった。

「その子どもは、眼前にあった死をまぬがれたのですよ。いまは変異した体に揺りもどしが起こっているのです。薬を投与して、苦痛をのぞかなければ」

「ふざけるな！」

足が二本しかない。目も首も心臓も、骨に守られていない腹部も、急所がみな体の前面にならんでいる。牙もなく、戦いに適さない自分の体がいまいましかった。かなたのように走れたら、そうしたら動けないでいる緋名子を、かならず守りとおせるのに。逃げずに立っていることしか、煌四にはできなかった。相手のふいをつくには、距離がありすぎる。

「では、きみにも薬を投与しましょう。きみは、同じ母胎から生まれながら、胎児性汚染をうけなかったのでしょう？　兄妹で苦痛をわけあうことができなかった。これからは、同じになれます」

直衣のたもとから、神族が医療用の器具をとり出した。狂いのない手つきで注射器をかかげる。ひえびえとした目が、煌四を射止めた。

焦りや恐怖はなかった。ちっぽけなガラスの筒にしこまれた透明な液体──あれが。すなおに治療をうける緋名子の腕にもあれを刺したのかと思うと、純粋な怒りだけが湧いてきてあふれた。ごめんなさいと、か細い文字を地下室の紙類にこっそり書きつけていた緋名子にも、人でなくなったと訴えたくれにはにも、神族の手が薬をあたえたのだ。

怒りのままに駆けだしかけた。が、耳がなにかに反応し、煌四は危うく踏みとどまっ

た。こちらへ馳せてくるかすかな足音がする。

「……綺羅は？」

短く問うと、むこうは一瞬だけ目をまるくした。こちらへ来る存在をまだ察知していない。神族は、煌四が自分と同じ言葉を使っていることを不思議がっているようですらあった。

「ああ、燠火家の娘」

獣の到来を、肌が予感する。炎魔とはちがう、使命を帯びた足の運び。狩り犬が来る。

神族はまだそれに気づかない。まだ、さとらせてはならない。

「ぜひとも試験体にしたかったのですが、あの娘には先に土氏族が目をつけていたので、実験することができませんでした。あの娘を使うことができれば、薬の完成はもっと早かったのですが」

「じゃあ綺羅は、体を作り変えられてはいないんだな？」

「いろいろな連中がからむと、研究はまっすぐに進まなくなる。きみにもおぼえがありませんか？　首都が無理なら、どこかの村をまるごと新人類の集団にしてみるつもりです。炎魔の火にたよらない生活が成立することが証明できれば、いずれはこの国のすべての人間を救えます」

その言葉がおわると同時だった。俊足の犬が気配を消して駆けつけ、人間のふりをしていた神族の顔が、同じ表情のまま静止した。狩り犬は速度を殺さずに、神族の手に咬

みついた。細いひもが体格のある犬の速さに体勢を崩され、縹色の直衣（のうし）が前のめりに揺らいだ。液体の入った器具が、地面に落ちてはねる。

雨雲の色の毛並みをした犬は、神宮をいだく岩場の北側から駆けてきた。町へ通じる方角から。

神族の手を牙に捕らえて、そのまま細い身を猛々しくふるう。引きたおされてゆがんだ神族の顔からは、誠実そうなおもざしは消え去っていた。

「──みぞれ」

煌四は犬の名を呼んだ。神族の手に咬みついてはなさない犬の、うしろへ目をむける。半月型の岩棚のむこうはしからは、いまは使われていない旧道がつながっている。が、この犬を連れているはずの火狩りのすがたはなかった。

「この、下等動物が！」

神族の手に打たれて、みぞれがすばやくしりぞいた。牙がぬかれると、縹色の直衣のそでがみるみる血に染まった。赤い。神族の血も、人間のそれと同じ色だ。穢れをきらって近づくことすらしない人間の血液と。

痛みよりも怒りのために呼吸を荒げて、神族は立ちあがった。傷ついていないほうの手に小ぶりな刃物をにぎっている。みぞれの片目の下に、切り傷が生まれていた。隠し持っていた武器を、神族はさらに狩り犬につき立てようとした。

逃げるのはたやすいのに、みぞれは神族に立ちむかうため脚に力をこめた。そばに火

狩りがいないにもかかわらず。

雨雲の色をした犬の体毛が、ふっとそよいだ。神族の手から刃物を蹴り落とそうと足に力をこめた煌四は、背後に熱いかたまりが起きあがるのを感じてふりかえる。緋名子が、立ちあがっていた。熱のために顔を赤黒く染め、獣のように低く身がまえて、神族をにらみすえている。充血した目を見開き、緋名子が跳躍しようとした。

「……緋名子、やめろ！」

煌四はとっさに、神族に立ちむかおうとする緋名子を抱きとめた。神族にもたらされた力で他者を傷つければ、緋名子は一生苦しむことになる。そして神族のふりあげた刃物が、緋名子の動きは、煌四の腕の力であえなく止まった。犬を傷つけることもなかった。

神族の背後に、狂いのない直線をたもってそびえる塀、その中央の門が音もなく開いて空気を静まりかえらせたのだ。

しとやかな朱色の門の内側から、さし出される足がある。足袋につつまれ、それ以外にはなにもはいていない。暗い色の裳裾に、長いそでと細い布が揺れる。みぞれが自分の口や鼻を舌でなめる音が、異様に大きく響く。煌四はひとりでに開いた門と、その中から出てきた者に視線をさだめたまま、一切の身動きができなかった。

脈も呼吸も、自分のもとから遠のいてゆくのが感じられた。いまにも雨の降りだしそうな、この着物の色を、どこかで見た記憶があると思った。

肌寒いどこかで。揺れる細い布は包帯だ。けがをしたのだろうか。〈揺るる火〉は、無事に帰すと言ったのに。両の足首と手首、そして細い首に、はしを長く垂らした包帯が巻かれて揺らいでいる。こちらをむいている顔は陰になって、その表情は見えなかった。

「綺羅……？」

ゆるく波打った豊かな髪が、陰になって見えない顔のまわりに流れている。その髪にも、幾条もの細布が結わえられ、背後にひらひらとたなびく。星の子の、銀色の髪のように――

細布と波打つ髪とを揺らして、綺羅が首をかたむけた。

「綺羅？　それがこの子の名前？　――ああ、あなたの、友達なのね。だけど、ごめんなさい。わたしは綺羅ではないの」

少女にしては、低く深みのある声。よく知っている声が、意味のわからないことを告げる。

「……〈揺るる火〉。わたしはいま、この子の中に入っている」

そう言って綺羅の指が、自分の胸もとを指さした。

六　紅　色

引きちぎれた赤い布が、しなやかな体の下へ垂れさがっている。無残な破れ口を見せ

るそれは、立ちふさがる人物の、はがれかかった皮膚にも見えた。

かなたの鼻がとらえたにおいと同じものを、おそらく灯子も感じとった。青白い顔に

垂れかかった黒髪の奥から、美しい形の目がのぞいている。そのまなざしにこもる憎悪、

呼吸とともにめぐらされる嘆きと混乱。……それらがはっきりとしたにおいとなって、

目の前の女から発せられている。

綺羅の、母親から。

（生きとりなさった……）

胸に生じる言葉が、つぎの瞬間には寒気となって全身へめぐった。

神族に連れ去られる綺羅をとりもどそうとして、崖から落ちた綺羅の母親は、生きて

自分の足で立ち、いま灯子たちの前にいる。大きなけがをしているようすはない。神族

だと名のる若い男が首につき立てたガラスの筒は、もうぬけ落ちていた。

ひた、と片方の靴を失った足が、舗装をなでる。

前にのめってかがめた姿勢は、傷をおって気の立った獣のようだ。明楽が気配を張りつめ、灯子とクンをうしろへかばった。

「燠火家の、奥方さまでしょう？　まさか、あんたも神族に」

相手を自分の視野にとらえながら、明楽が低い声を発した。にぃ、と、綺羅の母親であるはずの人が笑う。——いや、笑ったのではない。威嚇のために、歯を見せたのだ。

青白い顔に、くちびるは異様なほどの深紅をたもっている。

「綺羅はどこ？　わたしの娘を、どこへやった？　お前もやつらの手先か。屋敷に入りこんで、主人にとり入って……この、汚らしい女狐が」

「なにを言ってんだかわからない」

明楽が顔をしかめた。おどろいた表情をすぐさまかき消し、綺羅の母親を鋭くにらむ。

「あたしは神族の手先じゃない。綺羅は神宮へ連れていかれたんだ。連れもどす。時間がないから、そこをどいて」

綺羅の母親は、乱れた髪をますますふり乱した。

「黙れ——黙れぇ！　お前も、その貧相な子どもも。もとはといえば、学生気取りの貧乏人の息子と工場毒の汚染児が、屋敷へ来たせいで。くだらない連中が寄ってたかって、なにもかもめちゃくちゃにして！」

クンが、うしろで灯子の手を引っぱった。が、その力は弱く、クンがおびえているのが伝わってくる。　明楽が歯がゆげに、抑えた息を吐く音が聞こえた。

崖から落ちる寸前、綺羅の母親の首すじに、若い神族の持っていた針のついた筒がつき立っているのをたしかに見た。使用人の一人は、筒の中の液体を首すじへそぎ入れられて豹変した。それならば赤い衣を引きずるこの人も、神族によって体を作り変えられた一人にくわわったのか。崖の、あの高さから落ちて、目に見えるけが一つなくここに立っているのは、作り変えられた体のためか。

目をむいて歯ぎしりをし、怒りをむき出しにして、綺羅の母親は明楽をにらんでいる。

これまでに起こったこと、すべての原因を、視線によって明楽の身に刻印しようとしている。明楽の落ちつきようは、まるで人ではなく、獣と対峙しているときのようだった。

「綺羅をたすけに来たんでしょう。なら、あんたもいっしょに神宮へ行くか、さもなければ道を開けろ」

低い声で明楽が告げるが、それは相手の耳へまともにとどかない。

「お前みたいな小娘が、どうやって燠火家にとり入った。主人がこんな泥くさい小娘を、屋敷に入れる道理がないのに。わたしが……貧民区から、どんな思いであの家に住まいを得たか」

「知るか。ばかげた話はどうでもいい。どうでもいいけど、綺羅をたすけても、あの子が帰る家があそこなのが腹が立つ。ご主人さまと呼ぶくせに、自分の家族もないがしろにしてきたんじゃないのか？　そもそもなんで、あんなやつと——」

「夫婦になったのか？」

身を低くかまえていた綺羅の母親が、ふいに腰をまっすぐに起こし、背の高い体の軸を地面と垂直にした。憎悪もあらわだった表情が、その顔から跡形なく追いやられる。

踊り手がつぎの動作に臨むため、体の流れを整えるかのようだった。

先ほどよりも空が暗くなっている。安全灯の緋色の明かりが、毒々しく輝きをました。赤い衣の肩に胸に背に、流れる黒髪を装飾品にしたその顔は、この世にあってはならないほどあやしく、なにとも知れないものへの慈愛に満ちていた。

「肉をくださったからよ」

しとやかな声音が、その言葉を紡いだ。寒さがぴりぴりと灯子の背を這いまわる。

「貧しさのために飢えて、骨と皮ばかりだったわたしに、あの人は食べるものをくださった。もっと食べて、美しくなりなさいと。だからついていった。あの人といっしょになって、町の上からくだらない連中を見おろして暮らせば、わたしも人間になれると信じたのよ。……ああ、なのに」

引きちぎられた赤い衣服の布地が、はらりと揺れた。火のようだと、灯子が思ったつぎの瞬間、綺羅の母親がこちらへ跳躍してきた。あまりの速さに対応しきれず、明楽の体が後方へ吹き飛ばされる。

「……明楽さん！」

灯子の声など、この場ではまったくの無意味だ。

後頭部と背中を路面に打ちつけた明楽の上に、赤い影がおおいかぶさる。破れた衣服

から、まっ白なむき出しのひじが見えた。明楽に爪をつき立てようと、それは鋭い角度に折りまげられている。

「人間に——なりそこねた」

嘆きとともに、打撃が明楽を襲おうとする。

てまりが綺羅の母親の顔面へむかって飛びかかる。咬みつこうとするが、小さなあごは相手をとらえそこね、てまりは路面にふり落とされる。明楽は犬の悲鳴を聞いてうなり声をあげ、馬乗りになっている赤い衣の腹を蹴りつけた。が、その足に力がこもっていない。あるいは明楽の筋力では、勝ち目がないのかもしれなかった。

おそろしさから手がしびれ、視界が一気に暗さをました。

「お、おばさん、やめてっ！」

灯子はさけんで、明楽の首を絞めている手にすがりつこうと無我夢中で駆けよった。綺羅の母親に咬みかかろうとしていたかなたが、筋肉を張りつめたまま攻撃をひかえる。近づいた灯子に顔をむけ、綺羅の母親は明楽の頭部を地面に投げ捨てるように手をはなした。こちらへ黒い目がせまってくる。背後でクンがうなるのが聞こえ、灯子は腕をひろげて立ちはだかった。どちらを守ろうとしているのか、自分でもわからなかった。

「き、綺羅お姉さんが、きっと神宮におりなさる。たすけに行かんと……迎えに来てくれなさったんと、ちがうんですか！」

赤い衣の動きが止まった。

ほつれた髪が頬にかかって、つめたそうな肌に繊細な影をやどしている。そのすがた形の狂いのなさは、神々しいほどだった。紙漉き衆がどれほど時間をかけ、丹念な仕事をしても、これほど美しいものを生み出すことはできないだろうと思った。

その美しい顔を灯子のほうへむけたまま、綺羅の母親が胸に呼吸を行き来させている。

緋名子もこの人と同じにされたのだ。それがいつなのか、なぜなのかはわからない。

地下水路でたすけてくれた、煌四が「くれは」と呼んでいた人物も。

明楽がのどを押さえながら、起きあがろうとする。咳きこむのをこらえて歯を食いしばり、明楽は立ちあがって灯子のもとへ駆けよろうとする。

「ぎゃ!」

ひしゃげた悲鳴が降ってきた。上体をのけぞらせ、顔の片側を押さえて、綺羅の母親がその場で身をよじった。指のあいだから、ぼとりと黒いものが落ちた。翅のつぶれた蜂だ。クンのはなった虫だった。

「ああぁ……!」

顔を押さえてよろよろとあとずさり、そのまま路地のとぎれ目までさまよい出た。その すがたを、崖の方角からほのかにさす光が照らしてつつんだ。

(あの、光──)

いまは機能していない照空灯のような強い光ではない。照明を失った工場地帯を月明かりのように照らす、あれは、神宮にともる明かりではないか。

綺羅の母親が押さえる顔の片側が、みるみる腫(は)れあがってゆく。白いほの明かりにさらされ、そのすがたは灯子の目の中でとろけて、一枚の赤い花びらに見えた。紅色の影が独りごちる。

「……ああ、あっちにいるんだわ、うちの人は。こんなにひどいありさまになって。肉をもっと、もらいに行かなくては」

綺羅の母親は中空に視線をむけ、ふいに灯子たちのことなど忘れたかのように、ふらふらと歩きだした。だらりと両手をおろしたために、どす黒く腫れあがる頬があらわになる。引きちぎれた赤い裳裾(もすそ)をひらめかせながら、そのすがたは建物のむこうへ消えた。

「灯子……」

明楽がなにかを言ったが、まともに聞きとれなかった。

かなたの尾が揺れる。熱く湿った手が灯子の手を引いた。クンだ。明楽が先に走ってゆく。ぐらぐらと頭の中が揺らいで、細かな時間の前後が入り乱れている。灯子はかなたを追い、明楽のあとにつづいて、クンに手を引かれて走った。路地をぬけた先の大きな通路へ出ると右に折れ、その先にひろがる光景にむかっていった。前方に、夜よりもなお暗い色をした岩山がそびえている。神宮をいだく山だ。その中腹になめらかな微光をまとって、神宮が地上を見おろしていた。

黒い森のにおいがする。つめたく甘ったるいこれは、この場にいる死者たちが最期に吐いた息のにおいであるのかもしれなかった。

きしきしと、頭の芯がいやな音を立てる。目の中に点々と黒いまだらが生じ、いくらまばたきをしてもそれは消えなかった。

クンと手をつないだまま、それは消えなかった。

ないのだ。なぜなら崖の下には、灯子はよろけそうになる。クンをあちらへ行かせてはいけ埋もれた骸を前に立ちつくす煌四と、灯子はたしかにこの場所で再会した。ぬかるむ泥になかばヌギとヤナギに緋名子を守ってほしいとたのみ、かなたといっしょにここへ駆けつけたときに、そこにいならぶ骸たちを見た。

氷のひび割れるような音が、頭蓋の内にずっと響いている。頭が痛かった。目の中の黒いまだらはどんどん幅をきかせて、灯子はまともにものをとらえることができない。

土の上に、月が見えた。建物のとぎれた空間の先、そびえる崖の下に、鋭い金の三日月が落ちている。それは火狩りの鎌だった。

苦いにおいが鼻をついた。

（木々人さんのにおいじゃ）

まだいたるところにゆうべの豪雨の湿り気が残っているのに、空気が埃っぽい。白い粉末が掘りかえされた地面の土に混ざりこんで、土になじまなかったものが空中を舞っているのだ。死体にまぶす、発酵よけの薬剤だった。つないでいた手をすべらせながら、クンがうしろをずっとついてくる。

いっしょに地下通路へおりる前、再会した煌四はあたり一帯に折りかさなる〈蜘蛛〉

の死体を前に、顔色を失って呆然と立っていた。クンを連れて、ここにいた。この薬剤は、耕しかけた状態の土の上にある〈蜘蛛〉たちの骸のために大量にまぶされたのだ。

灯子はうまく見えない目をこらすことをやめて、地面につき立っている鎌のほうへ近づいていった。かなたが先導する。そばに横たわっているのが長い髪の木々人であることに、すぐ近くまで行ってやっと気がついた。

「……ヤナギさん」

砂色の髪に手をふれる。その下にある皮膚が完全に体温を失っているのがてのひらへ伝わった。長い首のそばに、一本の小さな木があった。若い葉を枝につけた緑の木――クヌギが運び出してきた、生き木だ。生き木はななめにかしぎ、葉はくらりと下をむいていた。

かなたがにおいをたしかめている鎌を、灯子は吸いよせられるように見つめた。柄に荒布が巻かれている。形見の鎌だった。緋名子が持っていったはずの鎌、灯子を救った火狩りの鎌が、なぜこんなところに落ちているのだ。

「ヤナギさん、起きて。けが、しなさったん？　起きてください……」

ヤナギは長い首を土の上へふせたまま、動かない。息絶えて回収車の上へもたれかかった竜神のすがたに、それはよく似ていた。そう思い、灯子はかたむいている木にこわごわ手をふれた。――細い幹の先端が切られている。切り口にはまだ湿り気があって、新しかった。

生き木がしおれているせいだ。

近くに切られた木の先が落ちているようすはない。だれが、生き木を切っていったのだろうか。

視界が暗い。足もとから立ちのぼる死者たちの体臭が、胸をひやし、頭をくらくらさせた。〈蜘蛛〉たちのまとう炎魔の毛皮。壊れた手足。面におおわれた顔、あるいは面を失った死に顔。

（せっかく、燃えん体になりなさったのに）

クンが腹に抱いている虫を使って、ここに死んでいる〈蜘蛛〉たちは、だれもが望む体を手に入れていたはずなのに。人体発火をおそれずに、天然の火をあつかえる体。赤子の目をつぶさずともよく、梢がこすれて生じた火の粉程度で死んでしまうこともない……ほしくてほしくてたまらない体を手に入れたはずなのに、こんなに大勢でむごたらしく死んでいる。

視線をあげて、灯子はくらんだ目に巨大なすがたをみとめた。

クヌギがいる。巨人化した木々人は、二対四本の腕で崖にすがりついて、身じろぎせずに立っていた。そびえる巨樹としか見えない体が、呼吸しているのかどうかわからなかった。眠っているのだろうか。一本の年ふりすぎた木のように立って、クヌギはびくとも動かない。

崖のほうへ走っていったはずの綺羅の母親のすがたは、ここにはなかった。そのかわりに、黒い死者たちの中からよみがえったような人影が一つ、こちらをむいて立ってい

る。その人影は、黒い顔をほとんど暗い空気に溶けこませていた。

クンの肩がぴくりと動いた。灯子や明楽が止めるひまもなく、クンはまっすぐ崖際に立つ影のもとへ駆けていった。

「父ちゃん」

たしかにクンはそうさけんだ。明楽の気配がこわばる。灯子たちは無言で、息さえこらえて、クンのそばへ駆けていった。

炎魔の毛皮をまとい、顔に黒い面をつけた〈蜘蛛〉が、たおれふし、折りかさなって土といっしょくたになった同族たちの中からただ一人、崖に背中をあずけて立ちあがっていた。その胸から腹にかけて皮膚がぱっくりと裂けており、深い亀裂の内側に無数の虫たちがうごめいている。

その足もとには、まだ子どもの〈蜘蛛〉たちが十人ばかり、折りかさなってたおれていた。死んだ子どもたちの、面におおわれた顔の上をぞろぞろと虫が這って、崖を背に立ちあがった〈蜘蛛〉の傷口へ集まってゆく。

明楽が短刀を鞘からぬく音がする。

（なんで……）

灯子は足もとがふらつくほどのめまいをおぼえながら、この場から逃げ出せない。よく見えない目を、なにからもそらすことができなかった。

「――クンか」

身じろぎしない《蜘蛛》の面の奥から、声がした。地を這うように深みのある声が、クンを呼んだ。はじめからこの子の名前を知っている者に、灯子たちははじめて会ったのだ。黒い手甲をはめ、だらりと垂れた手の下に、楕円形をした金属の道具が転がっていた。地下通路に火をつけようとしていた親子の持っていたものと、同じ形だ。火をとりもどすための虫をうけつけなかったチビに、まだ命があったか」

「ここまで来たか。森で、とっくに虫どもに食いつぶされていると思ったが。

かすれた声で、けれどもどこか愉快げに、《蜘蛛》が言う。

「クン、はなれろ」

背中へ呼びかける明楽の声に、聞き逃しようのないふるえがやどっていた。明楽の言うことを聞かずに、クンは背すじを伸ばし、まるい後頭部をこちらへむけて、岩壁に背をあずけて動かない《蜘蛛》をじっと見あげている。

「ザンとヲンが死ぬとこ見たよ。ほかのみんなも死んだ？」

「死んだぞ。首都に入った者たちは死んだ。お前、森で虫を採ってきたのか」

クンの頭がこくりとうなずく。虫たちがひしめきあっている傷口を見ても、クンはおどろかず、再会した仲間に――親に、それ以上近づいてゆくこともなかった。

「特別な虫、探してこいって、お兄ちゃんがたのんだから」

表情が生じるはずのない黒い面が、笑ったかのようだった。

「父ちゃん。もうお姉ちゃんたちのこと、殺さないで」

クンの幼い声が暗い空気に刻まれる。刻まれるそばから、こぼれて消えてゆく。真冬のつめたい川の中、一人ぼっちだと思ったあの場所に、灯子はいままた足をひたしていると感じた。川の水は骨まで透かして切りつけるようで、後悔しようがうろたえようが、引きかえすことはできなかった。灯子の足がつかっているのと同じ、暗く澄んだ水の中に、太古の生き物のように楢の白皮が身をくねらせていた。

〈蜘蛛〉が低く笑った。

「殺せんなあ。いまは、お前の連れている虫にも勝つことができん」

足もとにたおれふす子どもの〈蜘蛛〉たちは、自分たちの親にすがるようにも見え、また自分たちを導く者を、細い腕を伸べて支えようとしているかにも見えた。動かない子どもたちもまた、炎魔の毛皮を身につけ、黒い面で顔をおおっている。子どもたちのそれよりも多くの装飾をほどこした面をつけた〈蜘蛛〉の顔が、わずかに角度を変える。

クンから明楽へ、そのまなざしが移ったのがわかった。

「きさまが、王になろうという火狩りか」

声が、染み入るような深みを帯びた。発音するのにあわせて、傷口の中の虫たちがぞろぞろとうごめく。

明楽は口を結び、いつでも斬りかかれる姿勢で短刀をかまえたままでいる。しかし、厳しいその顔は、ひどく悲しそうでもあった。

「……火狩りの王を、この世界に生む。人間を救ってやると火の種をあたえたようだけ

ど、〈蜘蛛〉に節介を焼いてもらう必要はない」

明楽が低く告げると、肩をふるわせて〈蜘蛛〉が笑った。その泰然とした笑い声に、灯子の耳はぞっとするほどのなつかしさを感じとる。森の中で、この〈蜘蛛〉のひざに乗り、かつてクンもこの声を聞いたのかもしれなかった。火を焚き、あるいは虫を使って炎魔を遠ざけ、いま足もとに死んでいる小さな者たちをまわりに集めて、森の夜をすごしたのかもしれなかった。

「人間よ、自由になりたいのだろうが。自由をもたらす存在は、王ではない。黒い森から、炎魔から、工場毒と神族の統治からお前たちを解放するものは、ただ一つ。火だ」

〈蜘蛛〉の声が、耳の奥の器官をおののかせる。ちがう、と声をとがらせる明楽の肩が、はっきりと緊張していた。短刀の柄をにぎる指が、ぎゅっと小さな音を立てた。

「お姉ちゃん」

クンが明楽をふりかえって見あげる。耳をたおして明楽の足もとにうずくまったてまりが、それでも〈蜘蛛〉にむけてうなった。

「だめだよ、殺そうとしちゃ。手を出したら、父ちゃんがお姉ちゃんを殺しちゃうよ」

上を見あげる。崖にとりついて動かずにいるクヌギの、さらに上。高い山の中ほどに、白々とした光をまとって神宮が鎮座している。崩れた崖の下がこんなありさまになっているのに、その光はまばゆいばかりだ。目の中へこぼれこんだ光をうけとめきれず、とっさにしばたたいたまぶたに涙がにじんだ。

「クン。いまは、この人間どもがお前の家族か」

低い声の穏やかさを失わずに、〈蜘蛛〉が問いかけた。腹の傷を埋めつくす虫たちがもぞもぞと動きまわり、死者たちの上へ深みのある声が降りかかる。

「教えてやれ。神族からもらいうけた道具で獣を狩っていては、人間は最後まで、滅ぶべき神々につながれたままだ……神々という呼び名も、やつらには不相応だ……」

灯子は必死に、かなたの息遣いを耳に集めた。決して正気を失わず、自分のするべきことを選びとろうとしている犬の呼吸を。

クンがこちらに背をむけたまま、傷をうけた〈蜘蛛〉を見あげている。そこに立ちつづけることで、〈蜘蛛〉から——自分の父親から、灯子や明楽を守ろうとしているかのようだ。

「……土を鋤き、糧を得て生をつなぐ。それが本来の人間のすがただ。決してこのような、毒を垂れ流す場所につながれているような生き物ではない。人間どもを飼いならしている、神族もまた」

〈蜘蛛〉ののどから、すきま風のような音がもれる。呼吸にあわせてその音は大きくなってゆき、腹の傷に身を押しこめた虫たちはますますさかんに動きまわった。あの虫たちは、なにをしているのだろう。

「いまさら〈蜘蛛〉がなにを言っても、聞く耳を持つ気はない。お前たちは、殺しすぎだ」

明楽の声が死者たちの上をさまよった。水の流れる音がする。首都にめぐらされた水路がさわいでいる。頭の中に、ひび割れの音が大きく響く。

ここは、死者でいっぱいだ。

灯子は、大きな工場につながれていた黒馬の、無我夢中で駆け去るすがたを思い出していた。あの馬は、ちゃんと草のある場所へ逃げただろうか。

「そうだな。そして人間も〈蜘蛛〉を殺し、神族は人間を死なせつづけている。救いがたい。神族は、選ぶべき道をまちがえた。持てあました命数の使い道も、宗家の力の使い道も」

神宮をいだく崖のむこうの空が、黒い森と同じ色に染まり、工場地帯の上をおおう雲もむしばまれていった。まっ暗だ。この夜は闇夜だ。ひざから下の感覚を失いながら、それでも灯子は地面に落ちている三日月に、吸いよせられるように視線をむけた。首都に蓋をする雲のむこうに、月はいるだろうか。まっ黒な顔で、地平を見おろしているだろうか。

かなたが、ぴくりとこちらへふりむく。　灯子の肩になにかがいた。　まるで重みを感じさせずに、小さなだれかが立っている。

灯子は吸いこむ息に、たしかになつかしい味を感じた。雪のように白いかむろに肩上げをした着物、ちっぽけな顔。——童さまだ。息のかかるほどそばに、そのすがたがある。　若葉色の目をして、灯子のそばにいる。灯子の目に、

いまやそのすがたはぼんやりとした白いかたまりとしか見えないが、それでもその顔が
ほのかに笑っているのがわかった。

着物の下へ隠した守り袋が、そこへしまってある守り石（もり）が、こんと胸の骨にあたる。
名前のちがう神さまの石を同じ袋に入れては、けんかをなさると教わってきたのに、灯
子はそこに二つの守り石を入れたままにしていた。ばあちゃんのにぎらせた守り石と、
火狩りの形見の石と。

（……童さま……あのとき、読まれましたか？　願い文を……）

肩の上で、童さまがほのかに笑って灯子をのぞきこんでいる。灯子は気をつけて静か
に静かに息をした。自分の吐く息で、童さまを吹き飛ばしてしまったらどうしようと不
安になった。

ぎし、と音がした。土につき立った鎌を、かなたがくわえて引きぬいたのだった。

「首都へ入ったわれわれは、ここでついえた。クン、お前の母も、兄たちも死んだ。か
わりに、見とどけろ……神を名のる者たちの正体を、その滅びるさまを」

《蜘蛛》が語るその声が、しだいに静かになってゆく。明楽は手にした短刀を、つき
けることができずにいる。両者のあいだに立つクンがますます細く小さく思え、灯子
の心臓が、胸の空洞へ細い糸で吊られたように、たよりなくふるえた。

童さまのあるかなきかの人さし指が、灯子の右手をさす。ふりむくと、かなたが口に
鎌をくわえて、こちらへ駆けてくる。あのときと――黒い森で、炎魔からうけた傷で死

んだ主の鎌をくわえとり、腰をぬかしている灯子のもとへ運んできたときと、同じに。柄に汚れた荒布の巻かれたこの鎌は、煌四と緋名子の父親のものなのに。かなたはあのときと変わらず、迷いのない目をして狩りの武具をくわえてくる。

犬のさし出す火狩りの鎌を、灯子はうけとった。ふるえのやどる手に、狩りの道具はおそろしいほど重かった。口が自由になったかなたは舌でなめて自分の鼻を湿し、〈蜘蛛〉のいるほうへ顔をむける。

〈蜘蛛〉は、まだ森にひそんでいる。われわれを殺しても、べつの〈蜘蛛〉が人間を解放する。〈蜘蛛〉が最後の一人まで滅びようとも、やがて人間は、おのずから本来のすがたをとりもどそうとするだろう……」

〈蜘蛛〉の笑い声がする。あんなけがをしていて、なぜ笑うことなどできるのだろう。〈揺るる火〉は笑っていなかった。世界を見ていることに耐えられなかったのだと、あの子はそう言っていた。

火穂といっしょにいた回収車の乗員たちが、クヌギが崖に道を作っているのだと言っていた。しかし、それらしい道はどこにもない。クヌギは崩れかかった崖に四つの手でしがみつき、不自然な姿勢のまま動かないでいる。

「そこまで人間の解放に執着する理由はなんだ？　〈蜘蛛〉が敵対しているのは、神族だろう」

腹の中の虫たちが、動きにあわせて節を小さく鳴らす。それによって、人には理解で

きない古い言葉を発しているかのようだった。《蜘蛛》が面の奥で、低くうなった。そ
れは、苦しげな嘆息だ。

「……血族の過ちをすすぎたいのだ。火を操る異能を失ってなお、自らを神と名のって
おごりつづける、神族宗家の過ちを」

「宗家の、火の氏族？」

明楽の声に、いつものような感情はこもっていなかった。怒りも強がりも、ふだんな
らすべて声や表情にこめるのに、いまは一切を消し去っている。

クンがやっと、うしろをふりむいた。まるい目が灯子を見、そして明楽にそそがれる。
ずっとくたびれはてて表情のなかったクンは、眉をさげて目じりを引きつらせ、心もと
なさをあらわにしていた。

《蜘蛛》は、最初、火の家の神族だったんだよ。でも、昔みたいに火が使えなくなっ
た。神族でも火があると、体の中から燃えちゃうから。だから火がほしかったんだ。そ
いで《蜘蛛》になったの」

「いまとなってはたいしたことではない、クンの声に、そんな響きが混じっていた。

「そう……そういうことか」

明楽はどこか力がぬけたように、ため息混じりの声を発した。

神族の最高位にある火の宗家。その血族であったという《蜘蛛》が首都をはなれ、黒
い森にひそんでまで火をとりもどそうとした――その執念が皮膚の下へ這いこんでくる

ようで、灯子は自分の体の中にいることが耐えがたかった。《蜘蛛》たちは幼いころ大けがをおった火穂をたすけ、湾で流れの火狩りたちを惨殺し、人間に火をとりもどさせようとし、いま目の前で、こんなにも死んでいる。

クンの目にも、灯子の肩にいる童さまは見えただろうか。童さまの指が、クヌギから、クンは童さまの小さなすがたを見なかったかもしれない。崖の上には、神宮がのしがみついている崖の斜面をさし、そのまま上へ移動してゆく。崖の上には、神宮がある。

姫神と、そして綺羅がいるはずの。

ちっぽけな手が灯子のあごにふれ、幼い緑の目が灯子の瞳(ひとみ)をのぞきこんだ。暗い視界に、とがった光がはぜる。灯子はそれを追いはらおうと目をつむり、開けたときには、童さまのすがたは消えていた。

手ににぎった鎌がずしりと重い。

（あの上……）

あの上へ行けということか。この鎌を持っていたはずの緋名子は、まさかここをのぼっていったのだろうか。一人で？　ひょっとすると、先に工場地帯へもどった煌四といっしょに行ったのかもしれない。

傷口を虫たちでふさいだ《蜘蛛》は、動くようすがない。じわじわと死につつあるのか、それとも腹の中の虫たちが、《蜘蛛》の生命がこぼれるのをふせいでいるのかもしれないが、とにかく身動きをするそぶりは見せない。

灯子は自分の気配をさとられないよう、クヌギの足もとへ移動した。
多様な種類の植物と、かたい皮膚のからみあう、クヌギのとほうもなく大きな足にふ
れてみた。このつめたさがもともとのものなのか、それともすでに生きていないからな
のか、あまりにも木と融合しすぎたクヌギの生死を見きわめることとは、灯子にはできな
かった。

高く伸ばしたクヌギの片腕の先が、岩壁の中ほど、神宮をいだく崖のくぼみに達して
いる。木々人の体を足場にのぼってゆけば、神宮へたどり着ける。無謀な道程だが、こ
こをのぼりさえすれば、神宮へ行くことができるのだ。

と──灯子の頭上で、ごろごろと低い音がした。地響きか雷鳴に似たそれは、工場地
帯で〈揺るる火〉とともに聞いたあの音だった。

大きな手が上から伸びてきて、〈蜘蛛〉の体を持ちあげた。シュュから小鳥をとりあ
げたときのように、四本あるクヌギの手の一つが、瀕死の〈蜘蛛〉を地面からさらう。

クヌが、声一つあげずに、空中へ運ばれてゆく父親をながめている。〈蜘蛛〉の傷口
から、ぼとぼとと虫が落ちた。クヌギのべつの手がその虫たちをうけとめ、高く持ちあ
げる。木々人は頭部をのけぞらせ、手にうけた虫をばらばらと口の中へこぼした。

ごくん、とそののどがうごめく音がする。クヌギは〈蜘蛛〉を自分の足もとへ運び、その体を下へ置いて上
虫を食べおえると、クヌギは〈蜘蛛〉を自分の足もとへ運び、その体を下へ置いて上
から土をかぶせた。

出かかった悲鳴が肺の底にへばりついて動かない。かなたからうけとった鎌の柄をにぎる手に力をこめ、一方で灯子はクヌギの足からてのひらをはなすことができなかった。

倦んだ声が降ってくる。

「……キリは、まだ墓に入らん。モグラは先に行ったぞ。お前たちも、むこうに用があるのか。火狩りの王を生むのか。許しを乞え。〈揺るる火〉はまもなく星を焼くぞ。王になって、星の子に許しを乞え」

翡翠色に光る目が、こちらをむく。

夜をせおった木々人が、灯子たちを見おろしている。

明楽がてまりを懐へ入れ、つっ立っているクンをかかえあげた。灯子とかなたのほうへ走ってくる。その真上から、クヌギの手がせまっていた。

明楽の手が灯子の腕をつかむのと、クヌギの鉤爪状の指が地表の土もろともに体をすくいあげるのは同時だった。目の奥に黒い点が生まれた。上も下もなく体が揺れて、黒い色が頭蓋の中いっぱいにふくれあがる。

それと裏腹に、視界に白い光がはじけて、完全になにも見えなくなった。

七　波

　緋名子の動きが止まっている。そばへ綺羅が来たので、安心したのかもしれない。い
や、ちがう。綺羅にちがいないのに、まちがえるわけはないのに、あれはちがうとなにかが
鋭く告げた。

　黒い着物。紅葉の色の帯。手足と首の包帯。髪に結わえた細布。　まだ混乱しきってい
る煌四をさしのぞくその少女へ、神族が冷淡なまなざしをむける。

「こんなところへ出てこられては、さしつかえるのでは？」

　その声音が、冷静さをとりもどしている。現れた少女のすがたを前にして、神族はと
っさに、みぞれに咬まれて出血している手をそでの中へ隠しこんだ。

「だって」

　綺羅の声が、平坦にこぼれた。背後に音もなく開いた丈高い門、そのむこうの四角く
切りとられた空間は、べつの現実の不出来な写し絵のようだ。煌四と緋名子が目の前に
いるのに、綺羅は近よることも名を呼ぶこともしない。手首に包帯を巻いた手が持ちあ
がり、着物をあわせた自らの胸もとを押さえた。

「……この子が、とっても怒っているんだもの」

自分を指さしながら、綺羅はそう言った。声にも表情にも、とまどいや困惑はわずかにもこもっていない。しかし同時にその目が、なにもかもが不思議だと訴えていた。

（麻芙蓉の幻覚が、まだ残ってるのか……？）

綺羅のようすは明らかにおかしかった。

か細いすすり泣きが、煌四の視線をさげさせた。みぞれを傷つけた神族に立ちむかおうとした緋名子が、身をかたくして肩をふるわせていた。体を硬直させ、きつくうつむいて泣いている。

煌四は緋名子の肩を抱きかかえ、よろめきそうになる体に力をこめた。暗い色の、そでの長い着物をまとい、髪や手足に細布を引きずって立つ綺羅を、正面から見すえた。顔色がまっ白だ。口にほのかな紅をさしてあるせいで、血の気の引いた顔色がいっそう際立っている。そのまなざしは目の前の煌四たちではなくもっとひろく遠いどこかを見すえ、決してこちらを見てはいなかった。

ひ、ひ、と浅い呼吸をつなぐ緋名子の体が、発熱している。煌四は、綺羅のまとっている装束の染め色がなにに似ているのかをふいに思い出した。それは、墓の土の色だ。母の埋葬のときに見た、棺（ひつぎ）を埋めるため深く掘られた穴に断面をのぞかせる土の、暗い色だ。

「……依巫（よりまし）、なのか？」

自分の問いが、まっすぐに立つ綺羅のむこう、白砂が平らにならされた空間へ吸いこまれる。狂いのない平面を、朱色の門を構成する直線を、綺羅の波打つ髪の線がかき乱していた。

「そうです。五つの切り口から魂魄（こんぱく）をそそぎ入れ、結び目を作った。――土氏族のしわざです」

こたえたのは神族だった。おだやかな口調から、もう煌四が焚三医師（たきみ）の声の名残を聞きとることはなかった。綺羅が、首をかしげる。

「怒ってる。ものすごく怒って、じっとしていないの。ねえ、わたしをもとの体にかえして。この中にいるのはとても痛いし、このままでは、この子の体ももたなくなってしまう」

まっ白に色の褪（あ）せた顔をして、綺羅が神族たちに訴える。――ちがう、これは、綺羅ではないのだ。〈揺るる火〉は地下通路のとちゅうで消えた。そのときに〈揺るる火〉が入った「依巫（よりまし）のした」と、ひばりが言った……入れ物にされた綺羅の中へ、〈揺るる火〉の名残を聞くが整った」と、ひばりが言った……入れ物にされた綺羅の中へ、煌四は見慣れないいでたちをした綺羅ているのだ。いましゃべっている存在は、千年彗星だ。

熱を出してふるえる緋名子を抱きあげながら、煌四は見慣れないいでたちをした綺羅から、わずかに距離をとった。みぞれが尾の先すら動かさず、全身の神経をそばだてて綺羅のすがたをした者を見あげている。

「いまからでも、依巫の中からぬけ出し、もとの体にもどることはできるでしょう。し

かし、それには土氏族の力が必要です。〈揺るる火〉、早く選んではどうですか？　どのみちあなたの決断を、止める力を持つ者などないのです」

若い神族の告げる言葉に、綺羅の顔がはじめてゆがんだ。悲愴なほどの表情を、細布を結わえた豊かな髪がふちどる。

「選ぶ？　選んだわ、もっとずっと前に――軌道からはなれたとき、一人で朽ちはてるまで、二度ともどらないと選んだ」

願い文をとどけ、綺羅を連れもどさなければ。そのために神宮へ来たのだ。――しかし、この体にいる者は、綺羅ではなく〈揺るる火〉だ。

（つぎの姫神にするため……神族は、そう言っていたんだ）

なぜ綺羅が、こんなことに巻きこまれなくてはならないのだろう。自分の母親に嗅がされた麻芙蓉の影響が体から消えるまで、屋敷の自室で休み、治療をうけていなくてはならないのに。

緋名子はうるんだ目を危なっかしく揺らがせながら、綺羅や煌四のほうを懸命に見ようとしていた。

「緋名子、大丈夫だ、いつもの熱だから。薬を飲んで、寝ていたら治るんだ。すこしのあいだ、がまんできるな？」

煌四のつらねる気休めに、妹はふるえながら何度もうなずいた。作り変えられた体を、うまく操ることができていないのだ。抱きあげた緋名子の心もとない呼吸の音が、煌四

の神経をきつくゆがめた。

うるんで充血した目を見開き、緋名子ははっきりと憎悪をこめて神族をにらんでいた。

みぞれに食いつかれた手をそでの中へ隠し、いまだに涼しい顔をたもっている神族――

あの神族に引きわたせば、緋名子の熱はさがるのかもしれない。この異様な状態から緋

名子をたすけるすべは、いまは、神族にしかないのかもしれない……それでも、二度と

妹にふれさせるわけにはいかなかった。

煌四は緋名子を抱きあげている腕に力をこめた。――脳裏に、黒い影がこぼれ落ちて

くる。母が埋葬された共同墓地の、クヌギが崖下に掘（ほ）っていた〈蜘蛛（くも）〉たちの墓穴の、

まもなく緋名子を埋めることになるのではとおそれていた、あの土の色の影だ。

「……その子は、このままでは死んでしまう」

　声がした。妹のことを、緋名子ちゃん、と愛らしげにいつも呼んでくれていた声が。

まるで緋名子のことを、いままで見たこともなかったかのように言う。

　墓穴の色をまとった綺羅が、首をかしげて緋名子をのぞきこんでいる。髪や首、手首、

足首の細布が、囚人をつなぐ鎖のように垂れて揺れた。

「たすけを呼ばないと。……それとも、いまもたすけてくれる者がいないの？　星が死

んだときと同じに」

の神経をきつくゆがめた。

緋名子が、頭を重たそうに煌四の肩にあずける。　妹の顔をのぞきこんで、煌四は恐怖

のために息をつめた。

綺羅の顔には、虚ろで心細そうなおもざしがやどっている。同じ顔をした少女と、煌

四はいっしょに地下通路をたどった。《揺るる火》の表情そのものだ。

「──《揺るる火》、こんなところまで出てくるには、まだ無理があるはずですよ。依

巫が安定していない。下手なことをすると、依巫ごと死んでしまいます」

医者のふりをしていた神族が、吐き捨てるように言った。

その言葉に、反応したのは《揺るる火》ではなかった。上から、白い影が落ちてくる。

カン、と高い音を立てて、開いた門の手前へおり立ったのは、ひばりだった。

「お前は黙っていろ」

少年神はきつく眉をつりあげて、恨みすらこめた目つきを縹色の直衣の神族にむける。

ひばりは工場地帯で、油百七の支配下にある者たちの足止めをしていたはずだ。自分の

けがを隠しながら、神族はひばりの登場に意外そうに目を光らせた。

「おや、もう動けるのですか？　謀反を起こした人間たちに、かなりてこずっていたよ

うですが。まだ神宮の中にいたほうがいいのでは？」

白々しい忠言に、ひばりがいまいましげに舌打ちをした。

「黙れというんだ。なんだ、そのざまは。姫神さまの御許で血を流すとは。その血をす

ぐまで神宮へ立ち入るな」

神族のおもざしが、暗くとげを帯びた。ふちの薄い眼鏡の奥から、ひばりをにらむ。

「燠火家の当主と配下の者一名。穢れを身にまとった謀反者をみすみす神宮へ入れたの

は、風氏族の落ち度でしょう」

煌四のこめかみが、自然と引きつった。

近づいてくる神族たちを突破し、神宮の中で入ったのだ。油百七は、〈蜘蛛〉の屍がならぶ崖下から、

「あの者たちを試験体にするのだと言って、神宮内に生きたままとどめているのは水氏族だろう？　やつらをいますぐ外へほうり出せ。血の一滴、骨の一片も残さずこの世から消してやる」

現れたひばりにも、〈揺るる火〉はまっすぐな姿勢を崩さず、虚ろなおもざしを揺らすことはなかった。やりとりをする神族たちのどちらの声も、墓場の色をした着物をまとった〈揺るる火〉の心の中まではとどいていない。

「これ以上、人間をもてあそぶのはやめて。もう、こんなことは、さんざんしてきたはずでしょう。旧世界からうけつがれたのは、人体発火病原体だけで充分だった」

〈揺るる火〉が、綺羅の口を使って静かに言う。

不吉な色の裳裾や長いそでを揺らし、綺羅の髪を肩にすべらせて、〈揺るる火〉がこちらに背をむけた。風はないが、髪がはためく。結わえつけられた細布が、空中に複雑な波形をえがく。

周囲にいるのは、神族ばかりだ。腕の中の緋名子は高熱を出している。煌四は、こめかみにつめたい汗が浮くのを感じた。開かれたままの門の内側へ目をこらす。──白砂が平らに敷きつめられた庭。その先に、赤い柱によって地面から浮かびあがった御殿の

入り口が見えている。あそこから、神宮へ入れる。かばんの中の願い文をとどけるべき

相手は、神宮の中にいる。

（だけど、〈揺るる火〉は）

王になる者が狩るのだという千年彗星は、いま、目の前にいるのだ。神族たちの言葉

をそのまま信用するならば、ほかの氏族の異能によって、まず依巫になった綺羅から引

きはなさなければならない。しかし、神族たちがそれを許すわけはなかった。

門から一直線に庭をつきぬけた先に、階がある。その上に、ぴったりと御簾がおろさ

れている。……あれは、なにを隠しているのだろうか。

「姉上、もう時間がありません。手揺姫さまのもとへおもどりください。……ぼくは、

姉上たちに、神族の言いなりになってほしくはありません。どうか、自由になってもら

いたいのです。姉上がなにを選ばれようと、もうだれにも口出しをさせません」

ひばりは歩みよってくると、〈揺るる火〉の足もとにひざまずいた。〈揺るる火〉は首

をかしげ、その所作の意味を判じあぐねているかのようだった。ややあってから、かし

げたままの首を弱々しくふるった。

「土の氏族が、姫神の座へわたしを就かせるしたくをしているのでしょう？　地上への

帰還と同様に、書きかえのできない指令をあたえようとしている。わたしの頭の中に、

その指令を書くための場所があるのでしょう？」

ひばりは口を引き結び、ただ相手を見つめることで返事をした。〈揺るる火〉が目を

　ふせると、綺羅のまつ毛が頬にささやかな影を落とした。

「依巫にされているこの子も、その子たちも関係ない。町へ帰してあげて。そのあとで
ないと、選べない」

〈揺るる火〉の目が、煌四と緋名子のほうをむいた。　孤独な老いと幼さをたたえた目は、
どこか緋名子に似ている。

「姉上。いまは、人間への情はお捨てください。姉上と手揺姫さま、神族と人間たちの
ためにだれよりも虐げられてきたお二人を、ぼくはせめてお救いしたい。──それに、
人間の中には、姉上を狩ろうとしている者たちがある」

　ひばりの少女のような声に、怖気が走った。煌四の感情を読みとったのか、みぞれが
鼻面をなめらかにこちらへむけた。みぞれがここにいるのに、犬を連れているはずの火
狩りは一向に現れない。

　明楽の兄、炉六にも、同様のことが起こったのではないか。

「……火狩りを、どうしたんだ？」

　にらみすえる煌四の視線を、ひばりは顔面からひたむきさを消し去り、瞬時に口の片
はしをあげてどこか楽しげにうけとめた。白い水干の上を、やわらかな長い髪がすべる。

「お前に教えると思うか？」

　目をこらす。　白砂の庭のむこう、赤い階の上……御簾のおろされた静かな空間があり、

ちつける。着地の衝撃で咳きこもうとするひばりに、小さな影がのしかかった。緋名子

受け身をとりそこね、ひばりは背後に開いた門の敷居の上をまたいで背中を地面に打

すがたが、大きく後方へ吹き飛んだ。

そのとき、煌四の腕が自分の意思とは関係のない力で押しやられた。同時にひばりの

声のふるえるが、煌四の意識を強く打ちすえた。

「巻きこまないで……煌四たちを、もう巻きこまないで」

歯を食いしばって、依巫がのどの奥から声を引きずり出した。

ことをすべて話せとせまったときの、あの顔だ。

だちが表れていた。その表情を、見たことがあった。煌四に、油百七のもとでしている

く閉じ、ふたたびその目を開けたとき、表情のなくなっていた顔に、悲愴なほどのいら

ひどい頭痛に襲われたかのように、〈揺るる火〉が顔をしかめる。一度まぶたをきつ

すくいあげるようなまなざしで煌四を見る。

分の鼻を湿して白い牙をかちゃかちゃと鳴らした。目を閉じている緋名子に鼻を寄せ、

側の白砂の空間を、その先の階の上を見すえている。目の下に傷をおった犬は、舌で自

すっとそばへ細い鼻面が寄ってきた。みぞれが、かたわらに立ってまっすぐに門の内

にかがいる。

関係だといわんばかりの静謐さをたたえて、御簾が隠している空間に——あそこに、な

それは煌四の腹の中からひやややかな違和感を引きずり出した。下界の破壊とはまるで無

だ。煌四の腕をふりきって跳躍し、ひと息にひばりを門の内側まではじき飛ばして、そ
の上に馬乗りになっていた。

がむしゃらな動きに、正確さはなかった。そのぶん、ひばりはよけることも反撃する
こともできないでいる。さけびながら、緋名子は少年神の上へこぶしをふりあげる。に

ぎりしめた手を顔面へたたきこむつもりだ。

「お兄ちゃんと綺羅お姉ちゃんを、いじめないでっ！」

わめき声と同時にふりおろそうとした緋名子の手は、しかしひばりの顔を砕かなかっ
た。

水紋のえがかれた直衣のそでが、緋名子の腕をうしろからつかんだ。反対の手に、注
射器がある。針が緋名子のほうをむいている。

「じっとしていてください」

落ちつきはらった声が、煌四の頭に残っていた枷（かせ）をとりはらった。かばんから雷瓶を
とり出すことも思いつかず、走りながら落ちている石くれをつかみとった。砕けた先端
がとがっているのを、とっさにどうやって見わけたのか、自分でもわからない。

首すじだ。炉六が〈蜘蛛（くも）〉のヲンに短刀をつき立てた、その動きを思い出そうとする。
記憶は混乱していて、煌四は一瞬のあいだにその方法を捏造（ねつぞう）しようとする。こんなもので神族
駆けてゆく勢いを、手につかんだちっぽけな石にこめようとする。こんなもので神族
の体を傷つけられるのかわからなかった。けれども、しなければならない。この神族に

これ以上、好きにさせるわけにはいかない。

視界が極端にせばまり、煌四にはねらいをさだめた神族の首以外、一切のものが見えていなかった。

「——みぞれ！」

さけんだ声がだれのものなのかも、考えられなかった。腕をふりあげた煌四の横腹へ犬が体当たりをし、体が衝撃にかしいではじめて、みぞれに命令をくだす者が一人しかいないことに気づいた。

ざっと音を立てて、煌四は大きく体勢を崩し、眼鏡がはずれかける。鋲の打たれた門扉に肩と頭を打ちつけたが、痛みを感じるには意識が混乱しすぎていた。ただそれだけが見え、薬液の入った器具をかまえた手がどうなったのかをたしかめることはできなかった。声があがる。短い悲鳴によって敵意を表した神族は、しかし間髪を容れず顔面へ打撃をくわえられ、うしろへ蹴たおされた。

腕を解放された緋名子の体がかしぐ。もともと小柄な体は、力を失って布切れのように地面へすべり落ちた。緋名子から逃れて身を起こしたひばりが、地面に腰をつけたままであとじさる。

火狩りは、旧道側から現れた。本来の利き手ではない左手ににぎっているのは、短刀ではなく狩りに使う鎌だ。駆けつけた炉六が煌四の意識へたたきつけるように、わらじ

の足をすぐそばへ踏みしめた。

「お前は殺すな」

　声の底には高いかすれがふくまれていた。その足もとへ不恰好にひざをついた姿勢から、煌四はあわてて起きあがった。立とうとするひざが砕けて、地面がかしぐ。門扉のむこう側にくずおれた緋名子へ、駆けよろうとあがいた。

　耳の奥で、つめたい血がさわいだ。炉六からぎらつくような血のにおいがした。森で角度を調整しなおしていた短刀がない。だから鎌を使っているのだ。ここへたどり着くまでに、何者かと戦った痕跡が、炉六の体にまつわりついている。火狩りのまとう生々しい死のにおいが、つぎの瞬間にも目の前で起こるであろうできごとをはっきりと予感させる。

　炉六の横顔が、頭部への打撃をうけて腹を上にたおれている神族をにらみすえた。煌四はそれを直視することができず、顔をゆがめて起きあがろうとするひばりのそば、白砂を乱してたおれている緋名子をたすけようと、敷居をまたいだ。

　くぐる瞬間、全身に鳥肌が立った。神族の住まう領域から、異物として拒絶されているのをはっきり感じた。それでもためらわずに進んだ。敷居を越えたすぐそこに、緋名子がいるのだ。

　足をどのように動かしたのかも判然としないまま、緋名子をかかえあげようと手を伸ばした。目を開けているが、緋名子はひくひくと浅い呼吸をし、たおれこんだまま手足

をこわばらせていた。

明らかな殺意のこもった視線を緋名子へむけていたひばりが、その目を転じて表情を
こわばらせた。

緋名子をかかえて、煌四はやっとうしろをふりむく。火狩りの鎌が、あおむけにたお
れた神族の首へ、確実に斬りこんでいた。炎魔を狩るための武器は咽頭を裂き、ためら
わずに相手の息の根を止めていた。

しかし同時に、神族の手も動いていた。――いや、手だけが動いていた。

のどを裂かれた体から切りはなされて、指の長い右手がくねりのぼる。切断面から血
液ではなく真水があふれて、それが蛇の鎌首のように手を支えていた。にぎったままの
注射器が、しりぞこうとする火狩りの胸部につき立てられた。

緋名子が身の内へ空気を押しこめるように呼吸をつめる。展開されるできごとを見せ
まいと背中を抱く手に力をこめると、緋名子ははげしくふるえながらくぐもったむせび
泣きをもらした。

門の外側に立つ〈揺るる火〉が、火狩りを注視している。不思議そうなまなざしだっ
た。その口から、言葉が失われていた。

炉六は鼻梁にしわを刻んで、とどめを刺したはずの神族の顔をにらむ。烏帽子も眼鏡
もはずれて、目をむいている半死半生の顔は、炉六を見つめて、たしかに笑っていた。

鎌に裂かれたのどから、ごぼりと血があふれた。赤い液体といっしょに、裂けたのど

の奥から神族の声が響く。

「おや、適合者ではなかったようですね。残念です」

最期に使われた異能が、その声を響かせたのかもしれなかった。

していた神族の、誠実そうな声がたしかに耳にとどいて、空中にうねる水に支えられた

手首が落ちるのと同時に消えた。首の傷から噴きあがっていた血液が、勢いを失い地面

へ流れる。

ひざを崩しかけた炉六は深々と息を吐きながら、刺さったままの注射器を自分で引き

ぬいた。土の上へ捨てられたそれが、とんでもなく場ちがいなものに見えた。あんなも

のが、ここにあってはいけない――煌四の心臓からも針がぬかれたかのように、痛いほ

ど速く血がめぐった。炉六のひたいに、頭から水を浴びたかのような汗が流れ、血管の

すじが浮く。

「……くそ。　殺しても死なん連中ばかりだ。炎魔の群れとやりあうほうがよほどいい」

悪態をつき、炉六は煌四や緋名子のむこう、階（きざはし）の上の御簾（みす）へとどいた。門の外側

から、穿つようなまなざしが御簾へとどいた。その視線の動きをさとって、ひばりがす

ばやく起きあがった。緋名子のあたえた打撃でどこかを傷めたのか、動きがぎこちない。

「姉上、もどってください。手揺姫のところへ」

星の子の言葉はこぼれてこなかった。門の外側

門の外に立ちつくしている綺羅の口から、まばたきを忘れた横顔をじっとそそいでいる。そのあごが小刻

死んだばかりの神族へ、まばたきを忘れた横顔をじっとそそいでいる。そのあごが小刻

みにふるえるのだけが見てとれた。

「う、動かないでください」

ぐったりしている緋名子の体を支えながら、煌四は炉六へ呼びかける。火狩りの顔が、かすかに笑ったように見えた。

「休んではおれん。……旧道にいた〈蜘蛛〉の残党とやりあって、時間を食ったのだ。……お嬢さんは、依巫にされているのか」

綺羅のすがたへ視線をむけ、炉六が煌四にむかって短く問うた。たずさえていた短刀を失っている火狩りにうなずいてこたえながら、煌四はただ焦っていた。体へそそがれた薬を消さなければ。どうすれば、いまそんなことができる？　適合者ではなかった場合、薬をあたえられた人間はどうなるのだろう。いや、なぜあの神族の言葉を信じる必要がある？

炉六は、煌四の思うことなどすべて無視した。

「千年彗星がこの場にいるんだな。では、星を狩り場へ誘導するのではなく、明楽をここに呼ばなければならん」

「……でも」

腕の中で、緋名子は自分の体を動かせずに弱い呼吸をくりかえしている。みぞれが自分の火狩りへ、端整な横顔をむけていた。〈揺るる火〉がそのむこうに立っている。水氏族の神族は動かなくなったが、ひばりはこちらへ敵意をむけたままだ。雷瓶は――ま

だかばんに入っている。

「願い文を読んだか？」

炉六の声がゆがんでいる。肺がどうにかなっているのか、呼吸の音が異様に荒い。

「……いいえ」

煌四がそう応じると、火狩りはたしかに笑みを浮かべた。

「あいつは相当のばかだからな。とどけてやらんわけにはいかない」

意味のわからないことを告げると炉六は足に力をこめ、

「いいか、妹とお嬢さんを、かならず連れて帰れ」

煌四に目をむけるとあとはまっすぐに前を見て、駆けだした。

門をくぐり、敷居を越えて走る。自分の乱れた呼吸をふり切るように、神宮の敷地へ踏みこんだ。立ちふさがろうとするひばりに、みぞれが飛びかかる。完璧な平面になら

された白砂が、火狩りの足に乱されてゆく。

煌四は緋名子をその場に座らせた。くたりと力なく、それでも妹は細い手をついて自分の上半身を支える。それをたしかめて、なんの武器も持たないまま、みぞれと少年神のあいだへ割って入った。先ほど緋名子が打撃をあたえたひばりの胴へ肩を打ちつける。

「みぞれ、行け！」

犬を押しのけながら、さけんだ。主の声ではないのに、みぞれは長い脚で砂を蹴り、方向を転じて炉六のもとへ走った。狩り犬の牙を避けるために身を引く姿勢をとってい

たひばりが、きつくこちらをにらむのが目のはしに見えていた。

白いそでの下から、幾片かの紙が舞った。煌四のかたわらを飛んで、駆けてゆく炉六をとりかこむ形で着地したのは、四体のしのびたちだ。

煌四はひねりあげる勢いでつかんだ。綺羅が見ているだろう、と思った。依巫にさ

れたまま、この無様なやりとりをきっと見ている。犬の牙に残る神族の血が、黒装束から

しのびの一体の足に、みぞれが食らいついた。血の穢れに反応して、ほかのしのびたちが犬におどりかかろうと、高

陰影を消し去る。

下駄で砂を蹴りつけた。

切れ長の目が間近から煌四をにらみつける。

「死にたいのか」

少年神の声が低く問うたが、決して返事はしなかった。

三日月鎌が鋭い音を立てて空を斬る。火狩りの動きに迷いはない。もはや、迷っている猶予はないのだ。鎌の一閃で、炉六とみぞれの周囲に立ちはだかったしのびたち

は、もとの紙人形にもどった。

炉六はそのまま、階を駆けあがる。鎌をふりあげて、御簾をはらい落とした。がらんとした暗い空間があらわになる。黒光りのする木材の組まれた正殿に、一段高く御座がしつらえられている。

ひばりが短く息を吐く。　依巫が、〈揺るる火〉がまっすぐに、御簾のむこうを見つめ

ている。そこに現れた小さな影を。

御座の上には、一人の少女がいた。赤い着物をまとい、火狩りを見あげて座っていた。小柄な体のうしろには背丈よりも長い髪が周囲に垂れ、金糸の織りこまれた紅色の着物が、青白い肌の色をいっそう強調している。一人きり、そこに座っていて、警護の者も従者らしき者のすがたもない。

「……お前がそうか？」

炉六の問う声が聞こえた。まるで、道で会った子どもに迷子かと問いかけるような口調だ。

五色の糸でふちを彩られた御座の上から、体に不釣り合いなほど瀟洒（しょうしゃ）な衣をまとって、少女はじっと火狩りを見あげる。かたわらに台座に載った小ぶりな照明があるきりで、背後によどむ暗さが、いまにもそのすがたを呑みこみそうだった。

小さな少女の登場によって、空気の密度がたしかにさがった。

煌四がとり押さえていた腕を、ひばりが引きぬく。少年神もまた、御簾のむこう、巨大建築の入り口にある御座に座る少女を見つめている。

火狩りの問いに、少女がこくんとうなずいた。耳の上につけた髪飾りが揺れる。灯子に似ていた。顔立ちもいでたちもまるでちがうが、心細げなたたずまいが、それにもかかわらず静かな覚悟を思わせる顔が同じだった。

少女はやわらかそうな首とのどを、目の前の火狩りにさらしている。死をさとった獣

のようだった。

炉六はにぎっていた鎌をわきにはさむと、なにかを狩衣の懐からとり出した。願い文の入った雷瓶だ。それを少女にさし出そうとする。しかしその動きが、はたと止まる。

狂いのない設計の塀にかこまれた、木も、草の一本も生えていない庭。直線と平面のみで構成された空間の、静謐であるはずの空気がうねる。——下から。

「威勢のいい者たちがそろいながら、穢れた人間をここまで立ち入らせるとは、嘆かわしい」

地中から、現れる影があった。御座の背後の空間からではない。炉六のうしろ、きめ細かな砂の下から、その暗い色をした人影は出現したのだ。土がずぶずぶと盛りあがり、やや背のまがった老人の形になって、ゆっくりとかぶりをふる。

朽葉色の直衣に黒い烏帽子の神族の、穏和な声音に聞きおぼえがあった。身をひるがえしたみぞれが、ためらわずに年老いた神族に襲いかかろうとする。が、神族が手をかざすと、土のつぶてが犬にむけて飛散した。みぞれが短く悲鳴をあげて頭と尾をまるこむ。

門の外から、〈揺るる火〉がじっとこちらを見ている——その視線が、煌四の神経をあぶった。見まちがいではない。あれは、燠火家で家庭教師をしていた老人だ。綺羅をさらったという神族。

耿八という偽名を使っていたのだと、煌四に教えたのはこの場にいる少年神だ。

「おや、煌四さんも、ここまで来たのですか。　優秀なばかりでなく、悪運も強いようです」

ふりかえった神族が年老いた顔に柔和なしわをならべ、人間の教師のふりをしていたころと変わらない口調で声をかけることに、煌四はあらがいがたい寒気に襲われた。綺羅は依巫に、〈揺るる火〉の入れ物にされ、このままではつぎの姫神に仕立てられる。

……綺羅をこんなことに巻きこんだ、張本人がこの神族なのだ。

「姫さまに、人間が近づくことは許されません」

知識深さを醸す老人の声が、この場にいる者たちに告げた。

（あれが……？）

姫神。炉六が駆けのぼった階の上にいる少女が。神族たちの力をまとめ、各地の結界を維持している、この世界を支える存在——あんなに小さな子どもが。

階の下にたおれたみぞれが、長い脚をふりまわすように立ちあがった。犬はまだ動けるのに、打ちこまれた薬のせいなのか、炉六の体はかしぎかけている。火狩りの鎌が重い音を立てて床へ落ち、炉六は願い文を目の前の少女へわたさないまま、左手の中へにぎりこむ。

「早く、逃げろ」

炉六の低く告げる声が、こちらまで聞こえた。みぞれに命じたのでも、煌四にむけて言ったのでもない。火狩りの顔は、眼前の少女にむけられたままだった。

火狩りの言葉に、少女が目をみはった。　得体の知れないおどろきが、その顔をおおっている。

願い文をわたさず、なにを思って逃げろと言ったのか、煌四が考えるいとまはなかった。白砂が空中へ巻きあがり、その下から黒い土が噴きあがった。生き物のように、土が火狩りに襲いかかる。それは黒い蛇か、竜に見えた。炉六は逃げずに、自分へむかってくるものを見すえている。

「やめて」

うしろから声がした。綺羅の。ちがう、〈揺るる火〉の声だ。　煌四のうしろから、足袋<rt>たび</rt>をはいた足が敷居を越えてくる。

「だめだ」

炉六のほうへ走りだそうとしていた煌四は反射的にふりかえり、こちらへむかってくる〈揺るる火〉の前へ立ちふさがった。不思議そうに目を見開いているのは綺羅の顔なのに、中身はあの痩せ細った天の子どもなのだ。煌四の言葉や行動が、いったいどれほどの力を持つだろうか。

「むこうへ行くな。　綺羅をつぎの姫神にさせない。　あっちへ行っちゃだめだ」

肩をつかんだ。　暗い色の着物の布地はやわらかく、こんなに汚れた手でふれてはならないと思った。両の目をまるく見開いた顔の下、波打った髪に接触している自分の手がふるえているのに煌四ははじめて気がついて、いっそう動揺した。

緋名子は動けずに、地面にうずくまっている。いま、なにかをまちがえたら、この場にいるだれかが犠牲になる。もうこれ以上、だれも死なせてはならないのに。

赤い衣の少女から目をそらし、ひばりが小さく鼻を鳴らす。あざけりのこもったそのしぐさに、煌四は強い違和感をおぼえた。炉六の足に伸びあがった土がからみついて階から引きずりおろし、地面へ呑みこもうとしていた。地面のうねる感触が、こちらまで伝わってくる。かき混ぜられた土のにおいが空気中へ解きはなたれた。

片手を切断し、体内に薬をそがれた火狩りに、抵抗する力はもうなかった。土中から鎌首をもたげた土の腕に、炉六は引きずりこまれそうになる。

と、御座の上に座っていた少女が、よろよろと立ちあがり、赤い裳裾を引きずりながら階段を駆けおりた。うねる土の上へためらいなく踏みこみ、炉六に手を伸ばした。その左手から、雷瓶をつかみとる。

とたんに土を操る力がとだえ、地面のうねりが止まった。地中へ引きずりこむ力がとぎれ、炉六は腰まで土にまみれて、かき乱された庭土の上に身をふせていた。そのかたわらへひざまずき、赤い髪飾りを揺らして、少女が両手につつんだ雷瓶を、神族の力が断ち切れた土の中へ押しやった。火狩りを呑みこむうねりを止めたはずの地面が、少女の手のふれる部分だけ泥水のようにやわらいで瓶をうけ入れ、土の下へ隠した。とぷりと

小さな音とともに呑みこまれた雷瓶は、もう浮かびあがってはこなかった。

「……よけいなことを」

年老いた神族の顔色が、はっきりと変わった。柔和に笑うところしか見たことのないその目が見開かれ、土の上にひざをついた姫神をにらんでいる。

花飾りの載った頭をあげ、少女が直衣すがたの神族を見あげた。前髪の下の眉がこわばり、その口がなにかを言おうと動きかけた。

そのとき――光が空を染めた。神宮の無数の窓の内側から、強烈な光がはじけてあふれたのだ。

金色の、あの輝きはたしかに雷火の色だった。

いくつもの窓から照射される閃光が見えたと同時、天が裂けた。

まぶしい裂傷が空間を切り刻み、爆音とともに駆けくだった。いかずちだ。冴えわたる光が上空の力をたずさえ、神宮の屋根を直撃した。

大屋根が光を呑み、呑みこみきれずに砕けて飛散する。残響が空気をどよもす中、破壊された屋根と建物の破片が飛んで落ちてくるのが、ひどくゆっくりと見えた。怒りの形をした砂の花が、いくつもはぜては空気をにごらせた。

神宮の破片は前庭へも飛来し、朱色の塀に激突して白砂を宙に巻きあげた。落ちた破片が煌四は《揺るる火》の手を力まかせに引き、動かずにいる緋名子と綺羅、二人の上へおおいかぶさった。だがいくら待っても、衝撃は直接襲ってこなかった。

あたりの土へつき刺さる音が絶え間なくするのに、背中や肩を砕きに来るものは一つもない。

いかずちの音に鈍麻した耳が、それでもやがてあたりが静まったことを感じとる。耳の底に、なぜかかすかな犬たちの声が流れこんだ。工場地帯に残った狩り犬たちがさわいでいる、遠い声だ。

顔をあげ、煌四はにぎりこんでいたはずの綺羅の手が消えているのに気づいた。黒い着物をまとったすがたが、いつのまにかたわらに立ちあがっている。手首の包帯が白々と揺れている。細布を結わえた髪が、おののく空気の形のままになびいていた。

〈揺るる火〉はまっすぐに立ちあがり、顔を空へむけていた。すでにいかずちの閃光は消え、まっ暗にもどった空には月も星もない。陰鬱な蓋の閉ざされた夜空を、天の子どもをやどした綺羅が見あげている。

落下した破片はこの場にいるだれにもあたることなく、すべて塀の周辺へ落ちていた。裂けた木材や瓦のかけらが、傷一つなかった塀をかきむしり、白砂をえぐって土にめりこんでいる。

「けがはない？」

〈揺るる火〉が、顔をゆがめているひばりに問いかけた。いかずちの吹き飛ばした破片のえがいた不自然な軌道を空気の中にふたたび見ているかのように、〈揺るる火〉は視線を上へむけている。

「……機械が、まだ生きていたのか」

　地面にひじをついて体を支えながら、炉六がうめいた。薬によって呼吸に異常をきたし、大量の土に圧迫された脚を地面の上へ折りまげたまま、それでも炉六も、そばにいるみぞれも飛んできた破片にあたることはなく無傷だ。

　煌四は反射的に、大きく開かれたままの門のむこう、工場地帯のほうをふりかえる。

　製鉄工場の打ちあげ機は、まだ動かすことができたはずだ。回収車の乗員たちの言葉どおりなら、工員や燠火家の使用人は残っていなかった。煌四も、大勢の警吏が工場内に入りこみ、見張りまで立てているのを見た。……いや。

　油百七の息のかかった者が、警吏の中にもいたとしても、おかしくはないのではないか。あるいは、警吏の恰好をしてまぎれこんだ者が。　煌四の脳裏に、屋上から神宮の方角を見やっていた警吏のすがたがよみがえる。

　しかし、落雷地点となる誘導用の雷瓶は？　神宮の中までは、さすがに雷瓶を設置していない。

（油百七と使用人が、神宮の中へ捕らえられているんだ。それなら、さっきの閃光は）

　窓からあふれた閃光は、打ちあげ機のもとで待機している者へ呼びかけるための、雷火による合図だ。油百七たちは雷火を持ち出していた。だが、神族が武器を持たせたま　ま神宮へ人間を入れるわけがない。

（なんだ？　どうやって……）

そのときだった。炉六が鎌でとりはらった御簾（みす）の奥から、人影が一つ、ゆらりと現れた。大柄なその人影は、まろぶような足どりで階（きざはし）を駆けおりてきた。勢いをそのままに、少女の赤い着物の背にぶつかる。少女の体が、はげしく痙攣した。

人影が、さらにもう一つ。正殿の奥から走り出てきて、欄干の上から跳躍し、階のかたわらに立つ土氏族の神族に飛びかかった。

赤々と血が噴き出ているが、それは襲いかかられた神族からではなく、理解が追いつかない。目がとらえている光景に、わめきながら飛びかかった人物から流れているものなのだ。負傷して腹部から大量に出血しながら、その人物は年老いた神族の上へ崩れかかった。

「……まぬけが！」

悪態をついたひばりが、しのびを走らせる。一気に庭の敷地を駆けぬけた三体の新たなしのびは、しかし標的にふれる直前に消えた。血で染まった紙人形が、土の上に落ちる。朽葉色の直衣（のうし）をまとった神族の体が、赤い紙きれの上にひざを崩した。

走り出てきた者たちの正体が、煌四の視界までも赤く塗りたくった。神宮の中から現れた者たちは、油百七と使用人だ。

大量の血を浴びた土氏族の神族に、使用人は自分の傷口をおおいかぶせるようにのしかかる。土を操る異能をくり出すこともできず、神族は朽葉色の直衣をてらてらと赤く染めながらかろうじて階の下へにじり去った。

「腹の中に、雷火を隠し持っていたか」

ひばりが歯を食いしばる音がした。……それでは、先ほどの閃光といかずちをもたらした誘導用の雷火をとり出すために、あの使用人は腹を裂いたというのか。

出血は捨て身の攻撃と防御を兼ねていた。血を流してさえいれば、神族たちはまともに戦うことすらできない。年老いた神族に返り血を浴びせかけ、腹を裂いた使用人は痙攣しながら土にふした。

その体を見おろすこともせずに、少女の体を引きずって大きな影が歩いてくる。

人影の手がはなれると、少女が体をかしげる。ほとんど重みを感じさせずに、土氏族の異能によって乱れたままの土の上へ落ちた。着物の背中から、冗談のように刃物の柄が飛び出していた。

時間が静止したかのようだ。

背中へ垂直に刺さった刃物が、願い文を地中へ沈めた少女の命を一瞬にして絶っていた。

長い髪に飾られた花のかんざしが、しゃらりと庭土にこぼれている。

「……やっとだ。やっとはたせた」

よく響く深い声が、麻痺した鼓膜を揺るがした。御座の奥から現れた恰幅のよい人影。こちらへ歩いてくるその顔から、皮膚がすっかりむけているのかと、煌四は錯覚した。乾燥して細かにひび割れた血液が、油すぎに、ぶれていた視界が正常さをとりもどす。乾燥して細かにひび割れた血液が、油百七の顔面をむき出しの肉のように見せているのだ。

「あと一人。あと一人をつぶせば、神族は完全に無力化する」

目を見開いてこと切れている姫神に見むきもせず、油百七がうたいあげるように言っ
た。その後方で、瀕死の深手をおっている使用人が、たおれふしたままどうにかまだ息
をしている。頬が削げ、こぼれ落ちそうなほど見開かれた目は虚ろだった。血液が失わ
れすぎているのだ。

ひばりが戦慄のために呼吸を乱す音が、煌四の耳までとどいた。

血で汚れた油百七の顔の中に、目玉が異様にぎらついている。足もとに這いつくばっ
ている炉六に吐き捨てるような笑いを投げかけ、油百七は顔をあげ、まっすぐに門のほ
うへ、煌四たちのほうへ視線をむけた。

「その中にいるのかね」

色の薄い油百七の目が、〈揺るる火〉にひたとさだめられた。口ひげがうねる。幾分
やつれたその顔はしかし、得体の知れない力をみなぎらせて輝いていた。

「……お父さま」

か細い声で、〈揺るる火〉がたしかに、そうつぶやいた。

油百七の視界に、煌四のすがたは入っていないようだった。たったいま庭の土にたお
れふした少女の死体をもうかえりみることなく、油百七は自分の娘のすがたをしている
千年彗星へ瞳をむけた。

笑っていたその顔が、突如憎しみにゆがむ。

「……どんな恰好をしていようと、止められると思うな」

よろめきつつこちらへ駆けだそうとする油百七の足首を、炉六が腕をからめて捕らえる。体勢を崩しかけながらも、油百七は反対の足を炉六の腹へたたきこんだ。むせる炉六の右腕の先を、同じ足の靴底で踏みつけた。

正常な呼吸をとりもどさないまま、炉六が絶叫する。みぞれが飛びかかっても、油百七は小揺るぎもしなかった。咬みかかったみぞれを、まるで猫のように腕に食いつかせたまま引きずって、こちらへ来る。その目が未知の色に光っていた。

「姉上、お逃げください！」

ひばりが鋭くさけぶ。まだなんの形にもなっていない白い紙を、前へ出る。〈揺るる火〉は動かずに、狩り犬をふり落として駆けてくる油百七を、ただ凝視していた。立ちあがろうと身じろぎする緋名子の肩を、煌四は力をこめて押さえつけた。

「……やめろ」

煌四が低くもらした声に、緋名子がおびえきった目をあげる。

みぞれの牙が作った深い咬傷を、油百七が立ちふさがるひばりにふりかざす。ふんだんな血が飛んで、白い紙と少年神の水干に、点々としみを作った。ひばりの身動きがこわばる。神族にひるむことなく立ちむかってくる人間への恐怖が、はっきりとその気配に表れていた。

暗い土色の着物の肩に垂れかかる髪と細布が、空気の振動をうけてふわりと揺らいだ。

「あなたは──なにと戦っているの？」

　油百七の目の奥をのぞきこむように、まばたきもせず見つめている〈揺るる火〉の胸ぐらを、大きな手が捕らえた。躊躇なく、その手に力がこめられてゆく。

「このときのために、生涯をかけてきた」

　油百七が、引きずりよせた〈揺るる火〉に自分の顔を近づける。反対の手ににぎっているものが、とろりと金の光をこぼす。雷瓶だ。いま製鉄工場の打ちあげ機が作動したら、あの雷瓶をめがけていかずちが落ちてくるだろう。

　血まみれの使用人が、うつぶせたままうめいた。まだ生きている。はげしくふるえるその手が、もう一つの雷瓶をにぎりこんで持ちあがる。煌四は息を呑む。閃光で、打ちあげの合図を送る気だ——

　まさか。そんなことをするはずがない。いくら油百七でも。血流が凍てついてゆくのを感じながら、煌四は緋名子をその場に残して駆けだした。足が勝手に動いていた。わずかの距離だ。〈揺るる火〉を捕らえている油百七は、すぐ手のとどく位置にいる。

「やめろ、それは綺羅なんだぞ！」

　煌四の声に、油百七の色の薄い目がこちらをむく。〈揺るる火〉は綺羅の顔で、じっと綺羅の父親を見つめたままだ。

　血で染まった油百七の顔が、いびつな笑みを浮かべた。その笑みが深いところから恐怖を引きずり出し、煌四をひるませる。

「邪魔立てはさせませんよ。自分の血筋がとだえることなど、問題ではない」

油百七が引きずりよせた〈揺るる火〉に、ぐっと顔を近づける。巻き添えにするつもりだ。自分自身を最後の落雷地点にして、千年彗星を消し去ろうとしている。綺羅だとわかっていて、それでも躊躇しないのだ。

「気はたしかか──綺羅から手をはなせ！」

〈揺るる火〉の目は、自分を捕らえる男を見すえつづけたままだ。おそろしいほどにその表情は揺るがない。ただ不思議そうに、問いかけるように〈揺るる火〉がのぞきこんでいる油百七の横面を、煌四は殴打した。ほかにとるべき行動はすべて頭から消し飛んだ。しかしとっさの打撃ではどれほどの傷もあたえることはできず、油百七はふりむきざまに血の混じった唾液を吐き捨てた。

直後に雷瓶をにぎる油百七のこぶしが飛んできて、煌四は地面に打ちたおされていた。口の中に血の味が湧く。

「きみはもう用ずみだ」

むけられた言葉の冷酷さにぞっとする前に、腹部へ衝撃が来た。油百七の足がみぞおちへめりこんだのだ。

「動くな、坊主」

ひずんだ声がした。いつのまにか立ちあがった炉六が駆けてきて、油百七のうしろから自らの体をぶつけた。その衝撃によって、油百七につかまれた綺羅の体がはげしく揺れる。

「この……死にぞこないの野良犬が！」

油百七が体を反転させる。ひじで炉六の顔面を打ち、ふたたび地面へ沈めた。

だが油百七もまた、肥えた体をかしげかける。その腰に、先ほど自分が姫神を殺した短刀が刺さっていた。

油百七は大きくよろめいて、それでもなお〈揺るる火〉から手をはなさない。

「お前のようなやつには、じっくりと自分のしたことを思い知らせてやりたいところだ。だが、くそ、時間がない」

炉六はあおむけに地面にたおれたまま、油百七をにらみあげる。色を失った口のはしで、チッとすばやく舌を鳴らす。みぞれが駆けてきて、油百七をめがけて大きく飛んだ。飛びかかりながら、口にくわえたなにかを落とす。蹴られた腹をかばいながら、とっさに煌四はそれをうけとめた。

雷瓶だ。階のたもとへ目をむけると、使用人はすでに地にふして身動きをしなくなっていた。その体の下に赤いしみがひろがっている。その手から雷瓶が消えている。みぞれが奪ったのだ。雷瓶による合図は、できなくなった。

みぞれの牙が油百七のあごのつけ根をとらえる。

吠え猛るようにわめきながら、油百七は食いついてはなさないみぞれをふりはらおうともがく。狩り犬に襲われながらも、その手は決して〈揺るる火〉を逃がさなかった。

油百七は身をねじって、みぞれを門柱にたたきつける。短く悲鳴をあげて、犬はどさ

りとその場へ落ちた。片足を極端に引きずりながら、油百七が前庭から外へ出ようとす
る。この場から〈揺るる火〉を連れ去るつもりだ。

煌四は起きあがりながらさけんだが、自分の発した言葉を聞きわけることができなか
った。蹴られた腹がえぐれるように痛んで、視界がくらむ。

ひそかな足音がせまった。緋名子が走ってくる。走れる状態ではないはずなのに、油
百七に追いすがろうとする。しかし、緋名子の手がとどく前に、血まみれの靴をはいた
足を引きずって油百七は敷居をまたぎ越え、庭の外へ出た。水氏族の神族──燠火家の
侍医を装っていた神族の骸のある場所へ。さらにそのむこうへ。だがまにあわない。

ひばりが鋭く息を呑み、怒号をあげながらあとを追う。

犬たちが。工場地帯で犬たちがさかんに吠えている。

暗い夜の工場地帯を背景に、そのときあざやかな紅色が見えた。炎のような深い赤が、崖下から現れた。それは引き破れた絹の衣服だ。白い足が崩れてかしいだ土を踏む。そのすばやい動きが身のまわりに風を生じて、黒い髪がつややか
に舞う。

火華だった。顔の片側がどす黒く腫れあがっているが、畏怖をおぼえるほどの美しさ
は変わらない。かっと見開いた目が、綺羅のすがたをとらえ、ついで油百七をとらえる。

「あなた。ここにいらっしゃると思ったの」

腫れあがった顔に、火華が優美な笑みを浮かべる。

（なんで……）

なぜここに、火華が。

うろたえてはならない。旧道から水路へ落ちたのではなかったのか。落ちつけ——自分にそう命じるが、意思に反して心臓は引きつれるように脈を乱した。

「肉をくださらなくては」

火華の目は、一度もまばたきをしていない。再会した自分の夫と娘を迎えようとするかのように、しなやかな両腕をゆるくかかげる。綺羅を追いかけようとした緋名子の体が、その場で硬直する。緋名子がおびえて息をつめる小さな音が聞こえた。

「こんなに醜くなってしまったの。もっと肉をくださらなくてはだめよ」

油百七の頬の肉が振動した。その顔に表れた表情は、こちらから見てとることはできなかった。

「……そこをどけ」

油百七の声が低くくぐもる。みぞれが牙をつき立てた傷口から流れる血が、みるみる衣服の表面を流れてゆく。火華の眉が毒々しくゆがみ、片方の履き物を失った足をそっと踏み出した。舞うような所作のまま、油百七にひと息にせまり、捕らえられたままの綺羅の体に手をかけた。

「これは、わたしの娘よ」

強引に引きずり、油百七から奪った依巫の体を、火華は地面へ投げ捨てる。

「なにをしようとなさったの？　わたしの娘よ。わたしが産んだ。わたしだけの。わた
しのものだ、あれだけは、絶対にあなたのものにはならないのよ！」

絶叫すると、火華は長い両腕を、出血している油百七の首にまわした。ぐらりとかし
ぐ油百七の体をかかえるように自分のほうへ引きよせ、火華は崖のふちへためらいなく
後退した。顔を空へむけて紅色の衣をひらめかせ、そうして重力をわがものにした。

火華と油百七が、もろともに崖のむこうへ消えた。

そのすがたは、もう見えない。煌四は自分の体まで、危うげにどこかへ落ちてゆくよ
うな気がした。綺羅にむけていた厳しげな、勝ち誇ったような、残酷な、気品のある表
情、それを浮かべていた者たちが二人とも、落ちていった。煌四と緋名子に救いの手を
さしのべ、計略にからめとり、神殺しをはたすのだと、生きのびてみろと言った、もう
用ずみだと吐き捨てた者たちが。

油百七の手から解放され、地面にひざをついて、〈揺るる火〉が全身をふるわせている。
姉上、と呼びかけながら、ひばりが〈揺るる火〉へ駆けよってゆく。少年神に、いま
依巫になっている綺羅を傷つける意思はないはずだ。煌四は体を起こして、庭土にたお
れている炉六のもとへむかった。

浅黒い肌の色が、ほとんど蒼白になっている。血が失われすぎているのだ。からっぽ
の闇空へ顔をむけて息をしている狩人の鋭い瞳が、海を求めているのか、開いた門のむ
こう、工場地帯のむこうへむけられていた。尾を垂らしたみぞれが、脚を引きずって主

のもとへもどってくる。

「緋名子と綺羅は無事です。みぞれも」

煌四が呼びかけてもこちらをむかず、炉六は吸ってはのどでせき止められる呼吸を、投げやりにくりかえしていた。

「止血する。すこしだけ、がまんしてください」

煌四は、かばんの中の雷火と願い文の入った雷瓶を、ポケットへつっこんだ。かばんを肩からはずし、枕がわりにして炉六の頭をすこしでも高くたもとうとする。前庭のむこうには、年老いた神族が座りこんで荒々しい呼吸をし、その手前では油百七が最後で連れていた使用人がたおれふして動かなくなっている。炉六の右腕の先は油百七に踏み砕かれて新たに出血していた。腕を縛るため、肩紐をかばんからはずす。体にとりこまれた薬をとりのぞくすべを、なにかで読まなかったか、学院で学ばなかったか、必死で思い出そうとした。——

「……しっかりしてください。たすかります。息を」

焦る煌四の声をうるさがるように、炉六が口の片はしをゆがめて笑った。

「……さわるな。もういい」

聞きとれないほど小さな声が、頭に血をのぼらせた。煌四は自分の体の痛みをふりはらうようにかぶりをふって、炉六に顔を近づけてさけんだ。

「よくない！　まだ見てない、見せてない……この先の世界に、あなたみたいな火狩り

が、絶対に必要なんです」

炉六の口のはしがかすかに笑ったが、それは煌四の幼稚さにあきれているのかもしれ
なかった。

「この先の世界は、お前がかわりに見とどけろ。……坊主、まちがえるな。おれのほん
とうの生業は火狩りではない。海で魚を獲ることだ」

言いおえて、一つ、二つ、呼吸をするため胸が上下した。のどがひくひくと痙攣をく
りかえしていたが、やがてそれも静かになってゆき、止まっているのと見わけがつかな
くなった。

どこに境目があったのかわからなかった。

みぞれが顔をすりつけて、主のにおいを嗅ぐ。煌四は緋名子をそばへ連れてこなけれ
ばとふりかえり、そのむこう、崖際で、黒い裳裾が揺れるのを目にした。

〈揺るる火〉が立ちあがってひばりの手をふりはらい、まっすぐに歩を進めると、崖の
へりに手をついて大きく身を乗り出した。

その体は、身の内にあふれるものを持ちこたえられないというようすで、ふるえつづ
けている。落ちてしまう。煌四は炉六の脈もたしかめないまま、紅葉色の帯を締めたう
しろすがたに手を伸ばさなければと立ちあがった。

ゆるく波打つ長い髪が、ふわりと空中にひろがった。風はなく、空気は動いていない
はずだった。

た。

いつもよりも小さく見えるその背中が、深くこうべを垂れたためにまるく盛りあがっ

「お父さま、お母さま——」

崖下をさしのぞいて嘆く綺羅と、

「危ない。この子がとても怒っているから」

ふりむいて警告する〈揺るる火〉が、視界の中にかさなって映った。

「あ……」

とっさにうしろへ押しやろうと、みぞれの横腹に手をあてていた。逃げなければ。ど

こへ？　緋名子を、かばわなければ——なにから？

考えるいとまはあたえられなかった。

雷火によるいかずち、神宮の屋根を粉砕した輝きよりも強いまぶしさが、周囲から一

切の影を消し去った。耳も目も使えない。熱さも寒さも、あらゆる方向の感覚もその瞬

間に消えた。

体の中身をぬかれた。ただそう感じ、長いのか短いのかもわからない空白の中へ煌四

もろともすべてをほうりこむ力の中心に、たった一人、綺羅がいるのがわかった。

背中がかたいものへ打ちつけられた。同時に、自分が動けなくなったのがわかった。脚

になにかがつき刺さり、煌四はその場に縫いとめられた。痛みはまだ来ず、動くすべを失

ったことに煌四は焦ったが、その焦りもあふれかえるまぶしさの中へ溶かされていった。

第八部

地の迎え火

一　天の獣

月がふれられそうなほど近くにあった。

ああ、あの夢の中だと、灯子は寒さをおぼえながら、そう感じた。

空はぼんやりと雲でおおわれていたはずなのに、月が見える。とほうもない大きさのその天体は、黒い陰になっているのに、真空に浮かぶふくらみが見てとれる。

あたりは暗く、澄みわたっている。月に見おろされたこの空間を、灯子は知っていた。あの子がいるはずだ、そう思って視線を転じようとしたとき、灯子は、また一人ぼっちになっていることに気がついた。明楽もクンも、いっしょではなかった。犬たちも——

——かなたもいない。手に、形見の鎌だけをにぎっている。

どうやってここへ来たのかを思い出せない。なにが起きていただろう。……鼻の奥に、苦いにおいだけが残っている。

月のむかい側に顔をむけると、そこにはやはり、疲れはてたようすの地平がひろがっていた。あれが地べただ、と灯子は感じる。あそこにみんながいるのに、なぜ一人で、こんなところへ来てしまったのだろう。こんなに遠くへ、さまよってきてしまったのだ

ろう。

（ぼやっとしとるから。だいじなときに。あとすこしで——）

あとすこしで、神宮へたどり着くというところだったのだ。そうだ。クヌギの手に持ちあげられ、崖を越えて。クヌギがこしらえている《蜘蛛》たちの墓場から、それを見おろす神宮へ、もうすぐにたどり着くというときだったのだ。

（光が……）

大きな光が、崖の上へ至る直前に見えた気がした。澄みわたった金色の光が、クヌギの指のすきまから。

この空間に足場はなく、灯子は上下を曖昧にしてぼやりと漂っている。

「あそこが、地べたで……あっちが海。ハカイサナが、泳いどる……」

目に映るものを、一つ一つ言葉にしてゆく。声に出して言わなければ、このまま、自分が消えてなくなってしまうと思った。

「そう。一度は滅びたのに、この星は、まだたくさんの生きたものたちをかかえている。

——人間も、そのそばにいる神族も、星にとってはほかの生き物たちと変わらないはずなのに。どうしてこんなことばかりが何度も起きるのかしら」

奥深い声がした。すぐとなりで。

ふりむくと、少女らしさの削げ落とされた、干からびた果実じみた顔が、地平を見やっていた。ごつごつと痩せた背のうしろに、銀の髪がすさまじくはためいている。ゆら

ゆらと虚空に曲線をえがく髪の持ち主がとなりにいて、灯子はそのことにどれだけ安堵（あんど）したか知れなかった。

「依巫（よりまし）に——入れられたのと、ちごうたんですか？」

ごく自然に問いかけている自分が奇妙だった。相手は天の子どもで、ここはまっ黒な月に見張られた夢の中、だった。たしかにここは、現実ではなく、幾度か迷いこんだこの世の裏側なのだ。けれどもそれが灯子の見ている夢なのか、〈揺るる火〉の見ている夢なのかは判然としない。

〈揺るる火〉の目は、がらんどうの二つの穴ではなくなっていた。まばゆい銀にも、深々と澄んだ淵（ふち）の黒にも思える瞳（ひとみ）が、ちゃんとまつ毛に守られてはまっていた。

「ええ、入れられているのよ。いまも、依巫の中にいる。だけどあの子が、あんまり怒っていて、どうしようもないくらい悲しんでいて、そのせいで結び目がゆるんだので、逃げてきた。じきにまた引きもどされるけれど」

灯子は星の子のすがたを、はじめてまともに見たような心持ちになった。〈揺るる火〉は当然のごとくにかたわらにいて、灯子などと対等に口をきいている。つぎの姫神になるか否か——あるいは星を滅ぼすかどうか、それを選ぶ立場の存在だというのに。

「綺羅お姉さんは……？　依巫にされなさったんですよね？　お姉さんは、どうなるん？」

〈揺るる火〉のすがたが、とても寒そうだ。灯子は、右手の鎌の柄をにぎりしめた。いま、ここでもし……あの細い首に鎌をふるったら、千年彗星を狩ることができるのだろうか？　火狩りの王が、生まれるのだろうか。

背後にくねる長い髪が、無数の蛇のようだった。鎌をにぎりしめたまま、灯子は動くことができない。

「あの子は、帰らなくては。だけど、どこへ帰ればいいのか、もうわからなくなったのだって、嘆いている」

体をつくり変えられ、襲いかかってきた綺羅の母親。引きちぎられた赤い衣をまとったそのすがたがよみがえった。

「人間をわたしの入れ物にすれば、思いどおりにできると、神族の中の者たちが思っていたみたい。手揺姫の務めを継がせるために、ほかの方法はないと。——だけど依巫にされた子の意志は消え去らずにいる。そしてきっと、もう考えるのをやめたずの力と知恵の多くを失ったんだわ。だから自分たちの生存だけを維持しようとする。だから人間を見くびる」

あの人は——母親は、綺羅をたすけに来たはずだった。体を神族に作り変えられようとも、あの人のいる場所が、綺羅の帰るところではないのだろうか。

「〈蜘蛛〉がはっとして、地平に目をこらした。

〈蜘蛛〉が……クンの父ちゃんじゃという〈蜘蛛〉が。あ、あのあと、どうなったん

ですか？　明楽さんとクンは？　かなたは？　綺羅お姉さんも。お兄さんも、あそこへおるんですか？　わたし、行かんと。

かなたがいる場所へ、もどらなくてはならない。

「怖くはないの？」

問いかける〈揺るる火〉の顔は、ひどくさびしげだった。両の耳の下で結わえた銀の髪が、黒い月に複雑な波形をいくつもいくつも投影する。

「怖い……怖いです。〈揺るる火〉も、怖かったんじゃろ？　そいでも、どうしたって、たすけんとならん。——うぅん、わたしじゃ、なんのたすけにもならんです。そいでも、いっしょにおりたいん。あそこにおる人たちと、いっしょに」

灯子のつらねる言葉の意味は、虚空にむなしく吸いとられて消えてゆく。

こくりと、〈揺るる火〉の頭がうなずいた。

「そうなの。そういうふうに考えたことはなかった……千年彗星の役割は、星の全土にいる人々を見守ることだったから。でももう、わたしもそんなふうになにかを望んでもいいのね。神族たちに、そうさせるつもりはないみたいだけれど」

その口調は、自分の口から出てくる言葉に、心底おどろいているようだった。〈揺るる火〉のおどろきに同調するのか、銀の髪の先が、くるくると渦を巻いてひらめく。〈揺るる火〉

「わたしの核にある火の使い道を、依巫になったあの子にゆだねてもいい。いま、わたしに感じられるのは、あの子が一人ぼっちで悲しんでいる、その感情だけなの。……さ

びしそうで、混乱しているのに、なぜかわたしといっしょに、いろんなことを考えてく
れる。新たな指令を書きくわえられないようにする方法や、わたしの火の使い方を」

痩せ衰え、遠くから帰ってきたばかりの少女は、めずらしいものでものぞきこむよう
に地平へ視線をそそいだ。

「わたしにも、いっしょにいたい人ならいる。その人といっしょにいる方法を、あの子
となら──綺羅となら、探りあてられるかもしれない」

「え……？」

灯子のほうへ、〈揺るる火〉がほのかな頬笑みを浮かべた顔をむける。その目が、泣
きそうに細められた。が、干からびきった頬には、やはり涙は伝わなかった。

「千年彗星帰還の指令も、消すことができるかもしれない」

そのときなんの前ぶれもなく、ぎらつくようなむき出しの光線が、黒い月のはしを射
た。細い黄金の弧が、月のふちにやどった。

火の鎌と同じ形をした月光の、あまりのまぶしさに、灯子は目を閉じた。

鼻が最初にとらえたのは、血のにおいだった。だれかが、けがをしている。クンだ。
灯子の腕に、きつくすがりつく者がいた。夢の中と同じに、灯子の手は鎌を
にぎりしめたままだった。

（かなた……？）

犬がそばにいない。　視線をめぐらせようとしたとき、耳に明楽の怒声が飛びこんでき
た。

（明楽さん、さっき——）

腹の底からわめいている。　体中にけがをして、ちっとも休んでいないのに、どこから
あれだけの声が出るのだろう。

赤い髪が、なびくのが見えた。

〈揺るる火〉に会うたよ。目の前におって、鎌を持っとったのに、狩れんじゃった。

ごめんなさい……。

「お姉ちゃん」

クンが、灯子の腕を揺さぶった。　それにつられて頭が揺れ、灯子は執拗な眠りから浮
上するように、自分たちが朱色に塗られた塀の前に立っていることに気がついた。

美しい直線で構成されていたであろう塀は、引き裂かれてへし折れ、周囲へ放射状に
吹き飛ぶ形で破壊されている。　塀の残骸のむこう、岩壁を背に立つ白く巨大な建造物は、

屋根の中央が無残にえぐれ、尋常ではない破壊のあとを見せている。

灯子の手を、クンがぐいと引っぱった。

「こっちだよ」

クンの目に、さしせまった緊張がやどっている。　見れば朱色の塀の入り口である門は
左右の柱だけを残し、重厚な門扉はでたらめな方向へ投げ出されて、地面にたおれてい

た。

その塀の残骸のむこうから、明楽の声が聞こえ、すがたが見え隠れしている。血のに

おいも、そちらから漂っていた。

全身をめぐる血液の流れが、ぎゅっと滞った気がした。灯子は、壊れた門へむかって

走った。自分とクンと、どちらがどちらの手を引いているのか、わからなかった。

真四角な庭だったらしき場所とその入り口には、死が無造作に配置されていた。

門の敷居の手前に一つ、庭内に二つ。三つの死体と、塀の間際に落ちた屋根や木材

の破片。そこに立ち、またはうずくまる者たち。――

明楽の短刀が空を裂き、ひるがえる。炎魔を狩るときの正確な動きではなかった。感

情まかせにさけびながら、ただ相手にむかってゆく。明楽が対峙している者――汚れた

朽葉色の直衣をまとった神族は、乱れながらも急所をねらってくる短刀を、ことごとく

かわしてゆく。烏帽子は落ち、薄くなった白髪は血液で赤く染まっていた。それでも、

見た目の老いからはかけはなれた動きで明楽の攻撃をしのぎつづける。

知っている。あの年老いた神族を、灯子は見たことがあった。燠火家から駆け出して

綺羅を追い、たどり着いた旧道で。綺羅をさらい、土の中へもぐっていったあの、人な

らぬ存在だ。

いま一人の神族のすがたが、崩れ残った塀の上にあった。白い水干をまとった、ひば

りだ。背をまるめて顔をふせた少年神の、着物のそでを濡らす赤いしみが、徐々に小さ

くなってゆく。身にうけた傷を異能で治そうとしているのか、決してこちらへ顔をむけようとはしなかった。

腕にしがみつくクンが、しゃくりあげるようにつぶやいた。

「虫、使うなって。手を出したら、おいらが殺されちゃうかもしれないからって。特別な虫、とられちゃだめだ、って」

クンは、くやしそうにくちびるを嚙み、森で見つけてきた虫の入った瓶、布につつんで体に結わえつけたそれを、きつく手で押さえた。明楽と神族が戦い、死んでいるらしい者と息のある者が入り乱れてたおれふすその場所で、だれよりもくっきりと意識に飛びこんでくるすがたがあった。

「……〈揺るる火〉？」

灯子は自然とその名を呼ぶ。すさまじくはためく白髪ではなく、痩せこけた身にぴたりと沿う白い衣でもなく、干からびんばかりの細い肢体でもないにもかかわらず、黒っぽい着物すがた。帯は、燃えあがるような紅葉の色だ。暗さの中に、白い足袋がよくめだつ。ゆるやかに波打った髪が肩を飾り、そのすがたからは現実味を失わせていた。

綺羅だ。ぼんやりとまなざしを遠くにむけて、綺羅が立っている。しかし、その身から発せられる気配は、圧倒的にちがう。——依巫。これは綺羅のすがたをした、〈揺るる火〉だ。綺羅の体を入れ物にして、あの中には〈揺るる火〉が入っているのだ。さっき、月の手前にいっしょにいたのに。

波打った髪には白い細布が幾条も結わえつけられている。花嫁の証の結い紐のようだ。それがひらひらと着物の肩や胸に垂れさがっているが、あの一時たりとも止まらない白銀の髪の動きとは、まったく似てはいなかった。

狩りの鎌——形見の鎌が、灯子の手にある。この鎌を首につき立てれば、火狩りの王が生まれるはずだった。

呼吸の音がうるさい。自分の息と、そばにいるクンのそれとが、混じりあって区別できなかった。

「あの人なの？」

綺羅の目が明楽の動きを追った。

「わたしを狩ろうとしている火狩りは」

綺羅の口からか細く紡ぎ出されるのは、まぎれもなく〈揺るる火〉の言葉だ。

「お姉さん……？」

血のにおいのもとは、どこなのだろう。だれがけがをしているのだろうかと、灯子は視線をめぐらせかけた。自分の目の動きに体の感覚が追いつかず、めまいが襲った。工場地帯が、ずっと下にひろがっている。そのむこうに海がある。あの海から首都へ来たのだ。ハカイサナの送る潮に、船が運ばれて。船の上も血でいっぱいだった。〈蜘蛛〉に片目を斬りつぶされた照三の傷からあふれた血が、船底にたまっていた。

「おん！」とかなたが吠え、その声のするほうへ、灯子は顔をむけた。灰色の犬が視界

に入り、めまいがやんだ。息を吸う。

りつめた状態でこちらを見ていた。

はるか下では、工場地帯が暗闇に沈みこんでいる。崖の高さが背すじを寒くした。こ

こは、ずっと見あげてきた崖の岩棚――神宮のある場所だ。あたりに散らばる美しい色

をした残骸は、壊れた神宮の破片だった。

かなたのむこう。

ている人影がある。

煌四だ。血のにおいは、煌四から発せられていた。歯を食いしばっ

て動けずにいる煌四をかばうために、かなたはそばにいるのだった。

瓦礫まみれの地面に、崩れた塀の名残に背をあずける恰好でたおれ

「あっ」

のどが引きつれた。煌四の脚に、木材の破片がつき刺さっていた。塀の付近一帯に砕

けた建物の破片が散乱している。工場地帯の瓦礫とはちがい、生々しい裂け目をあらわ

にした破片は、木材や漆喰、壊れても色あざやかな瓦だった。地面に落ちた建材の破片

が、下から煌四の脚を刺しつらぬき、その場につなぎとめていた。

「お兄さん！」

そばへ行ってひざをつく。煌四は蒼白な顔色をしながら、歯を食いしばって、背をむ

けてすっくと立つ《揺るる火》を見あげている。

綺羅のすがたをした《揺るる火》。煌四のかたわらには背中をまるめて横たわった緋

名子がおり、もう一人、煌四とはべつに、地面に身を投げ出してもう動かない者がある。

明楽が親しげに接していた、浅黒い肌の火狩りだった。炉六という名の。かたわらに、美しい犬がうなだれている。てまりが腰をぬかしながら、はげますように高く鳴き、その犬のそばについていた。

さらにその先、壊れた建物になかば埋もれる恰好でもう一人。小さな骸が地面にふせていた。愛らしい色の着物をまとった、まだ幼い女の子だ——

あごがふるえだすのを感じながら、灯子は手からこぼれかける形見の鎌をにぎった。よたよたと、うしろからついてきたクンが煌四のかたわらへしゃがみこむ。

「……虫、見つけたよ」

クンが、布に巻いて体にくくりつけた瓶を上からにぎった。うなずく煌四のひたいから一度噴き出した汗が、すでにひえきっているのがわかった。どれほどの時間、この状態でいたのだろうか。脚をつらぬいた木片は灯子のひじほどまでの長さがあり、色の褪せていない血が白い木の表面を染めている。

「お、お兄さん、どうしよう、脚が」

動揺した自分の声が、傷口へ無様に降りかかった。

緋名子は背中をまるめこんで、動く気配がない。髪の毛が目もとを隠して、表情もうかがえない。緋名子もけがをしているかもしれなかった。——もしもつめたかったら、と名前を呼びながら、灯子は緋名子の肩へ手をふれた。

ひどい熱だ。べつの不安が、灯よぎった不安が、その皮膚の熱さによって消え去った。

子の頭の中で沸騰した。

かなたが見つめる先で、明楽の足が地面をとらえそこねた。よろめいたのかと思った

が、そうではない。地面それ自体が、波のようにうねったのだ。体勢を崩して、明楽の

短刀が決定的にねらいをはずす。神族がつき出した手が、明楽の手から短刀をはらい落

とした。

地面のうねりがこちらまでおよんで、落ちた武器の刃が土の中へ呑まれた。荒れはて

た庭の土はほんものの波となって上下し、明楽の短刀を半分以上呑みこんだまま、持ち

主のもとから引きはなしてゆく。

老いた目が、こちらをむく。この距離で灯子の目にははっきりとはとらえられないが、

それでも感じることができた。神族の、しわの奥にかっと見開かれた目が獲物へ──じ

っと動かずにいる〈揺るる火〉へむけられる。こちらへ来る。

かなたが走った。〈揺るる火〉へ伸ばされようとする神族の手に、迷わずに食らいつ

く。犬を殴打しようとふりあげられた反対のこぶしに、火狩りの亡骸のそばにいたみぞ

れが飛びかかった。

そのわずかなすきに駆けつけた明楽が、〈揺るる火〉の腕をつかんだ。ぼうっとした

顔のままの〈揺るる火〉を、神族からかばうために自分のうしろへ押しやる。

空気が急に重くなった。灯子のつむじが、雨の気配を感じとる。空に急速に雨雲が流

れてきつつあり、遠く雷がうなる音が聞こえた。

咬みついた手を全身の重みをかけてふりまわすかなたを、神族の足が蹴りつけた。かなたが牙を引きぬく。びくりと鼻を動かし、神族の打撃から、すぐさまべつのなにかに反応する。

犬は、導かれるように空へ顔をむけた。

雨の気配以外、灯子にはなにも感じられなかった。かなた、そしてみぞれとてまりの反応は、人には聞こえない犬笛による号令を感知したかのようだった。

かなたはのどを大きくそらすと、天にむかって吠えた。背すじから鼻先までが一直線につながり、獣の体は一つの、音を響かせるための器官となる。長く、声は空へ響きわたってゆく。てまりが、みぞれがそれにつづいた。犬たちは天と地をつなぐ一つずつの器官のように同じ姿勢をして、おのおのの高さで声を響かせた。

なにが起きたのかわからないでいる灯子たちの耳に、新たな犬の声がとどいた。崖下から――工場地帯からだ。かなたたちの声に反応して、いくつもの遠吠えがかえってくる。犬たちの声が、静まりかえっている工場を、首都を揺さぶった。

そのとき、犬たちが感じたものとおそらく同じ気配が、灯子に空をあおがせた。一匹の獣が、夜空と見わけのつかない暗雲を背にして、空中に立っていた。その獣の出現を、犬たちは待ちかまえていたかのようだ。

（炎魔……？）

まっ黒な獣だった。翼も足場もなしに、空に立っている。四肢は太く、うしろへ波打

　落獣がわずかに体勢を変えた。金色の爪を備えた前脚が、こちらへむけられる。

　光が押しよせた。

　まぶしさによって、空間から一切の音が消え去るほどの。

　灯子は、煌四の手がにぎる雷瓶を見た。同族から収穫された火をめざして、落獣が空を駆けくだってくる。目をつぶすほどのまぶしさを、異常をきたした灯子の目はうけとめきれなかった。

　だから見えた。

　このまま雷瓶のもとへいかずちが落ちれば、煌四と年老いた神族もいっしょに撃たれる。それはだめだ。

　落獣のひたむきな動き。なんと堂々としているのだろう。〈蜘蛛〉に操られたのではない獣の前に立つのは、そうだ、はじめてだ。手にした金色の三日月にこそ火狩りの本体があり、灯子の萎えた腕は、狩人の月が弧をえがくのを手伝うだけだった。

　黒い獣の首へ、収穫の鎌をふりあげる。

　その軌跡は寒々しい夢の中で〈揺るる火〉と見た三日月であり、黒い森で狩人たちが幾度も見せた一閃であり、かき乱された雲間にいまのぞく痩せ細った月とそっくりだった。

　重く生々しい手ごたえが、骨にまで伝わった。あふれていた輝きを、灯子のふるった鎌が消してしまう。すべてが暗くゆがんで見え

る視界に、金の三日月があざやかに弧をえがき――

どさりと、黒い獣が落ちた。

二火柱

黄金の鎌に狩られて、黒い獣が地に落ちる。

獣の落下する振動が、そばにいる煌四の骨の髄をつらぬいた。煌四の意識にその瞬間、一切の痛みはとどかなかった。木片につらぬかれた脚にもそれは響いたが、鎌を持つ者の影は小さかった。

一つに結わえた髪が、おののくようにその背で揺れる。

絶命している落獣のまわりに、煌々と輝く雷火がひろがってゆく。炎魔と同じく黒い毛皮。太く力強い四肢、顔のまわりにうねるたてがみ。口からは、体軀にあわないほど大きな牙がのぞいている。目を閉じて墜落した獣は、たしかに中央書庫の第三階層、明楽の兄の残した手綴じ本にあった図版そのままのすがたをしていた。

その、絵からぬけ出してきたかのような獣を見おろして、ひっ、とひきつけるように一つ、灯子が息を吸う。痙攣のやどる手のにぎりしめる鎌の刃先から、澄みきった黄金のしずくがこぼれる。

「……灯子」

狩れるはずがない。あの閃光の中で、明楽でさえ、体を動かすのがまにあっていない。いくら鎌を持っていようと、狩りの技術を身につけていない子どもに、限られた者にしか狩ることのできない落獣をしとめることなど、不可能なはずだ。

しかし煌四の足もとには、神族とならんで、空にいた黒い獣がたおれふしている。猛々しくうねる黒い毛並みに、手をふれればまだはっきりと体温が残っているはずだった。三日月の形をした爪が、脚の先にならんでいるのが見えた。

「灯子、はなれろ！」

明楽にどなられて、灯子がびくりと顔をはねあげる。落獣を狩った鎌が、むき出しのひざのすぐそばで揺れた。

のどを裂いた傷口から、さやさやと輝く液体があふれて、地面へひろがる。雷火には、ふれるものを溶かす性質がある。

灯子が息を呑み、ひざを浮かせるが、前にのめって転倒しかける。駆けくだる落獣をしとめた衝撃が、まだ体を支配しているのだ。かなたが駆けつけて、うしろから灯子の衣服をくわえて引っぱった。灯子は自分で体を操る力をなくしているらしく、煌四のそばへたおれこむようにしりもちをついた。瞳が炉六のすがたを探した。もう死んだ火狩りにたすけを求めようとした自分に気がついて、心臓が大きくはねた。立ちあがらなければ。〈揺るる火〉を連れてゆこうとする神族が起きあがる前に──動かせない脚と、そこから生

じる痛みが邪魔だ。

逃げられるはずなのに、〈揺るる火〉は動かずに、つぎに起こることを待ちかまえている。波打つ髪に白い細布が垂れて、そのすがたは、あとわずか完成していない人形のようだ。

工場地帯の犬たちが、崖の下で新たに吠えはじめた。先ほど空気をふるわせた長く声を引く遠吠えではなく、それぞれに興奮した声で吠えたてている。

しわがれたうめき声が地を這った。頭部への打撃で昏倒していた神族が、烏帽子のずれた頭をふるって起きあがろうとする。この神族を雷撃に巻きこむことはできなかった。

落獣は狩られ、煌四もまだ生きていた。

「……人間ごときが」

年老いた神族の顔から、穏和な雰囲気は完全に消えていた。しおれた皮膚をゆがめてまず目に入った煌四をにらみ、木片につらぬかれた脚に手を伸ばそうとする。

その手に、上から飛んできた白い紙がするすると巻きついた。姿勢をかしがせながら、少年神が、崩れ残った塀の上から飛びおりてきた。

「無駄なあがきはやめろ。人間を〈揺るる火〉の依巫に仕立てたことで、千年彗星をつなぎの姫神にしようという目論見は遠のいたぞ」

という目論見に立ちあがる少年神へ、老いた神族は深い敵意のこもったわずかに息を荒げて壊れた庭に立ちあがる少年神へ、老いた神族は深い敵意のこもった視線をむけている。両の手に巻きついた紙が、ぎりぎりと音を立てた。血が皮膚の外

へ流れないよう、骨を痛めつけることで相手の動きを封じているのか。そこまで穢れの回避を徹底するのかと、煌四の背すじに怖気が走った。

油百七と使用人は、全身に血の鎧をまとい、自分たちの血液を武器にして神族と戦った。天候や地面を自在に操る異能を持ちながら、たがが血液で、まともな武器も持たない人間に対抗する力すら失う——神族の体からも、人間と同じ血が流れるのに。

木片につらぬかれた脚から、痛みが脈に乗って頭へ、心臓へめぐる。

神族は、なにをおそれているのだろう？

「身代わりにされたこいつも、あわれなことだ。最後の最後で、自分の属する氏族よりも人間を選んだ」

ひばりの目が、油百七に背中をひと突きにされた少女すがたの神族を見やる。少年神よりも、死んでいる者のすがたはずっと幼かった。

「あの人間は、姫神と《揺るる火》を葬ることで神族の統治をくつがえしたかったようだが、はたされなかったな。自分のしとめたのが姫神の影だとも知らないまま、死んでいった」

にごりのない声で、ひばりが告げる。

影。身代わり。それでは、炉六からうけとった願い文を土の中へ沈めたあの少女は…

「自分の身代わりを立てて、隠れているのか？　手揺姫は」

:

明楽が低くつぶやいた。小さな声だが、それは神族たちの耳にも聞こえたはずだった。

だが、この場に二人いる神族たちは、どちらも明楽の声にこたえない。

煌四は呆然と庭のありさまを見つめている《揺るる火》の、青ざめた顔を見あげた。

クンがうなだれる緋名子の体を支えようとしている。

（このままじゃ、まにあわない——）

《揺るる火》が、また暴走する。

煌四は、木片の刺さった脚を動かそうと、意を決して奥歯を嚙みしめた。とたんに走る激痛で、頭蓋がはじけ飛びそうだ。気づいた明楽がそばへ来て、ひざまずいた。すばやくマントがわりの布を肩からはぎとり、止血に備える。煌四が動かそうとする脚を明楽が腰ごと下から支え、一気に押しあげた。

吐き気といっしょにわめき声がのどをつきあげる。体の中へは到底許容できない衝撃がはじけ、どうすることもできなかった。飛ぶかもしれないと思っていた意識は煌四のもとにとどまり、のたうつ自分を制御できないことに焦っている。一秒でも早くこの痛みをどこかへ捨てたかったが、それは叶わない。

明楽が傷口をきつく縛りつける。そのときにも煌四の口は悲鳴をもらした。無様だと思った。このくらいのことで、片脚をけがした程度で。一人の神族も止められなかった。炉六が死んでしまったのに。いまそこに、死んでいるのに。

「お兄さん……」

心細げな声が降ってきた。さかさまになった灯子の顔がある。顔がこわばり、汚れた頬には泣いたあとがすじを作っていた。煌四の頭を固定するように両手で支えようとするが、痙攣が大きくなり、懸命に抑えようとしている灯子の恐怖が、すべてこちらへ降りかかってきた。

動揺が、煌四にも伝染する。

「……こんな」

息を吸おうとしたが、先に声がもれた。かなたが高く鳴きながら、煌四の耳や頭に鼻先でふれる。

島から密航してきた火狩りは、こんなところで死んでしまった。気が変わったと、この先の世界を見てみたいと言っていたのに。

冗談のようだった。こんなふうにおわるために、首都へ来たのではないはずだ。あとふた月もすれば調査船が首都へもどってくる。人と荷をおろし、整備されて、またつぎの春には島へむけて旅立つのだ。魚を獲って暮らすのが生業だというのなら、船の帰還とつぎの出航を待たなくては島へもどれない。こんなところで死んでしまっては、二度と故郷へ帰れない。――

歯を食いしばろうとするが、ふるえて歯の根があわなかった。灯子の背中から、犬たちの首すじのあたりから、やり場のない感情が薄く薄く漂っている。それを煌四には、どうすることもできない。

「止血ぐらいしか、いまはできない。ここで動かないで……」

言いかけた声を自ら消して、明楽が顔をあげる。

訪れた気配に全員が緊張するのが、ひどい混乱の中にある煌四にも感じられた。

ひらりと白い細布が揺れるのが、視界のはしに映った。綺羅の目が、緋名子でも灯子

でも犬たちでもなく、ひたとなにかをとらえている。

崖のはてへむけて、〈揺るる火〉のさして大きくない声が、それでもはっきりと響い

た。

「——火が来る」

その声が空気に溶けるのと同時に、〈揺るる火〉を中心にして、とほうもない力がこ

こへ発生するのが感じられた。

空気が変わる。

崩れた塀のむこう、旧道の側にゆらりと立つ影があった。

炎魔の毛皮に黒い面。——〈蜘蛛〉だ。

緋名子のそばにいるクンが、のどの奥にさけび声をくぐもらせた。

翅を持つ虫たちをその身のまわりに引き連れて、〈蜘蛛〉は不自然に肩を左右へかし

がせながら、歩いてくる。その動きは、水氏族に体を作り変えられ、ゆらゆらと歩いて

ゆく新人類たちに似ていた。傷をおっているのだろうか。

すぐさま、しのびをはなつため前へ出たひばりの背に、〈揺るる火〉が呼びかけた。

「ひばり、近づいてはだめ。死んでしまう」

ひばりがその声にふりむいたのと同時に、〈蜘蛛〉の周囲が明るくなった。小さな光が、きらきらとともる。──〈揺るる火〉の髪、細布を結わえた綺羅の長い髪が、波打ってはためいた。

宙を舞う虫たちは狂ったようにさまよい飛んでは、まだ動きながら地に落ちてゆく。その翅が、体が明るく発光していた。──火だった。火が、羽虫たちの体を燃やし、その翅に乗って空中に飛散している。

死ぬのだ。

予感も覚悟もなく、死がつきつけられた。

「父ちゃん、虫が」

あっけにとられたように目を見開いて〈蜘蛛〉を見あげ、たしかにクンはそう言った。

「虫が、かわいそうだよ」

〈蜘蛛〉の腹は大きく裂け、虫たちはその裂傷の中から飛び出していた。汗かよだれか、黒い面の下から液体がしたたり、まるで腹の裂け目にひしめく虫たちが〈蜘蛛〉の体を操っているかのようだ。

「おのれ、穢れたあぶれ者めが──」

土氏族の神族が、草履で土を蹴り、前へ出る。地面をうねりあがらせ、〈蜘蛛〉を呑みこもうとする。

「だめ。近づかないで」

綺羅の声が、神族を止めようとする。

虫たちの翅があかあかと燃えあがり、直後にそ
れは神族の体から発火を引き出した。立ったまま身の内から燃えあがり、年老いた神族
は腕を伸ばして〈蜘蛛〉に組みかかる。あるいは、すがりつく。

目をつむることも、指一本動かすことさえできない。そんなことは無駄なのだ。無駄
であるのに、心臓だけはおそれを刻みつづけ、つきつけられた死が訪れないまま、数秒
がすぎた。

「………」

揺らめく銀の髪のまぼろしが、空気を凍らせていた。

こちらに背をむけて、綺羅が立ちふさがっている。

ほっそりとした背中のむこう。墓場の色の立ちすがたのむこうに、赤く光る柱がそそ
り立っている。

光と力がはげしくうねり、ひたむきに天をめざして踊り狂う。神族がその頂点に据え
た力。旧世界を繁栄させ、滅ぼした炎が、高らかな柱となっていま眼前にある。

その柱の中心で、地の底から引きずり出されるようなうめき声があがった。年老いた
神族が、全身を硬直させて天をあおいでいる。その体が、炎上していた。燃えあがる体
の上を、虫たちが飛びまわる。一匹たりとも、炎の柱からさまよい出るものはなかった。

〈蜘蛛〉が燃える神族の足もとで、寿命を使いはたした一匹の虫のようにうずくまって

いる。

この距離なら、全員が発火を起こしているはずだ。それなのに、人にも神にもひとしくうけつがれているはずの人体発火病原体は、炎に反応しなかった。

〈揺るる火〉がまっすぐに炎上する柱を見つめ、綺羅のゆるく波打った髪がざわざわと宙に浮きあがっている。紅葉色の帯の結び目が、この世とはべつの遠いどこかから飛んできた鳥の翼のようだった。

「あ——姉上」

ひばりが慄然とした顔を、〈揺るる火〉にむける。出現しかけていたしのびは、そのすがたをすべて消していた。

「わたしの力を、この子にゆだねているの」

綺羅の声で、千年彗星が告げた。平坦な物言いが、綺羅の深みのある声と嚙みあっていない。

「この子が考えた。わたしの核にある力を使って、火の燃焼できる空間を限定している。核にこめられた力を、かなり消耗する。だから長くはもたないけれど、あの火もそんなに長時間は燃えつづけない。じかに接触しない限り、ここにいる者たちには、人体発火は起こらない」

「でも……」

そうつぶやいたのは、だれだったのだろう。灯子の声にも、明楽の声にも思えた。あ

るいはひばりか、自分の声であるのかもしれなかった。だれのものであるにせよ、なに
かを問おうとした声は無意味に消え入った。

神族ののどからこみあげるうめき声はくぐもったただの音になり、それはやがて完全
な沈黙になってゆく。神族はめらめらと全身から赤い光を揺らめかせて、先にたおれた
〈蜘蛛〉の体を踏みつけにした。天へむかって立つ火柱の中で、もう虫たちは翅を燃や
しつくしてすべて落ち、濃い影になった神族の体から発生する光が、華やかな朱や金に
ひらめくばかりだった。

「……同じね。世界が一度滅びたときと、同じ。わたしは怖くて逃げ出したのに。新し
い破滅をいま見ている。これは罰なの。あの星の全土をおおう絶望から逃げたことへの、
罰なの?」

肩の上に、細布を結わえた髪がおどる。それは、だれかが計算しつくしたかのように
複雑で、流麗な動きだった。煌四の傷口を押さえている明楽の手に、きつく力がこもっ
た。

くしゃっ、とどこかから音がして、火だるまになった神族は、その場へ崩れた。揺ら
めく火が、まだ夜を照らしている。しかしその熱気もにおいも、〈揺るる火〉の力には
ばまれてこちらへは伝わってこなかった。

「綺羅……」

呼びかけたところできっと意味などないのに、煌四の口から、乾いた声がもれた。

炎の勢いが衰え、完全に消えるまでに、どれほど時間がたっただろう。ずっと背をむけて立っていた〈揺るる火〉が、その場へひざをついた。肩を長い髪がすべり、うなだれた首に巻かれた包帯に、血がにじんでいるのが見えた。

ひくっと、灯子が息を呑む。緊張しきった体がふるえて、呼吸は不自然に浅かった。

光の柱が消えたあとに、ぬめりをまとった空気が残り、息がつまった。

「〈揺るる火〉」——なんという無茶なことを」

座りこんでゆっくりと顔を中空へむける〈揺るる火〉に、ひばりが駆けよる。そばへ寄りながら、少年神は一瞬、肩をこわばらせて手を伸ばすことをためらった。包帯ににじむ、血のせいだ。しかしためらいをふり切るように頭をふるい、その肩におずおずと指先でふれた。肩に手をそえられても、〈揺るる火〉は鼻をわずかに上へむけたまま、反応しなかった。

「これで……いまこの場に、〈揺るる火〉の邪魔をする者はなくなりました。手揺姫さまのもとまで、お連れいたします」

少年神がゆらりと、こちらへ顔をむけた。その顔が青白い。

涼やかな声音の余韻とともに、全身を裂くようだった痛みが煌四から消え去った。かわりに、血管へ冷水を流しこまれるような感覚が、呼吸をこわばらせる。突然の異変に、体も意識もついていかなかった。血を止めるために、巻きつけた布の上から手を押しあてていた明楽が、少年神をにらみながら力をゆるめる。それで煌四は、

木片の貫通したあとがすでに消えている
のだ。ひばりの異能が、傷を消した
のだ。依巫にはその力を作用させられないのか、〈揺るる火〉の血はそのままになって
いた。

ほうけたように上をむいている〈揺るる火〉からはなれ、小鳥のような声をしたひば
りが、すっくりと立ちあがった。

「身の程知らずな者たちも死んだ。あっけないものだな」

少年神の横顔が、もろともに黒くなって絶命している神族と〈蜘蛛〉に、ほんの一時
むけられる。死んでいる者たちからあっさりと視線をそらし、ひばりはこちらを見おろ
した。白木の下駄が、瓦礫の混ざりこんだ土の上へ踏み出される。

煌四は地面に転がって背を折りまげた姿勢のまま、白々とした水干をまとった少年神
の顔を見あげた。きれいに整った顔の切れ長の目が、蔑みをこめてまだ生きている者た
ちを見おろしている。痛みを発散させていた傷のあった部分に、いまはひややかな違和
感だけがあった。

「……姫神は、生きてるんだな?」

明楽はうなだれながら、ひばりにむかって問うた。明楽の全身の傷もまた、消されて
はいない。ひばりは無言のままだったが、火狩りは頓着しなかった。

「願い文は——あたしの仲間が持っていった願い文は、とどいたのか」

ひばりが、酷薄な笑い声をもらした。

「とどいたところで、お読みになったかは知らない。お読みになっていたとしても、依

巫に入れられた〈揺るる火〉を、手揺姫さまだけで好きに動かすことはできない」

そうか、とだけ、明楽は低くつぶやいた。

「明楽さん」

灯子がたよりなく呼びかける。てまりが駆けてきて、明楽の足もとへ体毛を逆立てて

寄りそった。ひばりにむかって、力いっぱいに威嚇する。

「やはり、お前なのか」

灯子がぽっかりと目を見開いて、間近に訪れた少年神をふりあおいでいる。灯子を見

おろす少年神に、かなたが警戒してうなる。

と、ひどく寒そうな顔をしていた灯子が、なにかに導かれるように視線を転じた。口

を薄く開け、なにもない中空を見つめて体から力をぬく。ようすがおかしかった。正気

をたもてなくなったのかと、煌四はひやりとした。

「……童さま？」

か細い声で、灯子はたしかにそうささやいた。

その肩に、なにか小さなものがいる。地下通路で見た、あのまっ白な小人が乗ってい

る。……いつのまに現れたのか、灯子になついた小鳥のように、姫神の分身だという小

さな子どもがすがたを現していた。

明楽がその出現に、目をみはっている。

人間たちと同じすがたにおどろきを顔に表していたひばりは、やがて切れ長の目に無理

やり虚勢をとりもどし、灯子の肩に現れた姫神の分身をいたわしげに見おろした。そし
て、なにかを決心したように口もとを引きしめた。

「お前が、手揺姫さまに外の世界をお伝えする役目を課されたのだ」

おびえた顔で少年神を見あげる灯子のそばへ、煌四はやっと起きあがった。気がつけ
ば自分の体も灯子と同じにふるえている。全身に力をこめて、それを抑えこもうとした。
クンがしがみつくように支えている緋名子が、顔をあげようと歯を食いしばっている。
ひばりはおののいて息をひそめている灯子を見すえ、低く言いはなった。

「ついてこい。手揺姫さまが、呼んでおられる」

その声が言葉の形をなして空気に消える直前、明楽が立ちあがって一気に少年神との
間合いをつめていた。動きが速かったのは、明楽が武器をとらなかったせいだ。ひばり
が袂から紙人形をぬき出すひますらなかった。

汚れ一つない水干の胸ぐらをつかみ、明楽はためらいなく、自分のひたいを相手の同
じ箇所へ打ちこんだ。ご、といやな音がする。

「甘えるな、この湨ったれ！」

頭突きを食らわせたまま相手をはなさずに、明楽がさけぶ。

ただ目をみはっているひばりに、さらに明楽は自分のひたいを押しつけた。

「人間はお前たちの道具じゃないんだ！　姫神がかわいそうなら、お前が自分でなんと
かしろ。　姫神に依存する神族の統治体制を変えてみせろ。それができないなら、統治者

の仕事を人間によこせ！　人間を、この子たちを都合のいいように利用して、それででたく救われるような姫神さまなら、はなっからいらないんだよ！」

とっさのことに声も出さず、身じろぎさえできずにいたひばりは、やがて、嫌悪もあらわに顔をゆがめた。明楽の手首をつかんでふりはらおうとするが、その力は弱すぎて、激昂した火狩りの手を動かすことはできなかった。明楽の手についている煌四の血が、白い水干を汚した。

「だ——黙れ、人間が……」

少年神の声が、はっきりと動揺している。怒りをこめて明楽をにらむ、その瞳さえおののいて揺らいでいた。〈揺るる火〉は地面にひざをついて、あらぬ方をむいている。

「姫神さまを」

ひばりのわななく声をさえぎったのは、灯子だった。汚れた手で自分の袴をもどかしげににぎり、まっすぐに少年神に顔をむけている。

「姫神さまと、〈揺るる火〉のことをたすけたら、おわりますか？　もう、だれも死なんで、すむんですか？」

「こいつの言うことなんか聞くな」

明楽が、灯子へ低く言いはなつ。その肩に、この場で起きた殺戮も混乱も鎮めるように、清らかにまっ白い姫神の分身が乗っている。いかずちに破壊され、ひび割れた神宮のかわりに、そ

祈るようにひざまずいて首をさしのべる灯子のあごが、ふるえている。

の白い小人は冴え冴えとした光を身の内から発していた。

「だって——明楽さん、もう、こんなこと」

灯子の声が、死んでいる炉六に、焼け死んで黒くなっている《蜘蛛》と神族に、門の外に打ち崩れている水氏族の神族に降りかかる。思うように動けない緋名子にも、目の前で燃えた《蜘蛛》を見つめるクンにも、傷まみれで呼吸をわななかせている明楽にも、犬たちにも、落獣にも。

腹から息を押し出し、煌四は身をよじって立ちあがる。クヌギはまだ動けるのか。あの木々人に、緋名子やクン、灯子を逃がしてもらうことはできるだろうか。せめてこの場から、遠ざけることは。

血のにおいが空気にこびりついている。それがだれの血であるのか、もはや混然としてわからない。灯子の鎌に斬られた落獣の毛皮ばかりが、はっきりと黒い色をたもっていた。

気をぬくとかすみそうになる目をあげる。むこうにたおれている火狩りを、いま一度たしかめた。体の形を損なってはいないのに、炉六は決して動かなかった。もうその手が鎌をとることも、舌を鳴らす合図でみぞれを呼ぶこともない。みぞれはじっとそのかたわらに座って、顔を主のほうへむけたまま、うなだれている。爪の先で炉六の腕をかいてみるが、反応しない主に困惑したようすで、すぐに引っこめる。

明楽がつき飛ばすように、ひばりを解放した。少年神はうしろへよろめきながらも、

明楽をにらみつづけている。明楽がわしづかみにしていた水干の身ごろがしわになり、血の汚れが得体の知れない模様をえがいていた。

虚ろなおもざしで、〈揺るる火〉が血なまぐさい空気を呼吸している。

「あなたは、わたしを狩る？」

綺羅の顔で火狩りを見つめて、〈揺るる火〉が問うた。首と手首、足首に巻きつけられた包帯のすべてに、血がにじんでいた。火柱を閉じこめるために力を使ったせいなのだろうか。

明楽は目じりを引きつらせ、厳しい顔をしてくちびるを噛みしめている。赤い髪が、横をむいた首の動きにあわせてなびいた。

「……いまは無理。その子の体から出てくれなければ、狩ることはできない」

死者たちのにおいが、頭の中を暗くさせる。この場でのうのうと呼吸をすることすら、はばかられた。それでも自分の体は、まだ生きてここにあった。

明楽の言葉を反芻するように幾度かまばたきをして、やがて〈揺るる火〉はうなずいた。

「自分では、ここから出られない。ごめんなさい」

これだけの死をまのあたりにしたというのに、〈揺るる火〉の声音は変わらなかった。かつて、もっと多くの死を見たためだというのだろうか。それは、くらべることのできるものなのか。

——と、その頭が、突然はげしく左右へふられた。呼吸を荒げて、依巫が立ちあがる。
乱れた髪が目や頬にかかっている。目を見開き、くちびるをゆがめて明楽にむきなおる。
一瞬前とは打って変わって、その顔にははげしい感情があらわになっていた。

「これを……これを狩ったら、もうこんなことは起こらないんでしょう？」

呼吸を乱して、依巫が自分ののどを指さした。包帯ににじむ血は止まらず、白かった
布はほとんどまっ赤に染まっていた。

「いましかできない。狩って。火狩りの鎌を使って」

必死の響きをこめた声に、明楽が目をみはっている。いま、火狩りにむかっ
て訴えているのは、〈揺るる火〉ではなく綺羅だと、煌四はたしかに感じた。

「姉上、おやめください」

ひばりの低い声に、灯子の短い悲鳴がかさなった。いつのまにはなったのか、しのび
が背後から灯子をかかえあげ、一足飛びに階の上へ連れ去ったのだ。灯子の体が一瞬で
移動し、身代わりの少女がいた御座の上へ投げおろされる。かなたがすぐさまそのあと
を追った。

「なんのまねだ！」

吠えかかる明楽に、少年神はきつく眉をつりあげた。

「火狩り、わめいていないで自分の犬でも守れ」

ひばりは〈揺るる火〉へ近づこうとしたが、その足は、踏み出す前に止まった。綺羅

が、少年神をにらんでいる。敵意によって顔色を暗くし、赤く濡れた布の巻きつく手を、わなわなかせながら持ちあげた。

「……これが、怖いんでしょう？　人間の血が。わたしは、愚かだった。神族が統治しているこの国は、世界が滅びても生きのびた、よい場所なのだと信じてきた……でも、ちがったの。わたしのまわりに、この国で安心して生きている人なんて、ほんとうは一人もいなかった」

怒りと混乱がその顔面に貼りついている。神族に利用され、目の前で両親を失ったのだ。綺羅が自分の足で立っていられるのが不思議ですらあった。ここで起きたできごとは、綺羅がうけとめきれる大きさをとうに超えてしまっているはずだ。

綺羅は髪をひるがえして、ひとかたまりになった焼死体のわきをぬけ、灯子がしのびに押さえこまれている御座のもとまで駆けのぼった。そこに落ちている、炉六の鎌をとってふりむく。長く垂れた包帯が動きにあわせてなびく。主の鎌をつかんだ綺羅にむかって、みぞれがかすかにうなる。

「……早く！」

階を駆けおり、土が無秩序に隆起してかたまった庭をつっきって、綺羅は明楽の前へ鎌の柄をさし出す。明楽が、毒に侵された炎魔を前にしたかのように、綺羅を見つめる。けれどもその手は、鎌の柄をとろうとはしなかった。明楽のかたわらで尾をふり立ててまりが、綺羅にむかって小さな牙を見せ、威嚇した。

顔をゆがめ、綺羅がうつむく。何者かによって細布を結わえつけられた髪が、その横顔をおおい隠した。

「お願いです。ここに……ここに、とても大きな火があるの。この火の使い方が、なぜかわかるの。わたしの中に、もう一人の……この火の持ち主がいるから。この子は自由になりたがっているけれど、だれもがそれを望まない。なにを選んだら、二度と破滅が訪れずにすむのか、この子にもわからないの……それなのに、こんなに大きな火がある。このままだと、わたしはこの火で、もう、全部おしまいにしてしまうかもしれない。こんなことを思うのはまちがっているのに、止め方がわからない。思ってしまう……」

血のすじのついた手が、ぴたりとあわさった黒い衿をつかんだ。

「みんな——みんな、消えてしまえばいい」

声音からふるえが消え、綺羅の顔は、とほうに暮れて泣いていた。幼子のように眉を寄せて泣いているその目にはしかし、怒りと恨みが渦巻いていた。ゆるやかに波打つ髪すら、ふくむ陰影を濃くしている。

「綺羅お姉ちゃん……？」

か細い声がする。クンに体を支えられている緋名子が、首を伸べて綺羅を見あげた。まだ高い熱のためにおぼつかない声音をして、それでも綺羅を呼んだ。

ほんの一瞬、おそれをなしたように、綺羅が呼吸を止めた。

それと同時だった。地面が、はねあがるように揺れた。

体勢をたもてず、体が投げ出される。

いかずちに撃たれたのだと思った。製鉄工場の機械が、また作動したのだと。

——だが、この揺れはちがう。

起きたのが地揺れだと気づいたときには、轟音が聴力をかき消していた。

神宮をかかえる崖が、また地崩れを起こそうとしている。背後からしのびに押さえこまれ、灯子は御座の上で動けずにいる。

かなたが吠える。

ひび割れて隆起する地面の下から、だれかの手がつき出されるのが見えた。枯れ枝じみたその手が、綺羅の足首をつかむ。それは〈蜘蛛〉の火に焼かれて死んだはずの、朽葉色の直衣の神族の手にそっくりだった。

足をつかまれ、綺羅が、手にしていた鎌をとり落とした。内側からの力で崩れてゆく地面に、金色の三日月が落ち、呑みこまれてゆく。

だれがどこにいるのか、自分が立っているのかすら、あっというまにわからなくなる。綺羅の、依巫のすがたが、土の中へ引きずりこまれ、鎌と同様に呑みこまれた。

乱れきった視界に、長い髪がひらめくのが映った。神宮の瓦礫もろともに、土が波のように大きくうねり、崖の上の空間にいる煌四たちの視界をおおい——そして巨大な獣のおとがいのように、まっ暗に閉じあわさった。

三　地中の宮

　静かだ。

　灯子はしのびに担ぎあげられて、気がつくとしとやかな畳の上にいたのだった。香のにおいが染みこまされていたが、それよりも強く、緊張しただれかの汗のにおいが残っていた。飴色のつやのやどる畳は、ずいぶん古いもののようだった。その上に、色のついたガラス玉がいくつか転がっていた。子どもが遊んでいたのだろう。いや、あの赤い着物を着せられて死んでいた少女が、なにかにおびえながら、じっとここで、ガラス玉をにぎりしめて息をひそめていたのだろう。

　けれどもそれは、灯子の憶測にすぎないのだった。

　わからないままに揺れが起きた。大きく地面が揺れて、裂けた。明楽たちがいる庭の土が割れた。自分だけがここにいるのはまちがいだと感じ、灯子は揺れて砕ける土の上へ駆けおりようとし、なおも下からつきあげる衝撃に完全に足をすくわれて、同時に視界がまっ暗になった。

　どれほど時間がすぎただろう。

あまりに静かで、灯子は、もうまぶたを開けないでいいような気がした。こんなに暗くて静かなのだから、人間はおとなしく戸を閉めて、眠っていなくてはならない。朝の気配が空気に混じりはじめたら、そうしたらまた起きて、布団をあげて、ばあちゃんの体をさすって、畑へ出なくては。──けれど、それはまだしばらく先だ。

……眠っていようとする灯子のそでを、つかむ者がある。つかむのではなく、咬んでいる。かなただ。灯子を追って、板の間まであがってきたのだ。

（いかんよ、土間におらんと。おばさんと燐に怒られてしまう……）

黒ずんだ床と古い鍋釜と、草と土と水と。なつかしいかおりをふくんだ夢想は、けれどもすぐさま、寒々とした暗闇に消えていった。

「……」

ちがう。ここは村ではない。家の中でもない。なにが起きたのか、その記憶すらどこかへ押しやられて、たどることができなかった。

ひょっとしたら間近で炎の柱が立ったとき、あのときに、やはり自分も人体発火を起こして死んだのではないだろうか。ぼんやりしているせいで、自分が死んだということに、いまごろになって気づきつつあるのではないか。

それでも、ひえかたまった疲れだけは、変わらず体の芯にぶらさがっていた。

肺が勝手に、空気を求めた。息を吸おうとした灯子の口に、ざらりとつめたいものが入っていた。土だ。吐き出そうとするが、しびれが全身に貼りついて、力をこめること

ができなかった。自分の体の重みすら、支えることができなくなってしまった気がする。

（……かなた？）

犬の体温がそばにある。その体から発せられている張りつめた気配に、灯子はやっと目を開けた。しかし、開けたはずの目に、わずかの光もみとめることができない。

かなたのすがたが見えなかった。

混乱が灯子を呑みこむ。息を吸いすぎて、口に入っていた土と砂埃を、すなぼこりをいっしょにとりこんでしまう。肺がめくれあがるように反応し、気がつくと灯子はひざを折って背中をまるめ、はげしくえずいていた。よだれといっしょに涙が出る。舌がこわばるほどのどがかわいていたのに、まだこんなに体から水分が出ることが、どこか信じられなかった。

ここはどこなのだろう。たしかに、さっきまで崖の上の、神宮のある空間にいた。その場所も大きく揺れていた。

突然、はげしい地揺れが起きたところまではおぼえている。灯子はしのびに捕らえられて、汗のにおいのする畳の上へ連れてこられて

いっしょにいた者たちは、どうなったのだろう？　緋名子は、熱を出して動けなくなっていた。明楽たちも、犬たちも、どこかに生き埋めになっているのではないか。ある

いは、崖から投げ出されてはいないか。

頭上から、だれかの声がする。その澄んだ声が、ますます灯子を焦らせる。

「おい」

かなたが声のするほうに顔をむけた。　犬が灯子をうしろにかばって立っているのが、

音の響きから感じとれる。

「犬をどかせろ。　邪魔だ」

呼びかける居丈高な声に、ありかを忘れていた灯子の心臓ははねあがった。身じろぎをした拍子に、ひざ頭にかたいものがふれる。──鎌だ。手探りでその柄をにぎりしめ、

灯子は息を吸いながら、口の中の土をごくんと飲みくだした。蛙のようにのどを動かしながら、荒布の巻かれた鎌の柄を、指を巻きつけるようににぎりしめた。

重い鎌を引っぱった。土をかぶっていたらしい刃があらわになると同時に、まっ暗闇だった視界に、おぼろな陰影がもたらされた。三日月鎌が、淡い金色に光っている。落獣の首からあふれた澄んだ黄金の体液が、まだ刃に残っていたのだ。鎌の弧に沿って、それはほんとうの月のようにさやかに輝いている。

「……まるで、できたばかりの鎌だな。常花姫さまが鍛えられたばかりの」

声の調子を沈めて言い、暗い空間から憮然とこちらを見おろす者がある──みずらの髪の少年神、ひばりだった。

とっさに灯子は、かなたの背中へ手を伸ばしてうしろへさがらせようとした。少年神にどけろと言われたからではない。この神族に、かなたを傷つけさせないためだ。

明楽や煌四たちのすがたを探そうと、周囲へ視線をめぐらせる。……が、灯子はすぐに、自分とかなた以外の者がいっしょにいないことをさとった。

立ちあがると、着物や髪に入りこんでいた砂がぼろぼろとこぼれる。体中がきしんで痛むが、しびれが感覚をぼやけさせて、さほどひどくは感じないです

んだ。足も、手も、どうにか動く。幼いころに坑道の崩落に巻きこまれた火穂は、脚の骨を折ったと言っていたのに。

「……なんですか？　ここは」

暗い室内に、そこは見えた。たしかに高い天井があり、壁に声がはねかえってくる。

しかしその空間に、枝を伸べる木々があった。真水や泥水のにおいもする。湿った土のにおいや、黒い森のそれとはちがう、甘やかな朽葉のにおいが。

杖にすがるように、鎌の柄をきつくにぎった。

めまいをおぼえながら、灯子は高い天井に枝を伸べる木々をふりあおいだ。鎌に残る雷火の明かりだけではない、どこかに光源があるらしく、枝葉の形を見わけることができる。ブナや竹、山桜、楠や杉。どれも細い。ススキや葦もあるが、室内に風はそよとも吹かず、みな微動だにしない。

まるで、木々人たちの地下居住区だ。閉ざされた空間に、庭を作ろうとしたかのような。

ひばりが小さく鼻を鳴らす。少年神は寝台らしき金属製の台のへりにひざを折って乗り、灯子とかなたを見おろしていたのだった。なにかをかかえている。丁寧に折りたたまれた、それはしとやかな布地らしかった。

右手ににぎった鎌が、体をかしがせるほど重い。刃にかすかに残る雷火が、さやかに発光している。たしかに灯子はこの鎌をふるって、駆けくだる落獣を狩ったのだ。

「直接連れてゆきたかったが、お前もぼくもこのなりでは、手揺姫さまの御前へ出るわけにいかない。身なりを改めるために一旦ここへ連れてきたが、その犬が近づかせようとしない」

邪魔だ、ともう一度吐き捨てて、ひばりは不機嫌さをあらわにした。が、その声にも表情にも、力がこもっていないように思える。少年神もあの惨状から逃げのびて、疲れはてているのだろうか。神族でも、疲れたり空腹をおぼえることがあるのだろうか。

少年神のかかえている布地が、着物と帯であることに灯子は気がついた。薄暗いせいで色味の見わけはつかないが、つやがあり、村で生きる者の花嫁装束よりもはるかに上等なものであるのがわかる。

灯子は少年神の背後に視線をやり、さらにその後方へ目をこらした。

「……あ」

恐怖から声がもれるが、それは決して言葉の形になろうとしない。ひばりが下駄をはいたままで乗っているのは、たしかに寝台だ。同じものが等間隔に、ずらりとならんでいる。その上から、木々や草は生えていた。あるいは清水や土や泥がいだかれていた。

寝台の上にあおむけに寝そべった、人の形をしたものの体に、それらはやどっている

のだった。

苦い汗が、ひたいやわきに噴いた。

簡素な寝台の上に寝そべる者たちは、一様に顔に布をかぶっている。その腹のあたりから、植物たちが生え出ているのだ。またびっしりと鉱石が埋まっている体もある。シダの類いが首をもたげ、深い清水が満ち、あるいは腹部に肥沃な土がのぞいているものもある。体にまとった――あるいはかぶせられているのかもしれない――着物に織りこまれた金糸銀糸が、ささやかに光って見える。

目がおかしいのだ。薄暗い場所で、錯覚を起こし、まぼろしを見ているのにちがいない――そう思って何度もまばたきをしても、このありえない光景は消えようとしなかった。

灯子の呼吸はでたらめに乱れ、視界いっぱいに黒い光がはぜた。その犬をたよっても、お前の力では外へ出られないぞ。言うとおりにしろ」

「土氏族の者が前庭に地崩れを起こした。

恐慌をきたしかけている灯子に、ひばりが淡々と告げる。明楽も煌四も、クンも緋名子も、ここにはいない。灯子だけを建物の中へ運んだしのびに命じて、ここへ連れてこさせたのだろうか？　けれど、なぜよりによって灯子なのだろう。

肩に乗っていた童さまのすがたをたしかめようとするが、まっ白な子どもはすでにいなくなっていた。自分とかなただけで、少年神と対峙しなくてはならない。

「ほ、ほかの人は――明楽さんや、お兄さんたちは？」

その問いにはこたえず、ひばりは寝台のへりへ立ちあがる。その寝台にも、腹をさらした者が乗っている。そのへそのあたりから、くたくたとアケビのつるを伸ばして。人の形をしたものを載せた寝台は、何台あるだろう。数えようとするまでもなく、ひろい室内の暗がりに呑まれるまで際限なくならぶその膨大さに、背すじがきりきりと凍りついてゆく。

「生きとりなさる……」

声が自然とこぼれていた。かなたの首すじにしがみついて、灯子は犬の体温をたしかめた。そうしないと、正気がくじけてしまいそうだった。横たわる者たちの足裏の皮膚には張りがあり、ゆったりと体の横に置かれた手はまろやかで、ふれれば体温すらやどっていそうだ。

かなたが首を一つふるい、ぱたりと耳を鳴らす。

ひばりは横顔を部屋のむこうへむけている。その輪郭が、ぼうと光っている……光源があるのは、少年神のむこうだ。灯子は光のあるほうへ、なんとか目をこらそうとする。

出口はどこだ。明楽たちは。

わらじの下に、土の感触がある。部屋の床は土でできているのだ。その土から、湿り気をふくんだにおいがする。空からもたらされた滋養のにおいだ。ここは、神宮の中なのだろうか。工場地帯を一晩中打ちすえた雨が、深く染みこんでいる。

「こっちへ来い」

〈揺るる火〉は、綺羅はどうなっただろう。

そう言うなり、寝台の上から飛びおりて、ひばりは歩きだした。ひばりが移動したこ
とで、そのむこうにある光るものが見える。一本の柱のようだ。天井を支える太い柱が、
ぼうっと発光している。それが木でできているのか、石なのか金属なのか、灯子には見わ
けがつかなかった。

（出口……ここから出んと。みんなのこと、探しに行かんと）

しかし灯子の目には、光る柱のむこうがどうなっているのか、見透かすことができな
かった。

「夢を見ている」

寝台のあいだを行きながら、少年神が言う。

夢、とこの場の光景からかけはなれた言葉を、思わず灯子は鸚鵡がえしにつぶやいた。

寝台の下から、何本もの管がのびている。管は床を木の根のようにくねりながら、部屋
の中央、光る柱のほうへ集まっているようだ。

「腹を裂いて自然物を身の内にやどし、木や水や石になった夢を、この者たちは見つづ
けている。かつての、黒い森におおわれる前の、この星の一部となっている夢を」

話す声は澄みきって、この暗い場所によどんでいる空気をまるで乱すことがない。灯
子はかなたの毛並みに手をそえたまま、貧弱な木々が枝葉を伸べる頭上をあおいだ。

木々人たちの居住区にいた小鳥のすがたはない。動きまわるものは、この部屋にはなに
もなかった。

ひばりがふりかえってこちらをむく。白い着物は血や泥で汚れているが、それでも少

年神のたたずまいは、漉いたばかりの紙のようだった。

「ここにいるのは腰抜けどもだ。旧世界の滅亡を食い止められず、世界を復興させるこ

とも叶わず、多くの神族はかつての世界をなつかしんで、その夢を見つづけることを選

んだ。老いることもなく、死ぬこともなく、かつて美しいすがたをしていたこの星の一

部となっている夢の中で眠りつづける——ここにいる者たちが安穏と夢を見ているあい

だ、ほかの神族は異能を行使していまの国土を治めている。覚醒している対価としてぼ

くたちは宗家から力をわけあたえられ、この世の柱となっておられる手揺姫さまをお守

りする」

このような場所で見る夢が、はたして安らかなのだろうか。しかし、灯子の耳や鼻は、

深々としたなつかしさを感じずにはいられなかった。黒い森に生えているのではない、

緑の木々。澄んだ水と、朽葉の清らかなにおい。……みな、村にあったものだ。

ひばりの足は、光る柱のほうへむかってゆく。灯子の足は、自然とそれについてゆく。

相手の動きが感知できなくなることが怖かった。かたわらにいるかなたが、鼻や頭で何

度も灯子の手にふれてきた。灯子の正気がさまよい出さないよう、そうやって自分の居

場所をくりかえし教える。

「〈揺るる火〉が予想以上に不安定だった。そのために手揺姫さまが、お前を呼んでお

られる」

柱はまるで、巨大な雷瓶だった。頭をくらくらさせながら、灯子は柱を見あげた。錆びか苔か、鈍色の付着物におおわれた柱はガラスでできており、その中に光る液体が入っている。

炎魔の火だろうか。付着物におおい隠されている光に、灯子はぼやける目をこらした。炎魔の火にしては、色が白すぎる。とろりとした黄金ではなく、それはつめたい銀の光だ。

柱の周辺で床はゆるやかにくぼみ、水がたまっている。室内であるのにどこから湧いてくるのか、清らかに澄んだ水だった。その水が銀色の光をあやしげに照りかえす。

「ここで身をすすいで着物をかえろ」

ひばりが、柱のまわりの水をさししめし、わきにかかえていた着物をこちらへつき出すが、灯子は返事をすることも、動くこともできなかった。かなたが少年神へ警告するように、ごく小さな声をもらした。

ちゃぽんと、上からなにかが落ちてきて、柱の中を泳いだ。灯子は懸命に目をこらす。

（……魚？）

小さな魚のすがたが見えたように思った。銀色の魚がひれを揺すって、うろこと同じ色をした液体の中へ溶けて消えた。

地下通路の、魚だ──このままたどれば神宮へ着くのだと少年神に案内された、地下通路の下層。そこを流れる小川を遡上していた、銀のうろこの魚だった。

銀の液体をたくわえた柱、その下の水のたまりの底を通って、放射状に管が床を這っ

ている。まるで複雑な木の根のように、それは夢を見ているのだという者たちの横たわる寝台の下へとのびている。

「姫神さまはその務めに就いて以来、じかに外の世界をご覧になったことがない。見てみたいと、知りたいのだと言っておられた。外の世界を知らずに、〈揺るる火〉をなぐさめる言葉をかけることはできないからと。そのためにお前を連れてきた」

乱れてふるえる呼吸を、灯子は、ふっと止めた。

かなたが灯子へ体温をわけあたえるように、足に体をふれあわせてくる。

「そんな……勝手なこと。よくも、そんな」

一旦声を出すと、頭蓋の中で炸裂するような頭痛がした。炎の柱。その中で燃えている体。死にゆく者のしわぶく声。

「勝手なことばっかり、言いくさって……姫神さまに外の世界を見せたいんなら、いまここで、わたしのことを殺しゃあええええんじゃ。こ、殺して、そいで、死体を引きずって行きゃあええ。そうしたら、外でなにが起こっとるか、ようわかりなさるでしょう」

〈羽〉の燃える虫たち。落獣。明楽に鎌をつき出す綺羅。明楽が、狩ってくれと懇願する〈蜘蛛〉はとうに死んでいて、

浅黒い肌をした火狩りも、もう動かなくなっていた。……

ひばりの目が、いまいましげに灯子を見おろしている。……

う、鋭利な気配が、肩のあたりから発せられていた。先ほどまでとは明らかにちが

言いつのるうち、手のふるえは抑えようのないほどひどくなっていた。あごからぱた
ぱたとしずくが落ちた。恐怖のために、知らないまに灯子は泣いているのだった。歯を
食いしばろうとするが、あごにまでふるえがやどってうまくいかない。
　口ごたえする灯子を、少年神は許さないだろう。制御がきかないほどがたがたとふる
えながら、灯子は鎌の柄をにぎりなおした。せめてかなたに、ここをはなれて煌四や緋
名子を探しに行けと伝えなければ──
　（おばさん、ごめんなさい。火穂、ごめん。約束したのに。もう、帰られん）
　前へ出ようとするかなたを、すねでうしろへ押しやる。ひばりの細い眉が、きつく曇
った。

「……黙って従え。　常花姫の鍛えた鎌を、お前のような下賤の者が勝手に使うな」
　鋭くしゃくりあげる音がのどからもれて、灯子は自分でそれにびくりとおどろいた。
「か、紙」
　こちらをにらみつける少年神の目に、暗い色がやどる。　灯子は砕けそうなひざを叱咤
し、両手で鎌をにぎりしめる。
「そっちこそ──だいじにだいじにこさえた紙を、ひ、人殺しに、使うなっ！」
　鎌を持つ者が、また死んだ。みぞれの主。あの人も、かなたの主と同じに、狩り犬の
目の前で死んだのだろうか。　煌四や緋名子もそれを見ていたのだろうか。明楽は？　ク
ンは。みんな生きているのか。　あの地揺れのさなかに、よりにもよっていちばん役に立

たない自分をここへ連れてきた少年神に、灯子は猛然と腹が立った。

この少年神が使う紙は、村中で楮の株を世話して、紙漉き衆が真冬の川水にさらし、手をあかぎれだらけにして作るのだ。無垢紙でなくとも、同じように丹精こめて作るのには変わりない。それを、この神族は、人の血がつくそばから地面に落ちるにまかせて捨てていった。

ほっそりとした手が、袂へさし入れられる。

「もう一度言うぞ、黙って従え。これ以上口ごたえすると犬を屠る」

少年神が、白い紙を袂からすらりとぬく。灯子は目の中でかすみそうになるそのすがたを必死に見すえたまま、形見の鎌をみじめに打ちふるわせてさけんだ。

「かなた、逃げて！」

しかし、大きく吠えた犬は灯子の命じたとおりにしてくれなかった。そばをはなれず、ひばりに対して牙をむく。白けきったようすで鼻を鳴らし、少年神が指先で四角い紙から形を作りあげようとし──ぴたりと、動きを止めた。

殺意のこもっていた顔が硬直する。

ひばりは突然眉間をこわばらせ、手にした紙をにぎりつぶしてしまう。なにが起きたのかわからず、灯子はかなたのとなりで身をこわばらせた。

一瞬静止した全身に力をこめ、閉じこめることのできないうめき声をもらしながら、ひばりが背後をふりむいた。光る柱を背にした少年神のうしろから、一匹の蛾が飛んだ。

「おのれ、〈蜘蛛〉が——！」

　毒の針を持つからと、林に入るときにふれないよう注意する虫だ。遣い虫の毒は、並の虫のものよりずっと強いのだと、クンが言っていた。ひばりの持っていた着物と帯が重たげな音を立てて落ちると同時に、少年神のすがたは空気に溶けこんで消えた。

　はたはたと、蛾が飛んでゆく。光をはなつ柱に寄ってゆくことをせず、灯子の後方、神族たちの体から生えた木々や石がならぶ暗がりへむかってゆく。

　かなたが虫の行方を鼻先で追って、口のまわりを舌で湿した。鎌の重みに引きずられるように、灯子はその場にへたりこむ。一度腰を落としてしまうと、足に力を入れるすべがもうわからなかった。

　ガラスで作られた柱の中へ、また新たな銀の魚がこぼれるように泳いできて、その身を液体の中へ溶かした。

　だれかに呼ばれた気がして、灯子はふりかえった。耳鳴りがする。視線をめぐらせたとたん、目と耳の感覚が嚙みあわなくなり、体がぐずぐずと泥になって崩れる心地がした。

　視界がかすかに明るさをました。

「——灯子」

　自分の名を呼ぶ声が響き、同時にかなたが大きく尾をふった。

「あ……」

顔をあげた。寝台のならぶ部屋のむこうから、すがたを現したのは煌四だった。煌四の肩から、背中におわれている緋名子も顔をのぞかせている。煌四のかかげる雷瓶の明かりが、木の間からさす月明かりのようにやわらかく視界を照らした。

まぼろしだろうか。夢を見ているのか。しかしかなたが、たしかに二人へ尾をふっている。

「よかった、いた……」

心なしかひそめた声には、安堵と緊張が入りまじっている。煌四は緋名子を背におったままひざをかがめ、かなたの頭をなでまわす。かなたの尾がうれしそうに揺れ動くのを見て、灯子は鎌の柄から指を引きはがし、そでで自分の顔をぬぐった。

「けがしてないか？　クンが遣い虫を飛ばしてくれて、こっちにいるはずだって」

背においの緋名子の頭に、ふかふかとした毛におおわれた翅の蛾がとまっている。あの虫の目を通して、クンがこちらを見ているのだ。

「……ここは」

煌四が視線をめぐらせ、部屋の中の現実ばなれした光景と、柱の中へ落ちてくる銀の魚を見つめる。はじめはおののいていた煌四の気配が、だんだんと鋭く深くなっていった。腹に木や石をやどして横たわる、おびただしい神族のすがたに、怖気をもよおしているのだ。それが徐々に疑問に変質し、必死になにかを考えているのが、息をつめて目をこらすようすからうかがわれた。

灯子はしびれてひえきったひざに力をこめて、立ちあがった。煌四と緋名子と、その
むこうにいるはずの者たちの気配に追いすがるようにして立った。

「お兄さん、緋名子、大丈夫だった？　け、けがは？　……クンは、どこにおるんで
すか？　明楽さんは」

煌四のあごや頬に、黒々としたあざができていた。灯子の声に引きもどされるように、
煌四はこちらへ視線をさげた。

「みんな無事だ。灯子こそ、大丈夫だったか？　どうやってここへ来たんだ」

「あ、あの、神族のお兄さんが。さっきまで、そこへおりなさったん。汚れたなりじゃ
あ、姫神さまのとこへ行かれんから、て……クンの遣い虫に刺されて、どこかへ、消え
なさった」

煌四の気配がこわばった。その背中から緋名子がずり落ちるように床へおりると、お
ぼつかない足どりでこちらへ歩みよった。危なっかしくふらつく体を、灯子はあわてて
支えようとする。

「緋名子……？」

緋名子のようすがおかしい。神族に体を作り変えられて、人間ばなれした力がやどっ
ていたはずなのに。緋名子は熱を持っている体の重みをこちらへあずけながら、ぎゅう
と灯子の肩を抱いた。

「灯子ちゃん」

煌四は、すこし苦しげにうなずいた。

「熱があるから待ってろって言ったんだけど、灯子とかなたを探しに行くんだって、聞かなくて」

緋名子が手を伸ばしてかなたをなでる。かなたは緋名子に体をすりよせながら尾をふり、空気をかすかにそよがせた。ひたと体を寄せてくる緋名子の背中をさするうちに、灯子の全身にこびりついていたおそろしさはわずかに引いていった。

「明楽さんたちは、ここことはべつの部屋にいる。ここは、神宮の地下らしい。上の建物じゃなく、神宮の本体は岩山の中にあったんだ」

なぜ、そんなことまで知っているのだろう。灯子の疑問を表情から読みとったのか、煌四はそのまま先をつづけた。

「瑠璃茉莉という名前の神族が、地崩れが起きたときにたすけてくれたらしい。キリが、いっしょにいるんだ」

え、と灯子は声をもらす。生き木のそばでヤナギは死んでおり、クヌギは崖に貼りつくようにして〈蜘蛛〉たちを土に埋めていた。キリのすがたは崖下にはなかった。ヤナギが長い首を寄りそわせていた生き木の先端が、だれかの手によって切りとられていた。

あれは、神族のしわざだったのだろうか?

「そ、その神族さんて、顔に、刺青のある、女の人ですか?　青い色の花の……」

灯子の言葉に、煌四の眉が持ちあがった。

「知ってるのか？」

うなずいた拍子に、流れなくていい涙が流れた。体のふるえが、痙攣なのか恐怖によるものなのか区別がつかない。

「お兄さん、脚は？　もう、痛いことないですか」

返事がなかった。煌四はただならぬありさまの室内へ、もう一度目をこらしている。部屋の中央の柱。巨大な雷瓶のように、中に白々と光る液体を秘めたそれを、煌四がじっと凝視している。

「――火だ」

小さくこぼす声が、灯子の耳をざわつかせた。火。たしかに色こそちがうが、あの銀の液体は炎魔の体液や、あるいは雷火とよく似ている。獣たちから得られる火のほかに、灯子は発光する液体というものを知らない。

ちゃぷんと、銀の魚がまた新たにこぼれてくる。天井のむこうがどうなっているのかはわからないが、上から魚が落ちてくるということは、この上に、小川の流れる通路があるのだろうか？　または、魚たちが泳ぎのぼっていった流れの先が。

「地下の川の……魚じゃなかったのか、あれは」

煌四がつぶやいた。声が完全に、独り言の響きになっている。

こんな異様な場所にじっと立っている自分たちが、しだいに人間からこぼれてゆく気

持ちがした。おそろしいものを見すぎて、心が変容してしまった——すこし前の灯子なら、腰をぬかしながら、一刻も早くこの場から逃げようとしていただろう。頭の芯のたいせつなないかがひしゃげて、ちゃんと恐怖を感じられなくなっている。

「お兄ちゃん」

緋名子が、そっと煌四を呼んだ。頭の上の蛾が、はたと翅を動かす。それで煌四はわれにかえり、ふたたび灯子に顔をむけた。

「とにかく、ここを出よう」

妹をふたたびおぶいながら、煌四がやっとの思いで言葉を口にしているのが灯子の胸へ伝わってきた。口の中に土がまだ残っており、頬の内側でざらついている。灯子のふるえるひざをはげますように、かなたが威勢よく鼻を鳴らす。

「……行こう。明楽さんたちと合流しよう」

煌四が告げる。自分自身に言い聞かせるような口調だった。重い足どりできびすをかえす煌四の背中についてゆきながら、灯子は少年神が夢を見ているのだと言った神族たちの体から生じている石や水や植物たちを、もう一度だけふりかえった。

金属製の扉をくぐって、灯子たちが出てきたのは坑道のような通路だった。土壁や天井を補強する柱や梁はなく、いつ崩れるかわかったものではない。それでもほかに、選びとることのできる道はなさそうだった。坑道というよりも、洞穴と呼ぶほうがふさわ

しいのかもしれない。

通路はまっすぐに前後へつづき、どちらもまっ暗闇に呑みこまれ
ていた。

「こっちだ。ほかの神族は、近くにはいないみたいだ」

煌四が言い、雷瓶を灯子にさし出した。緋名子をおぶっているので、片手で照明がわ
りの雷瓶を持っているのがむずかしいのだ。黙ってうけとり、小さな瓶の中にある液体
のほのかな温かみを感じて、灯子は一瞬、慄然とした。

この液体を身の内に持つ獣を、たしかに自分は狩った。いや、貴重な雷火を垂れ流れ
るままにしてしまったから、ただ落獣を殺めただけなのだ、きっと。同じ色をした液体
が、鎌の刃にまだこびりついて弱く光っている。

「お兄さん、願い文は……?」

先に立って歩きだす煌四のうしろを、灯子は雷瓶を持つ手をできる限り前へかかげて
ついていった。

「神宮の入り口に、姫神の身代わりがいたんだ。その子に、炉六がわたした」

煌四の行く手を照らそうとするのだが、雷瓶の明かりに対して坑道の暗さは圧倒的で、
くわえて灯子の手が細かにふるえるせいで、まともに照らすことができなかった。

「身代わり?」

前へ進みながら、灯子と煌四は起きたできごとをたがいにたしかめあうように、ぽつ
りぽつりと言葉を交わした。煌四はなにかを深く考えこんでいるようすで、言葉のとち

ゆうで何度も口を閉ざし、灯子の声を聞き逃した。

足を引きずるようにしか歩けなかった。これでは、火穂がくれたわらじが、またすぐにだめになってしまう。となりを歩くかなたが耳を立て、前だけをむいているのをたしかめても、灯子は背中に貼りつくひややかさをはらい落とすことができなかった。

「お兄さん、綺羅お姉さんのこと、クンの遣い虫でなら、探せるのとちがいますか」

しかし、煌四は首を縦にはふらなかった。

「地崩れが起きたとき、だれかの手が綺羅の足を捕まえるのが見えた。神族は氏族を服の色でわけているみたいだから、あれはたぶん、土氏族だった。綺羅は、神宮の地下にいるはずなんだ。クンが探してくれたけど、虫が入れない部屋があるんだという。……姫神のいる場所なんじゃないかと思う。綺羅も、そこにいるのかもしれない」

煌四の声は重いのに、さらさらと砂のようにこぼれて周囲の暗さに消え入ってしまう。

「綺羅をたすけようとしたけど、できなかった。綺羅の両親が、二人とも崖から落ちたんだ。……綺羅も、全部見ていた。中に入ってるという〈揺るる火〉も」

「え……?」

暗闇がますます濃くなり、重くのしかかってきた気がした。ほんとうなのか。綺羅の母親――クンがはなった虫に顔を刺され、神宮の方角へ駆け去って、そのまま灯子たちは見失ってしまった人が。

火の柱。生きながら燃えた虫。そして、先ほどの部屋に横たわっていた、腹をさらし

た体たち。

（これじゃ、〈揺るる火〉ががまんできんかった、昔の世界が死ぬときとおんなじじゃ。もうこの世界はだめじゃと、おわらしてやろうと、〈揺るる火〉が選んでも、こんなじゃあ、仕方がない……）

地下通路に火をつけようとしていた親子も、工場地帯へ駆けつけたという乗員たちも、町のはずれの避難所から、灯子を逃がしてくれた子どもたちも。こちらを指さして罵声を浴びせた子どもも。

工場地帯にいて、かなたの遠吠えに応じた犬たちも。

とたんに呼吸が引きつった。もう無駄に使える体力がないのに、灯子は泣いた。泣いては消耗すると、明楽に叱られたのに。

「……灯子ちゃん」

煌四にせおわれて、手足の力をぬいている緋名子が、心配そうに顔をふりむけた。いやだった。消されても仕方のない世界なのかもしれない。いま〈揺るる火〉が焼かなくとも、いずれ人間も神族も自滅するほかないのかもしれない……それでも、そのと
き死んでゆく者たちを、死んでも仕方がないのだと思いながら死なせるのは、どうしてもいやだった。

〈揺るる火〉に、それを伝えなくてはならないと思った。無垢紙に書いた文字でなくとも、〈揺るる火〉に言葉はとどく。とどけられるはずだ。

庭の土の上に死んでいた少女は、姫神の身代わりなのだという。それならば、ほんもの姫神、手揺姫は、どこかべつの場所にいるのだ。〈揺るる火〉も、きっとそこにいる。クンの遣い虫が入りこめなかったという場所、姫神のそばに。

つぎの足を踏み出すたびに、灯子はかなたの体温をたしかめて気力を呼び起こさなくてはならなかった。かなたの足音が、灯子に、言わなくてはならなかった言葉を思い出させる。

「お兄さん」

かたわらを、かなたがたゆみなく歩く。このような場所にいてさえ、灰色の狩り犬は空気へ体温をはなち、灯子の足に力をそそいだ。

「ありがとう。約束、守ってくれなさって。生きとってくれなさって、ありがとう」

返事はなかったが、煌四の耳に自分の言葉がとどいたのはわかった。それで充分だった。

暗くせまい坑道を、どれほど歩いただろうか。何度も分岐する特徴のない道を、煌四が先頭に立って歩いてゆく。工場地帯の地下通路とちがって、表示も目じるしもない。どこにも照明の一つとして設置されてはおらず、行く手はどこまでも闇に塗りこめられたままだった。

かなたが口蓋（こうがい）にひかえめな声をふくめ、わずかに足を速めた。

「あそこだ」

煌四が顔をあげた。すこし息があがっている。いくら緋名子が痩せて小柄だとはいえ、ずっと背におっていて、体に負担がかかっているのだ。

通路のわきに、金属製の扉があった。いかにも重たげな扉の表面は、土埃をかぶってざらついているが、古びているようすはなかった。中から、苦いにおいがもれる。——木々

片手で緋名子を支えて、煌四が扉を開けた。中から、苦いにおいがもれる。——木々人の体臭だ。緊張のために、いつのまにか胸からこぼれそうなほど暴れていた心臓が、もぞりともとの位置へもどる。

扉の内側から手が伸びてきて、ぐいと灯子を捕らえた。

「灯子！」

声の主にむかって、かなたが尾をふる。灯子の腕は強引に引っぱられ、坑道から部屋の中へ連れこまれた。よろける灯子をまっすぐ立たせようとする手と、こちらを見ているとび色の目。明楽が、転倒しかかった体を抱きとめた。

「どこにいたんだ、ばか」

背中に髪が揺れている。毅然とした目が、灯子を射すくめていた。明楽のまなざしと気配が、灯子にあふれるほどそそぎこまれた。

「明楽さん——」

明楽が灯子をひしと抱きよせた。血のにおいのする腕に力をこめるので、灯子は口を

きくことができなかった。心臓が大きくうねる感覚に、目をつむった。かなたと明楽から伝わってくる温かさが、しびれてひえきった体にたしかに伝わってくる。

「灯子だけいなくて、ひょっとしたらもうだめかと思った。よかった、無事でいて」

明楽の声が響くたび、胸の底が細かにふるえた。めぐることをおそれていたようだった血液が、体内をくまなく駆けまわる。

「手は？　関節を壊してないか？　落獣をしとめるなんて、あんたみたいなチビにできることじゃないのに」

灯子の手から、明楽が鎌をとりあげた。きつく柄に巻きついていたはずの指が、あっさりとほぐれる。とたんに体が浮遊しだすようで、灯子は自分がなんと重いものを持ちつづけていたのかと、とほうに暮れた。

明楽は三日月鎌の刃についた落獣の血を、懐に押しこんでいたぼろ布でぬぐいとった。肩にはおっていた布の残りだろう。明楽がすばやく床へ捨てると、雷火をふきとった布は金の炎に溶かされて、ぼろぼろと崩れた。

「明楽さん、あの」

自分が言おうとする言葉が、うまくとらえられない。

あのような死をまのあたりにして、どうして明楽はまっすぐに顔をあげていられるのだろうか。……ほんのすこし時間をさかのぼれば、灯子はただ不思議に思うだけだった。けれどもいまは、明楽のしなやかに伸ばした背すじから、つねにそうしていないと崩れ

去ってしまう、そんな張りつめた不安が感じられた。

「あたしが行くって言うのに、緋名子が、自分が迎えに行くと言ってゆずらないんだ。こまったような笑みを浮かべて、明楽が灯子と緋名子の頭を順になでる。その手がつめたかった。部屋の中央に置かれた金属製の台へ、明楽は形見の鎌を丁重に置く。

灯子の背後から、ひばりを襲った蛾が翅をひろげて飛んでいった。緋名子の頭に乗っていた、クンの遣い虫だ。はたはたと空中を動いてゆく虫を、石の色をした指が迷わずつかみとる。薄ぼんやりとした室内の照明に、若い緑の色の目が浮かびあがった。左の腕から伸びる幾本もの木の枝。

キリだった。

「お前が手当てもさせずに飛び出していこうとするから、ガキどもが気をまわしてくれたんだろうに」

キリは落ちつきはらった声でそう言って灯子に視線をむけながら、蛾を口に運んで咀嚼する。動作にあわせて、腕に生えた木の枝が重たげに揺れる。その手に血のついた布を持っており、キリがここで明楽の手当てをしていたのだとわかった。

「生きてたんだ」

キリの足もとにいたたまりが、体を回転させてやかましく吠えたてる。

灯子が身をかがめててまりをなでるのを見守り、緋名子をひざに抱きかかえる恰好で、

　煌四が座りこんだ。熱のある体をまるめて、緋名子は安心できる場所へ帰ってきたかのように深く息をついた。

「言っただろ、灯子は強いんだって」

　キリにむかって明楽がいつもの笑みを浮かべようとするが、その顔貌がさすがにやつれ、表情は苦しげだった。

　みぞれという名の犬が部屋の奥に座っている。

　この部屋の中には横たわる体を載せた寝台も、銀の光る液体がたまった柱もない。そのかわりにべつのものがぎっしりと壁際を埋めつくしていて、灯子の全身があわ立った。

　炎魔がいる。

　鹿や狐、猪、兎。猿や狸や猫、カワウソ、コウモリ。幾種類かの鳥までいる。どれも一様につやのない黒い被毛に身をくるんでいるが、獣たちは一匹たりとも動かない。一匹ごとに、それぞれの体よりもひとまわり大きな瓶に閉じこめられているのだった。瓶の中はなにかの液体で満たされており、炎魔たちはその中へ浮かんでいるのだ。しんとひえた炎魔たちの死骸——燃え立つ火の柱とは真逆のものたちが、灯子たちをとりかこんでいた。

　火狩りがしとめた獣たちなのだろうか。……だがそれにしては、どれもこれも幼い。脚は細く顔も未熟で、蹄は飴色に透きとおっている。親の胎の中から這い出たばかりのすがたに見えた。

煌四が自分の着ていた上着を緋名子の肩にかぶせる。そのひざの上で目をつむって眠ってしまった緋名子に、かなたがそっと鼻を寄せる。

「これは……なんですか？」

瓶に封じられた炎魔の子たち。灯子のささやき声が、つめたいすきま風のように、ここにいる者たちのあいだをさまよった。

キリが腰に手をあて、ふてぶてしく鼻を鳴らした。そうして左の手で、くしゃっと長い髪をかきあげる。

「こんなとこに、隠してたんだよ。ここにあるのは、過去に神族が火を植えつけたときに、失敗した実験台たちだ」

灯子の脳裏に、するすると言葉がよみがえってきた。――　“返納の儀”。人々から火を遠ざけておくため、かつて神族が、野の獣たちに火を植えつけたと、地下居住区でヤナギが語って聞かせた声がよみがえる。

「神族に体を作り変えられたあたしたちみたいな人間と同じに、獣たちも作り変えられたんだ。神族は神宮の地下で、獣たちに火を担わせるための実験をおこなってた――もうその必要はなくなって、ここの死骸たちは倉庫ごと隠匿されているらしい」

みしみしと、地中に息づく微小な生物たちの気配が感じられた。ここはたしかに、土に近しい場所だ。

「神宮の中にいた神族は、雷に撃たれてほとんど死んだだろうな。だけど上はほとんど

お飾りで、神宮の本体はこっち……地中にあるみたいだ。〈揺るる火〉も、この地中の

どこかにいるんだろう」

キリはそう言いながら、きつい視線を煌四にむけた。

「あたしをここへ連れてきたのも、神族だ。枯れかかっていた生き木の枝を切って、新

しい生き木として蘇生させた。よくおぼえてはいないけど、神宮の地下で体を治された。

せっかく切った腕の枝まで、ご丁寧にもとどおりだ。シュユを木々人にした神族。瑠璃

茉莉って名前の」

生き木を守るように、長い首を寄りそわせて死んでいたヤナギのすがたがまなうらに

浮かぶ。そのそばに、形見の三日月鎌が落ちていたのだ。

「……クヌギさんは？　あの場所に、ずっと立っとった」

たずねたとたん、ぞくりと鋭い感覚が、腹をつきあげた。〈蜘蛛〉は虫に火をつけ、

崖の上へ現れた。崖下にいたのでは、クヌギは発火をまぬがれなかったのではないか。

「知るか」

あまりにもそっけなく、キリがこたえた。が、眉間には深いしわが刻まれている。

「まだ崖下にいるんだろう。命じられたとおり、〈蜘蛛〉の墓を作りつづけてるのかな。

……ヤナギのことも、いっしょくたに埋めているかもしれない。けど、生き木があんな

状態だったから、いまごろはクヌギもどうなっているか、わからない」

灰色がかった照明のもとでも、翡翠色の目はあざやかだった。

　明楽が木々人の言葉を継いだ。

「地崩れが起きたとき、黒い森に現れた木の神族が、あたしたちをこの地下へ連れてきたんだよ。キリといっしょに。生き木を切りとってキリを神宮へ連れてきたのもあいつだ。……滅びるものなら滅びればいいと言ってたけど、キリのけがを治して、あたしたちをここへ逃がした。なにをしようとしているんだか、わからない」

　みぞれが、床に座った煌四のかたわらに移動した。決して体がふれない位置に座って、細身の狩り犬は、目を細めてうなだれている。片目の下に、赤い傷口があった。青みがかった灰色の毛並みから、困惑と喪失感が漂ってくる。かなたと同じに、この犬も自分の火狩りを亡くしたのだ。あのとき、かなたは鎌をくわえて灯子のもとまで運んできた。このみぞれには、主の形見はなにもない。

「お前はけががしてないか？　こっちに来て見せろ」

　キリが灯子にむけて言った。灯子は、自分を見つけてくれた〈蜘蛛〉の子のすがたを探し、あわててかぶりをふった。

「クンは、どこですか？」

　明楽が、肩をすくめる。動作は軽やかなのに、表情は重苦しかった。

「出てこないんだ。けががないか見せろって言うのに、手を出すと泣いて怒る。てまりが近づいてもだめ。……無理もないんだ、あんなものを見せてしまったから」

　あんなもの。〈蜘蛛〉たちの累々たる死体と、自分の父親の死。死にながら動いて、

虫を使って火をはなとうとしたすがた。天を焼く火柱。……幼いクンがうけ入れられる範囲を、完全に超えてしまっていたにちがいない。

明楽の視線の先を追う。炎魔の瓶がひしめく棚の、その下段。灯子が目をこらしても、黒い獣たちが浮かぶ瓶の生み出すゆがみに視線をさらわれて、どこにクンがいるのかを探ることができない。

「……クン？」

それでも声をかけると、コトッと物音がした。黒い毛皮の生き物がまるごとおさまった大きな瓶のならぶ、そのうしろからだ。

灯子は床を這って、動くことのない炎魔の幼体たちのすきまへ、こわごわ頭をさし入れた。瓶のおさまっている棚の板に背中を押しあて、うずくまっているクンがいた。灯子がのぞきこんでも身じろぎしないのをたしかめて、さらに奥へ這いこんだ。

クンの背中に手をふれようとして、灯子は、思わずびくりと肩を揺らし、そばにある瓶にぶつかった。虚ろな目で、クンがじっと見おろしているものがある。ひざをまげた足のあいだに置いた、それは表面をびっしりと生きた虫におおわれた、なにかのかたまりだった。

「置いていかない」

灯子のほうをふりむかないまま、クンが小さくつぶやいた。声がますます幼い。

「これ、父ちゃんの。虫たちに持ってこさせたの。だけど、全部は持ってこれなかった」

布にくるんで腹に抱いた特別な虫の瓶を手で押さえながら、クンは静かに言った。てらりとつやのある黒い甲虫たちにおおわれたものは、よくよく見れば、顔の形をしていた。〈蜘蛛〉の面だ。曇天まで焦がしそうな勢いだったあの火柱の中で、焼け残ったのだろうか。

自分を捨ててゆき、死んでいった親の形見だ。　明楽からさえ隠れて、クンは親の顔をおおっていた面を見つめつづけている。

「クン……」

虫たちが群がって表面に貼りつく面に対する恐怖感は、しだいに薄れていった。小さな背中で、クンは親たち、仲間だった者たちの死を、すべて引きうけようとしている。灯子にかけられる言葉はなかった。じっとそこに座るクンのそばに、黙って四つん這いになっていた。

と、クンの横顔のむこうに、もう一つの横顔が見えたように思った。クンとよく似た、まるみのある横顔だ。……だが、それはクンよりもひとまわり小さかった。むこうの瓶に、クンの顔が映っているのだろうか。ぼやける目をもどかしく感じながら、灯子はじっとその顔を見つめた。

「あっ」

やがてそれがクンの鏡像ではないと気づき、小さく声をもらした。

炎魔の子どもたちが入っているのと同じ形の瓶が、同じように置かれている。　クンは

その中にいる者の形をなぞるようにして、うずくまっていた。

（……人……？）

灯子はクンへ声をかけず、あとじさって棚から出た。

「どうした？」

キリが、いぶかしげに眉を寄せている。

「こ、これ、この炎魔の瓶、どかせませんか。奥に、人が入っとるん」

「は？　人？」

キリが目つきを険しくするうしろで、煌四が立ちあがった。緋名子を床に寝かせ、黙って手前の瓶に手を伸ばす。

炎魔の子どもとそれをひたす液体が満ちて重いはずの瓶を、黙々と床へ移動させてゆく。見守る犬たちの体臭が、灯子に呼吸をつづけさせる。

奥の瓶がのぞけるようになったときには、クンはわきへ移動して、体を縮めていた。

足もとに置いていた面を、盾のように腹の前へかかえこむ。

煌四が静かに息を呑み、うしろからのぞきこんだ明楽が声をもらした。

「子どもだ。……どういうこと？　人間にも、火を植えつけようとしてたのか？」

明楽が煌四にかわって、その瓶を引きずり出した。焦るためか、まぶたを閉じ、小さな耳をすまし身がくらりと揺れた。瓶の中の人の形をしたものは、まだ産毛も、まだ生えていない。頭髪もまつ毛も、まだ生えていない。

小さな、まだ胎から生まれる前にも見える赤ん坊が腹に手足を折りこみ、背中をまる

めて瓶の中の液体にひたっていた。

瓶につめられた炎魔の子たちが、おのおの形のちがった耳で、瓶の外で息をする者た

ちの声を聞いている。

キリが薄気味悪そうに歯をむき、棚の奥にうずくまるクンのつむじに視線をむけなが

ら、髪をかきあげた。

「木々人の失敗作じゃないの？」

「……ちがう」

つぶやいたのは、煌四だ。

「木々人じゃない。石が埋まってる」

胎児のへそのあたりに、穴が開いているのだった。その穴の中に、すべらかな黒い石

が、まるで泡立つようにいくつものぞいている。

先ほどの部屋にならんでいた者たちの腹と、それは同じだった。

「──神族だ」

煌四が言った。

「神族？」

キリが目をむいた。

「ばかも休み休み言えよ、モグラ。神族の赤ん坊が、なんだってこんな、炎魔の試作品

といっしょくたに押しこめられてるっていうんだ」

「さっき、灯子を探しに行って、見たんです。……こんなふうに、腹部にいろんなものをやどした神族たちが、動かないで横たわっていた。風氏族のひばりが、そこにいる者たちは夢を見ているんだと言ったらしい。神族の大部分は、過去の、滅亡前の世界の一部になった夢を見ながら眠りつづけているのだと。その部屋の中央に、炎魔や落獣ものとはちがう、銀色の火がたくわえられていた。神族は、なにかとても大きなことを隠しているのとはちがう。それは、血を異常に避けようとすることと関係があるのかもしれない……」

炎魔の幼体たちの閉じたまぶたや、まろやかな鼻先や飴色の蹄。これだけ幼い獣たちは、自分がだれによってどこへ連れてこられたのか、どこへ逃げるべきなのかもわからなかったにちがいない。この獣たちもまた、旧世界の滅亡を生きぬいたものたちの新たな子どもであったはずなのに。

明楽が部屋のあちこちへ視線を走らせる。その顔が、どんどん険しくなっていった。足を踏み出すと、棚から炎魔の子が入った瓶をぬき出し、その奥から選びとったものを前へ引きずる。同じ状態で胎児の入った瓶が、いくつも出てきた。その部分に埋めこまれたものだけが、それぞれにちがう。

五つの瓶を引きずり出して、明楽はわずかに息を荒げながら、腰を起こした。

「なんだ、これ……」

てまりが明楽のふれていた瓶に近よってにおいを嗅ぎ、あわてて主の足もとへ身をひるがえす。

煌四がひざを折って瓶に顔を近づけているのを、灯子は座りこんでかなたの温かい被毛に体を押しあてながら、見ているばかりだった。

は、さまざまな自然物が埋めこまれていた。あの木々や土や水が、過去のこの星の一部となった夢を見せるのだろうか？　だとしたら、この瓶に入れられた胎児たちは、生まれて目を開ける前から、眠りを植えつけられようとしたことになる。暗闇でも働く子になるようにと、親から目をつぶされた赤ん坊と同じに、一度も外の光を見ることもなしに。

「……ばあちゃんみたいじゃ」

思わずもれた言葉に、煌四が目をみはってこちらをむいた。なにかにおどろいた表情のまま口を開きかけ、自分のあごに手をあてて瓶の中の未生の子どもをのぞきこむ。床に寝せられた緋名子が、ふうと息を吐くので、灯子はそばへ行ってその背中をさすった。

かなたが緋名子のとなりへ移動し、小さな体のかたわらに腹ばいになる。

「人間」

だしぬけにひと言そう言って、煌四は立ちあがった。

「人間だったんじゃないか。神族というのは、人間を作り変えることで生まれた、人為的な存在なんじゃないか――木々人や、水氏族に薬を投与された者たちと同じで」

灯子は視線をおろして、緋名子が眠っているのをたしかめた。煌四の言葉を聞いていないのを。

キリがあきれかえった顔で、　煌四と明楽を見くらべる。

「いきなり、なに？」

煌四は明楽が引きずり出した胎児たちのあいだへせわしく視線を行き来させながら、自分の後頭部に手をそえる。キリの声も聞こえていないようすだ。

「これだけ過去の技術が失われた世界で、神族たちは、人の体を作り変えることも、天候を操るのと同じように、異能を使ってやっているはずだ。なのに緋名子は、注射を打たれてこうなった。血を異常にきらうのに、わざわざ皮膚に針を刺す方法で。みぞれの傷も……神族は、刃物を使ったんだ。神族たちは人間とまるきりちがう存在だというわけでは、きっとないんだ」

床に言葉を書きつけてゆくかのように、うつむいたまま煌四はしゃべりつづけた。灯子の耳は、そのほとんどをとりこぼし、ただ痛いほどのおどろきだけが腹の中へたまっていった。

「だから、人間の体に対して使われたはずの人体発火病原体に、神族も侵された。ほんとうに人間とはちがう、別格の存在なら、最初から病原体の感染を回避できたんじゃないのか。神族は旧世界で、なんらかの技術を使って自分たちの体を作り変えた、新人類の一種なんじゃないか」

自分の言葉と同時に湧く疑念にせき立てられるように、煌四は胎児の入った瓶の前をせわしく歩いた。

「だから人間を統治することに固執する……人間なしには、神の体を維持できないから。異能を使う者たちも、夢を見つづけている者たちも」

「神族を維持するために、なんで人間が必要になるわけ？　人間は神族にとって、お荷物なだけだろ」

キリが問うと、煌四はもどかしげに自分の髪を引っつかんだ。

「わからない、でも……あの柱の中の銀の液体。発光する液体は、炎魔や落獣から採れる火だけのはずだ。あれがもしも火だとするなら、あそこにいる者たちの生命維持に使われているのかもしれない……そしてあの銀色の火の中へ溶けていく魚の形をしたものを、ぼくと灯子は地下通路で見たんだ。工場地帯から、神宮のほうへ流れをさかのぼって泳いでいくのを。あの魚たちは、工場地帯からもたらされているんだと思う」

そのときコトンと瓶のふれあう音がして、棚の奥へ隠れていたクンが、黒い面を腹にしっかり抱いたまま、そっと這い出してきた。完全には出てこずに、炎魔の入った瓶の陰から顔と体を半分だけのぞかせる。

「……父ちゃんが言ってたよ。神族はほんとのすがたじゃないんだ、って。自分たちがほんものじゃないのに、神さまのふりして、人間を思いどおりにしてるのはおかしいんだ、って」

クンの腕は、父親の形見をひしと抱きしめている。だが、その声に動揺や嘆きの響きはなかった。面にとりついていた虫が、ぽろぽろと下へこぼれる。

クンはそれだけ言うと、黒い面を抱いて瓶のあいだに座りこみ、虚ろな顔をして黙りこんだ。

（そうじゃ、クンの父さんが、言うとっと。神族が神さまじゃと名のるのも、まちごうとると）

おぞましい光景を胸の奥へ沈めるように、灯子は寝入っている緋名子の背中を、ふるえる手で静かになでつづけた。

うめきながら、明楽が自分の頭をかきむしった。

「ああ、しちめんどくさい。とにかく、神族の正体がなんにしろ、このままじゃだめなんだ」

強い口調でそう言って、明楽はふいに悲しげなおもざしになり、瓶の中の者たちを――人型のものも獣もひとしく、見つめていった。

「なんだか、あわれだな。生まれる前からこんな細工をされて、失敗すればつめたい瓶に入れられて。成功すればただ寝ているだけだっていうのか。……神族たちは、よっぽど死が怖いのかな」

明楽が赤い髪を揺らしてうつむく。

「あの瑠璃茉莉ってやつがあたしたちをここへ連れてきたのは、神族の秘密を暴かせたかったからなんだろうか」

「ちがう。お前がおもしろいからだろう」

そう言ってキリがくちびるをまげると、頬の刺青もつられてゆがんだ。

「あの神族は、自分たちのやってきたことに、嫌気がさしたのかもな。いまさら遅いけど。見てみたいんじゃないのか、ほんとうのことを知った人間が、なにをするか」

瓶詰めの炎魔にかこまれたこんな場所で、このような状況にもかかわらず、二人のやりとりはどこか気安くさえ響いた。

「行かないと。神族は〈揺るる火〉をこれ以上、外へ出したくないはずだ。クンの遣い虫でも探すことができなかった。〈揺るる火〉は、姫神の近くにいるはずです」

みぞれと緋名子をかわるがわる見やって、煌四が言った。うつむき気味の顔は青ざめて、そのおもざしがひどく幼く見えた。

ここに、もしかなたの主が、煌四たちの父親である火狩りがいたら──煌四はあんなに打ちひしがれた顔をしてはいなかったにちがいない。そう思うと、灯子は抑えようのない焦りに駆られた。わななくくちびるを開くと、身をよじる獣のように言葉がこぼれ出た。

「兄さんすがたの神族が、姫神さまに、外の世界のことを見せてやりたいんじゃと、言うった……姫神さまは、〈揺るる火〉をなぐさめたいのに、外の世界でなにが起きとるのか、ほんとうには知らんから、って」

気がせいて、うまく舌がまわらない。赤い髪が、うなずくしぐさによって揺れた。

「そうか。それで灯子を連れていこうとしたのか。……よくも、そんなことのために」

てまりが明楽を気遣って、足もとからじっと顔を見あげている。白い尾をゆらゆらとふるたび、床に積もっている埃が、てまりの尾を汚した。明楽は自分の狩り犬を見おろし、腰をかがめるとその顔を両手でつつんでなでまわした。ぐぅぐぅとのどを鳴らすてまりのまるい頭を、ぽんとたたく。

「――あたしが、行ってくる」

明楽の声が強く響いた。とび色の目が、底の読みとれない静けさをたたえて灯子を見つめる。そのたたずまいは、迷うことを知らない狩り犬のようだった。

「え……」

灯子は思わず身をすくめた。ここへ、とり残される。明楽はかならず、今度こそだれもついてくるなと言うだろう。ついていったところで、なににもならないのはもうよくわかっている。緋名子も、クンも動けない。ここに残って、傷をおった者たちを守るだれかが必要だった。

明楽は、灯子の考えを見透かして、深く一度だけうなずいた。

「もうこんなこと、おわらせるんだ。ありがとう。チビなのに灯子ががんばるから、あたしもここまで来られた」

灯子は、視線を下へむけた。泥と土で汚れはてた左右のつま先が、いかにもたよりなくならんでいた。

煌四がなにかを言いかけた。だがそれを、明楽の視線がくじく。

「あたしが、こいつらを見てるから」

キリが、明楽に顔をむける。明楽は灯子の頭よりずっと高いところで、キリにむかっ
てうなずいた。

「お願いする。外へ出る道はわかる?」

「ああ。土の中のほうが、方角がわかりやすい」

木々人の返事に、明楽はふたたびうなずいた。晴れやかなほどの笑みが、いま一度そ
の顔に表れた。そうして、てまりを懐へ抱きあげた。一度だけてまりは、みぞれを見お
ろして細く鳴いたが、あとはフンと鼻を鳴らし、自分の体をぴたりと明楽にくっつけた。
みぞれが、かなたは、明楽の動きを目で追う。二匹の犬たちは決して、その場から動
こうとはしなかった。

金属の扉を開け、あとはだれにも声をかけずに、明楽は暗闇の中へ行ってしまった。

だれも動かないまま、時間がすぎた。明楽の出ていったあとのこの空間は、まるごと
墓の中であるかのように感じられた。いま外は夜なのだろうか、それとも朝になってい
るのか、あるいは幾日かがすぎているのだろうか。土の下にいては、時間の移ろいがま
ったくわからない。

キリが体を動かすと、腕に青々と茂った枝葉が、葉擦れの音をさせた。瓶につめられ、
棚にならんだ炎魔たちにも、その音がそそぐ。

「さあ、こっちも動くか」

いやにきっぱりと、そう告げる。

キリはそうして、意識のない緋名子のひたいに手をふれた。同時に、幾重にもならん

だ瓶のあいだに座りこんだクンに視線をやる。

「チビたちは、あたしが見ててやる。お前たちも行け。姫神や依巫の娘に、用があるん

だろ」

ぞんざいな声が、灯子と煌四にむけられた。明楽からここに残る者たちを託された

木々人は、翡翠色の目を灯子と煌四、犬たちに投げかける。

「で、でも……」

あわてる灯子を灯りをしりめに、キリは立ちあがって真正面から煌四をにらみつけた。

「モグラ、お前、いつまでうじうじしてる。頭の使い方がまちがってるんだよ、お前は」

灰色の指が、煌四のひたいをぴたりとさした。キリにつめよられて、煌四は大きく目

をみはっている。キリはその間近で、舌打ちをもらした。

「ここまで来て、あとはあいつにまかせるのか。あの強情っぱりは、自分は死んでもい

いって思ってるんだよ。〈揺るる火〉と同じだ」

キリの腕から伸びた枝葉が、木々人の苦い体臭の中に青いにおいを混じらせる。

「あたしをたすけた瑠璃茉莉っていう神族が、言っていた。首都から逃げて、森で火狩

りに拾われて、そして自分を拾った火狩りに、あいつは殺されかけたんだという。その

ときに、あいつを殺そうとする火狩りを炎魔が襲った」

キリの紡ぐ言葉が、木の根のように頭蓋の内側へねじれこんでくる。黒い森で、木の神族——瑠璃茉莉という名の神族の操る、森の木々や枝葉がしゃべったことがよみがえる。

「あいつがはじめて狩った炎魔は、自分の命を救った獣だったんだそうだ。木の氏族は、木々人よりもずっと広範囲に、過去までさかのぼって樹木の記憶をたどれる。……あたしにそれを教えたのは、なんかの気まぐれなんだろうけど」

声が低くなり、灯子は、キリが口にした言葉とはべつのなにかを隠したように思えた。

「考えろよ。あの骸骨みたいなおっさんも言ってただろ」

キリにふたたびにらみすえられ、煌四がくちびるを嚙みしめた。と、そばにいたみぞれが立ちあがり、明楽が出ていった扉に駆けよった。すきまに鼻をつき入れるようにおいを探り、前脚で扉を引っかきはじめた。それでは開かないことはわかるはずなのに、しつこく前脚を動かしつづける。

まるで、自分の飼い主を追いたがっているような必死さだった。いたたまれなくなったのか、煌四がそばへ行ってみそれをなだめようとする。が、いくらなでても、犬は同じ動作を黙々とくりかえした。

「足手まといには、もう、なりようがないだろう。あいつだって、姫神の前じゃあお前らと同じガキみたいなもんだ。あいつが首尾よくやったとしても、しくじったとしても

——星を焼くにしろ、やめておくにしろ、〈揺るる火〉なんかに、なにもゆだねられな
いだろ。あんな、都合よく神族や人間に利用されてばかりの子どもに」

キリが、眠っている緋名子のかたわらへひざをつき、前髪をなでつけながら言った。

緋名子の顔はまだ赤いが、呼吸はおだやかだ。

「いまじゃないと、もう二度と伝えられない。あたしや隔離地区にいた仲間たちは、人
間だったころの身内にも、体を作り変えた張本人にも、なにも伝えることができなかっ
た。伝えるには、遅すぎた。お前たちは、急げばまにあうんだ」

キリがくやしさを嚙みつぶすようにそう言いおえたとき、煌四は犬をおとなしくさせ
るのをあきらめて、床に寝ている緋名子のそばへひざまずいた。

「……見たいと言っていたんだ。この先の世界が、生きるに値するのか。……見せたか
った。それがあるのをつきとめて、みぞれの主に見せたかった」

隠しから火穂の守り石、水晶の首飾りをとり出すと、煌四はそれを緋名子の首にかけ
た。

「緋名子、ここで待ってろ。……帰ろうな。全部おわったら、町に帰ろう」

緋名子の胸に、透きとおった石が透明な影を落とした。緋名子は眠っていて目を開け
ず、煌四の声がとどいているのはたしかめようがなかった。

灯子はおずおずと部屋の中央に足を進め、机の上に置かれた鎌に手を伸ばした。もう
使ってはならないと、明楽に言われた狩りの道具。灯子が持っていたところで意味はな

く、そしてこれは本来、火狩りの家族である煌四たちにかえすべきものだ。

それでも手が伸び、灯子はあらがいがたい力を感じながら柄をにぎった。

「お兄さん、行こう」

みぞれが、ますますはげしく扉をかきあげるように顔をあげさせて背中をなでた。

を踏み鳴らした。

煌四は犬の細いあごの下へ手をやり、かかえしかけて、やめた。狩りのためではない、身を守るためだ。灯子は自分にそう言い聞かせた。狩り犬は、それでもいらだったようすで脚

ずしりと重たい鎌が、灯子のしびれる体に、まだ自分たちがこの世にいるのだと思い知らせる。かなたの尾が、なにかに導かれてふわりと立った。

これを持っていって、どうするつもりなのか、なにを狩るつもりでいるのか──自問

姫神の居場所までの距離がどれほどであるにせよ、明楽の足ならば、すでにかなり先へ行っているだろう。いまから灯子たちが同じ道をたどりはじめても、派手に動きさえしなければ、きっと気づかれることはない。

灯子たちはそうして、炎魔の子でいっぱいの部屋を出た。

扉をくぐると、土のにおいがもどった。暗闇にむかって、かなたが鼻をうごめかす。先ほどと同じに雷瓶を照明にし、通路の先へと歩きだす。ほかに明かりはなく、前方

　がどうなっているのかは、進んでも進んでも見えてこなかった。

　犬たちに先導され、ほぼ先の見えない暗い坑道を、用心しながら歩いてゆく。決して早くは進めなかった。

　手揺姫なら。神族たちの力をまとめ、〈揺るる火〉のために無垢紙に祝詞を書きつけているという手揺姫なら、いま、この星のためにふさわしい言葉を知っているのではないかと思った。

　かなたはしきりに足もとのにおいを探っている。あるいは、てまりのにおいがいるのにちがいない。あるいは、てまりのにおいが。

　照明を手にした煌四の顔をあおぎ見ようとするが、その表情は暗さにかすれて読みとれなかった。無言で前をむいているばかりだ。

　こんなときに、煌四は緋名子ではなく灯子のそばにいる。自分たちの親をみすみす死なせた灯子を、兄妹はなぜ一度も責めないのだろう。

　土からはやはり、雨のにおいがする。工場地帯を打ちつづけた豪雨が、神宮の地下だというこの場所にも染みこんで、せつないようなにおいを漂わせている。

　行く手も足もとも、壁や天井も暗すぎて見えない地中の洞穴。灯子は生まれる前から知っていたなつかしい見知らぬ場所を歩いているはずなのに、灯子はいまにも先に駆けだしそうな、不思議な心地がした。みぞれの体にみなぎっていた。みぞれが先走り場所へ帰ってゆくような、不思議な緊張が、みぞれの体にみなぎっていた。みぞれが先走り

そうになるたび、かなたが顔を近づけてそれを止めた。気位の高そうなみぞれは、そば

へ寄るかなたから、ふいと顔をそむける。

とちゅうから煌四が、灯子の二の腕をにぎって体を支えた。自分ではどうにか歩いて

いるつもりだが、灯子の体は相当にふらついているらしい。

「ここから、土じゃなくなってる」

ごく小さな声で、煌四がつぶやいた。わらじ越しに感じる足もとがかたくなる。だが、

舗装されているにしては、不規則な凹凸だらけだった。とにかく道は一本しかなく、灯

子たちは先へ進むほかなかった。

と、視界が、気づかないうちにぼやりと明るくなっていることに、灯子はかなりたっ

てから気がついた。瓶に封じられた炎魔の幼体たちのいた部屋の、かすれかかった色の

照明よりも暗いが、それでも透きとおったささやかな光源がどこかにある。

――足もとだ。はっとして、灯子と煌四は立ち止まった。足の下に、動くものがある。

光るなにかが、通路を行く灯子たちを追いこしてゆく。小さなその影は、ひらひらと尾

ひれをふるわせて泳いでゆくのだった。

煌四が、床からわずかに足をあげた。灯子の目にはぼんやりと輪郭のかすんで見える

それは、あの銀の魚だった。地下通路の小川をさかのぼり、大勢の神族たちが横たわっ

て腹をさらしている部屋の、柱の中の液体に溶けていった魚――魚のすがたをした、光。

ごつごつとした岩かと思っていた足場は、複雑にからみあって石化した植物のつるだ。

　その下には水が満ちていて、発光する小さな魚たちが、灯子たちのむかおうとするのと同じ方向へ、泳いでゆくのだった。

　光る身を水中にすべらせ、どこかへ還（かえ）ってゆくかのように。

　まっ暗なせまい道のむこう。この奥に、姫神の住まう地中の宮がある。

　通路の先が、ほんのりと、より明るく見えはじめた。光る魚たちが集まってゆくせいなのかもしれない。かなたが耳を立てて神経をすます。みぞれも同じく耳をそばだて、

　細長い脚にしなやかに力をこめた。

　行く手に、通路のおわりが見えている。

　行き止まりには小さな扉がある。両開きの、子どもでないと背をかがめずにはくぐれないほどのささやかな木戸だ。表面が苔むし、甘やかな冷気がそこから漂ってくる。それが通路のはてで、ほかに行く道はなかった。

　手をふれると、木戸はほんのわずかの力で開いた。きしむことはなく、ただ、ことこ

と遠慮がちな音が、歩いてきた通路のうしろへこだました。

　まぶしい、白い部屋が、その先にあった。灯子も、それに煌四も、暗さに慣れた目を思わずそらした。しかし、感覚を閉ざしていられたのは一瞬だけだ。

　木戸を開けたと同時に、ざ、と暴風に似た音がし、緊迫した声が耳にとどいた。

かなただが、ふたたび吠える。犬たちはためらうことなく駆けだし、古びた木戸をくぐ

った。

四　灯し火

白い光が、灯子たちを迎え入れた。

白い部屋。ふんだんな照明をかかえた空間が、地中の闇からも地上のできごとからも

とり残されてそこにあった。

手ざわりさえ感じられそうな光が、木戸の敷居からこちらへは一切もれることなく、

隠された空間の内側だけにやどっている。

甘やかに湿った土のにおいが、灯子のつむじのあたりにぷつぷつとなつかしい感覚を

呼びさました。木戸をくぐるとき、見えない膜をくぐるのを感じた。紙漉き小屋へ立ち

入るときと同じ、特別な空間へ結界をまたいで入ってゆく、あの感覚だった。

ひらりと、空中を舞うものがある。

深々と、肺にみずみずしい空気が満ちた。体のしびれも腹にわだかまる疲れも、灯子

は瞬時に忘れ去っていた。かなたのうしろすがたが、室内の白さにかすみかける。その

行く手から、転がるようにこちらへ来る生き物があった。ギャンギャンと高い鳴き声を

あげながら走ってくる、それはてまりだった。ころころと走る犬の動きが、不自然にか

たむいている。

首に巻きつけられていた、願い文の入った布がない。全身をふるわせながら、てまり
が白い部屋の中をふりかえった。あ、と、灯子ののどから声がもれる。

「その汚れたなりのままで来たのか」

澄んだ声は、少年神のものだった。白い背景に溶けこむように、水干をまとった体が、
なかばうずくまっている。手ににぎっている汚れた布が、いやにめだった。てまりが身
につけていた願い文を、布ごとその手の中ににぎりこんでいる。ひややかな笑みを浮か
べた顔は、冷や汗を浮かべてゆがんでいた。クンの遣い虫からうけた毒も、まだ消え去
ってはいないはずだ。

ひばりのすがたをみとめても、なぜか先ほど、眠る者たちのいる部屋で対峙したとき
のような恐怖は湧かなかった。手が感じる鎌の重みが、薄れてゆく。この空間はおかし
い。体の芯を微細なあぶくが駆けのぼってゆくような感覚に、灯子は慄然とした。

少年神の上――思いがけず高い天井から、雨のように幾条もの糸が垂れ、その先に金
の星をかたどった照明が、さまざまな高さで吊るされている。天井の暗がりに、照明を
操る装置があるらしく、星々はしごくゆっくりと動いていた。おのおのの軌道をえがき、
天井の下の空間をめぐっている。

ひらひらと舞い落ちるのは、この場にいる者たちのはげしい動作によって宙に浮きあ
がった白い紙だ。

白い紙のむこうに、火柱をうんと小さくこごらせたような影が、いくつも見え隠れす
る。
　――壁のぐるりにならぶ、それは神々だった。床から腰ほどの高さをとって、縦長
のくぼみが、壁に等間隔にならんでいる。そのくぼみの中に、蘇芳色や柘榴色、緋色の
装束をまとった神族たちが立っていた。
　吸いこんだ息が、肺の底でひしゃげる。
　身動きをせず、像のように配置された神々。　男も女も、ひたいから垂れた幾条もの細
い玉飾りで顔を隠し、壁に張りわたされた鎖によって閉じこめられていた。まるで生け
贄、あるいは罪人のたたずまいをして、神々が立っている。
　神々のその足もとへ、宙を舞っていた紙が降りつむ。床を純白の紙が幾層にも折りか
さなって埋めつくし、それはさながら、夜のあいだに世界を一変させる雪のようだ。息
を呑むようなこの純白を、灯子はよく知っていた。冴えわたった真水と翡翠の木洩れ日
と、なによりあかぎれだらけのごつごつとした手がありありとよみがえる。　部屋の床を
おおう大量の紙は、すべて無垢紙だ。
　ごぼ、とくぐもった水音が、部屋の中央から聞こえる。　白い紙が雪のように降りつも
っている床の中心に、唐突に碧の水をたたえた池がまなこを開いている。　小さな、円形
の池――池というよりも、水槽と呼ぶべきなのかもしれない。青みを帯びた水が、ぼや
りと銀色に発光していた。　洞穴の下を、灯子たちを追いこして泳いでいった魚たちの光
と同じ色だった。　眠る神族たちの部屋にあった柱の中の、光る液体と同じ色。

「――明楽さん！」

さけんだのは煌四で、声をあげるなり灯子のわきを走りぬけていった。床いちめんの紙、その上に、明楽がひざをついて荒い息をしている。片腕を腹にかかえこんでかばいながら、険しい顔をあげた。その口がなにかを言いかけたときには、ためらわずに紙の上を踏んで駆けつけた煌四が、明楽の背中をかかえてかばい、目の前に立つ者をにらんでいた。

ひざまずいた明楽の正面に、いま一人の神族が立っている。しとやかな緑の地に、青い小花模様のかさね。頰におどる同じ花の刺青。黒い森で出会った、木の氏族の一人――キリをたすけ、明楽たちを地崩れからかばったという瑠璃茉莉だった。

「そう怖がるな。とって食いはせん。――そこにいるのは、宗家の者たちだ。もっとも強大であった異能を封じるために、自分たちをその手でここへつなぎとめた」

灯子に視線をよこして、瑠璃茉莉がくちびるに笑みを浮かべた。

「その異能が火であるために、ほかの者たちのように眠って夢を見ることもできない。そのかわり、このように腹に火をやどしたとたんに、人体発火が起こってしまうからな。宗家はその威光を失うことがない」

灯子の腹の中で、ぞろりと虫がうごめいた気がした。――火を操る異能を持った神族宗家は、いまの世を統べる神族の最高位にありながら、人体発火病原体のために火を操る力を行使できなくなったという。ここに立ちならんでいる神々が、宗家の者たち。立

ちすがたで安置された死体のような、この神々が。

顔を隠され鎖につながれた神族たちは、灯子たちがここへ入りこんでも、だれ一人身じろぎしない。

神族たちの敵対者である明楽をかばおうとする煌四を、瑠璃茉莉はくっきりとした頬笑みを口もとに浮かべ、両の手で着物の生地を支えあげたまま、なにもせずに見おろしている。

「灯子……」

短く声を発したのは明楽だ。まっ暗な坑道から、白い光の満ちる室内へ入りこんで、ずれを起こしていた感覚が、ひざのすりむけるような唐突な痛みといっしょにもどってきた。灯子はてまりを抱きあげようとして、床に積もる無垢紙に目がくらみ、犬をすくいそこねる。中途半端にかがんだ姿勢から起きあがるその勢いで、前へ足を踏み出した。

――やわらかい感触を、わらじの底が踏んだ。土だ。無垢紙の下には、踏みかためられていない土が隠れている。

「ついてくるなって言ったのに……あんたたちも火穂も、人の言うこと聞かないやつばっかり」

悪態をつく明楽の顔に、脂汗が浮いている。押さえている左腕に、細長い紙が幾重にも巻きついていた。てまりが身をひるがえして紙の上を這うように駆けてゆき、尾をまるめて明楽のひざにすりよった。

「これでそろったか。千年彗星の、依巫からの解きほぐしはまだか？」

紅を引いたくちびるに微笑を住まわせて、木の神族が鷹揚にたずねた。灯子たちがこの空間へ入ってきたことにも、眉一つ動かさないでいる。対するひばりは、嫌悪感もあらわに眉をきつく寄せた。少年神の顔もまた、しびれたように青ざめている。

「くそ……お前の手引きか。よりにもよって、こんなところまで人間の侵入を許すとは」

白銀の水干が赤い。明楽が血のついた手でわしづかみにした胸ぐらの部分ではなく、右のそでが、新しい血で染まりつつある。明楽のそばに、散り敷いた紙に埋もれて血のついた短刀が落ちている。明楽と少年神が、この場で斬り結んだのだ。

自分の体から流れる血をおぞましそうに押さえているひばりに、木の神族は飄々とした笑みをむけるばかりだった。

「かまわんだろう。お前こそ、そこの子ども二人をなにかに使うつもりだったのではないのか？」

ひばりが、ぎりっと歯嚙みした。

「……その火狩りが邪魔だと言うんだ。そいつは、〈揺るる火〉を狩ろうとしている火狩りだぞ」

灯子はわらじで紙を踏むことへのためらいを引きずったまま、明楽のもとまで走った。まっすぐに走れない。顔を隠した宗家の神族たちは、わずかの身じろぎもしない。生きているのか、死んでいるのかもここからではわ

からない。それなのに、壁のぐるりからそそがれる視線を、たしかに体が感じとるのだった。

「あ、明楽さん、その腕……」

「折れた。でも問題ない」

短く言う明楽の左の腕から、細長い紙がすべり落ちた。ひばりが異能で操った紙だ。くるくると蛇のように落ちて、床いっぱいの紙の中へまぎれこんだ。

明楽はうつむいて、一度きつく目を閉じた。

「まったく、こんな……こんなところまでついてきて。灯子も煌四も、死んだらただじゃおかないからな」

厳しくにらみつける明楽の腕を、煌四がまっすぐに支えた。落ちていた短刀の鞘をあてがい、破れかかった明楽の狩衣のそででかたく縛る。怒りを吐くようにうめき声をもらす明楽を、てまりが細く鳴きながら見あげていた。

「明楽さんこそ、死んだら許さない。灯子に、昔の自分と同じ思いをさせるつもりですか」

煌四の低い声に明楽が顔をゆがめるので、灯子は息が苦しくなった。ちがう、とかぶりをふろうとするが、なにがちがうのかわからなかった。

床いちめんの無垢紙。その表面には、薄青い墨で、文字が書きつけられている。かなたが低くうなると、部屋の反対側から、同じく威嚇をこめた獣の声がかえってき

た。

とたんに空気が変わる。

赤を基調にした装束の神族がおさまったくぼみの下。

んで、大きな犬がこちらを見ていた。

色の火──木々人とともに地下居住区にいた大犬だった。発光する目、毛並みのあいだから見え隠れする金う白い毛並みの犬は、床に身をふせ、こちらへ顔をむけていた。炎魔になりそこねたのだとい

エンという名だった。手揺姫の飼い犬だったのだと、キリが言っていた。そして〈揺

るる火〉も、同じことを少年神にむかって話していた。……その犬がいま、ゆっくりと大きな体を起こし、前脚をわななかせながら牙をむき出しにする。

てまりが体中の毛をふくらませて、ふるえあがりながらも毒づいた。　　かなたがうなり

かえし、みぞれは敵対者に目をむけたまま、そっと四肢に力をこめる。

犬たちのはなつ殺気が、暗い天井まで満ち満ちた。

「このような者たちを、踏み入れさせていい場所ではない」

ひばりがにらみつけるそのまなざしを、瑠璃茉莉は笑みを崩すことなくうけ流した。

「かまうまい。見てみたかったのだろう、お前の〝姉上〟たちは。いまの世界を見、そこに生きる者たちを見たうえで千年彗星に決めさせたいと、姫神は言っているのではないのか。いまここに、あのぽんこつな星に逆らえる立場の者は、一人としていないのだ。

宗家の者たちもな」

犬たちのあいだに生じている緊迫した空気など意にも介さず、着物につややかな髪をすべらせて、瑠璃茉莉が肩をすくめた。

「かなた……」

灯子は、いまは犬たちの耳にもとどかないであろう小さな声でささやいた。どの犬も、動くなと念じた。炎魔になりかかったというエンは、ふつうの獣とも炎魔ともちがう気配をはなっている。戦えば、ただではすまないだろう。

床に積もる紙のたくさんの文字へ目をこらしても、ここからではぼやけた線の集まりとしか見えず、中身を読みとることはできなかった。そうならばこの床いちめんの紙に書かれた文字は、手揺姫の手によるものなのだろうか……？

ごぽ、とあぶくの音がする。水の中から。

「……ここが、姫神の居場所なのか？」

煌四が、ひばりに低く問うた。いまいましげに傷口を押さえ、ひばりが歯をむいて息をつめる。呼吸を再開したとき、白い着物にじわじわとひろがっていた血の染みは止まった。

異能で、自分の傷を治したのだ。

まっすぐに立ちあがった少年神は、決してこちらを見ようとしなかった。

「〈揺るる火〉は、依巫の娘に同調しすぎている。入れ物になった人間の自暴自棄によって、千年彗星の火を使いつくされてしまうところだ。まったく、浅ましい」

感情のこもらないひばりの声に、灯子の胸がひえた。〈揺るる火〉や姫神のことは心からの慈しみをこめて呼ぶ少年神の声に、綺羅へのはっきりとした蔑みがこめられている。

天井の照明がきらきらと動く。　星々が円をえがいてまわっている。

「綺羅は、どうなるんだ？」

煌四の声音に絶望が混じっているのを、灯子の耳は聞きわけた。中へ入れられた〈揺るる火〉を、神族ならばとり出せるのだろうか。しかしそのあと綺羅がもとにもどるのか、それすら灯子たちにはわからない。

「さあな。あの人間は、依巫としてまともに用をなさなかった。　土氏族が生かしておくかはわからない。死ぬまで土中に埋めておくのかもしれないな」

ひばりの返事はそっけなかった。着物を汚した自分の血液に吐き気を催しているのが、その笑みのゆがみから伝わってきた。

依巫から解放された綺羅は、〈揺るる火〉のそばにいる——そのはずだ。　煌四が眉をきつく寄せたが、すでに疲れはてたその表情はあまり変わらなかった。　部屋のむこう側の大犬は、無垢紙の上に腹をふせて被毛をふくらませ、いつ牙をむいたとしてもおかしくはなかった。　灯子は無意識に、両の手を鎌の柄にそえていた。

（だって、あんなことをされて、綺羅お姉さんが平気なはずがないのに）

依巫にされた綺羅を、神族たちはただの道具だとしか思っていない。

「エン、動くな。血の穢れは、手揺姫さまのお体に障る」

ひばりが犬に顔をむけないまま、そう命じた。その声がうずくまる火狩りの、赤い髪を揺らがせる。

明楽が怒号を吐き捨て、立ちあがって鎌をぬいた。

「お前の血も同じだろうが！　いい加減にしろ、そいつは手揺姫の犬なんだろ。自分の主人を守ろうとして血が流れても、それも穢れか。お前たちは、どこまで生きている者をばかにするんだっ！」

明楽がかざす金色の三日月に、縛められた神々の視線が集まる——たしかに錯覚ではないその感覚に、腹の底がぞっとふるえた。

どんなふうだろうと、灯子は恐怖でしびれる頭のすみで思った。空へとどく柱となったあの〈蜘蛛〉の火よりも、星を焼くときというのは。黒い月に見おろされた夢で見た、地平を焼いてゆく火よりも、熱はすさまじいのだろうか。

ちりん、とかすかな音がした。炎の色の装束をまとった神族たちの顔を隠している玉飾り……そのどれかが揺すれた音だ。おしまいの合図をするかのような。

するりと身をもたげたエンの後脚が床を蹴った。飛んでくる。そう思ったときにはすでに眼前にせまっている。牙を奥までのぞかせた口が明楽の頭部をとらえかけた。身を

回転させて危うくしのいだ明楽の肩を、大犬の後脚の爪がかすめた。

てまりが吠え猛り、かなたとみぞれが動いていた。みぞれがひと息に跳躍してエンの

のどへ食らいついた。鼻へ咬みかかったかなたを、エンが荒々しく頭部をふるって吹き

飛ばす。みぞれは牙をはなさないまま、ひとまわり以上体格差のある相手にしがみつい

ている。

無垢紙がちぎれて舞う。　星の形の照明に照らされて、それは天気雨に散る花びらのよ

うだ。

エンが勢いよく身を起こして後脚立ちになり、みぞれの体を宙に持ちあげた。

明楽がエンのうしろ脚の腱へ、片手で鎌をはらった。悲鳴をあげて、大犬がその場へ

体を崩す。みぞれは牙を引きぬいて、すばやく後退した。

その戦いが起こるあいだに、灯子はやっとのことで壁際まで吹き飛ばされたかなたの

そばへたどり着いた。

「かなた……！」

けがはない。灰色の体毛をふるって、かなたは自分で立ちあがった。目も鼻も耳も、

いまは灯子ではなく、エンとほかの犬たちにそそがれている。

灯子は鎌をにぎっていないほうの手で、すがるように守り袋をつかんだ。二つの石が、

布越しに手の中でこすれあう。《常花姫》と彫られた形見の守り石と、ばあちゃんが村

を出る灯子ににぎらせた、ざらついた表面の守り石と。

犬たちの動きと明楽の呼吸の音が、まだ空気をかき乱していた。それにもかかわらず、無垢紙は入り陽をうけた雪の色をやどしてほのかに光っている。

ごぽ、ごぽと、水槽から音がする。

混乱する視界に、瑠璃茉莉のくっきりと笑う赤いくちびるが見えた。犬たちが猛々しく争うのを、あの神族はすっきりと背を伸ばして立ったまま、笑みも崩さずに見やっている。

煌四が、さっきたしかに物音を立てた宗家の神族たちに、視線をめぐらせた。灯子はひくっと息をつめ、ますますつく守り袋を胸に押しあてる。──エンに動けと命じたのは、壁に自らを縛めている宗家の神族たちのだれかだ。この神々は、まだ生きているのだ。

「人間がいないと、神族は存続できないんだ。ちがうか？」

壁にならぶ者たちへ視線をむけて、煌四が声を張りあげた。

その言葉に、少年神がかすかに身をこわばらせた。明楽がエンに蹴られた肩を押さえながら、きつい視線でふりかえる。

「廃棄物を垂れ流したままの工場も、森で隔絶された村も、わざと人間を無力化させようとしているとしか思えない。人間が神族に歯向かうことがないよう、連携させず、力をたくわえさせず、ただおとなしく工場を稼働させつづける。それによって、神族は存在していられる。──人間と変わらないはずの存在が、神のふりをしていられる」

そでで口もとを隠しながら、瑠璃茉莉が笑った。ころころと楽しそうに響く声が、像のようにたたずむ赤い装束の神族たちのあいだに吸いとられてゆく。

「そのとおりだ。ああ、おかしい。人間たちがいつまでも気づくまいと侮っていたのだから、まったく滑稽だ」

青い水から、気泡が立ってつづけに吐き出される。銀の魚たちの立てる泡ではない。

「なあ、火狩り。お前が炎魔を狩るために使うその鎌は、手揺姫の姉神、常花姫が命と引きかえに鍛えた。その道具がなくては、人間は炎魔から火を得ることができない。人間を生かすため。国土に秩序を持たせるため。……一度崩壊した世界で、神族はたしかにそれができる存在だった。人間たちにまさる寿命と、自然物と呼応する異能を持つ集団——中には、しのびの統括のように、人工物を操る異端者も混じっているが」

皮肉をこめた流し目に、ひばりが殺気さえふくんだ視線をかえす。

「自分たちの持てる力を使えば、死にゆく者たちを救える。そんな志を持つ者も、中にはあったのだ。常花姫のように」

ごぽ、ごぽ、とくりかえされる水の音が、床に積もった紙と紙の無数のすきまに、かすかなこだまを染みこませる。犬たちの殺気立った気配にも、その微小な物音がかき消されることはなかった。

「だが、状況は悪くなる一方だ。火を操り、各氏族をまとめる宗家は力を行使できなくなり、つぎの姫神が生まれない。旧世界の崩壊による混乱を乗りこえ、神族は人間を治

める地位に就いた。しかし姫神の座を継ぐ者は生まれず、〈蜘蛛〉は宗家と決裂した。

思いえがいていた統治が立ちゆかなくなり、神族の多くは逃避に走った。あれを見たの

だろう？　高尚な存在になったふりをして、高いびきをかいている者たちを」

細長い指が、床の中央の池をさししめす。あの魚たちと同じ銀色の光をたたえた水が、

ずらりとならんで眠る神族たちをぼうと照らしていた。

だれからの返答も待たずに、瑠璃茉莉はつづけた。

「手揺姫の寿命は、本来もっと早くにつきていた。首都の工場地帯はその寿命を引きの

ばすための、大がかりな装置だ」

煌四の感情が、灯子の耳に皮膚に、ひりひりと伝わる。おそれや落胆や、もどかしさ

や怒りが。

足もとのなめらかな紙がすべって、駆けるかなたの体勢が崩れた。

「……工場地帯が、姫神を生かすための装置？」

煌四の思いつめた声が、神族にむかって問いかけた。明楽の気配が鋭利になり、瑠璃

茉莉があきれたように短く笑う。

しとやかな笑い声の残響といっしょに、室内の空気が、大きくうねった。

エンがはげしくあがいて紙を蹴散らし、ふたたび明楽におどりかかろうとする。土中

に埋葬されてひさしい怒りを自らののどへ引きずり出すように、大犬は吠えた。被毛の

あいだからのぞく金の火が逆立つ。

明楽が獣を迎えうつ姿勢をとる。しかし全身を負傷し、いまは片腕が折れているのだ。

戦えるわけがない。

自分の手には鎌があるのだ――さっきは、落獣を狩ることさえできた。しとめることはできなくとも、盾になることくらいはできる。灯子は炎魔になりそこねた大犬にむかって走った。その灯子の前へ、かなたがおどり出る。

「そのとおりだ。工場地帯は、炎魔の火の浄化装置」

煌四が明楽とエンのあいだに割って入ろうとする。それより速くみぞれがふたたび飛びかかる。エンは進行をはばまれて着地し、頭をふるった。牙がみぞれの横腹を捕らえたが、エンが咬んだのは雨雲色の体毛だけだった。はらい落とされたみぞれが紙を巻きあげながら、横ざまに床へ落ちる。それと同時に、かなたが背後からエンを襲った。のどをねらうかなたたちから、エンは斬られたうしろ脚を折りまげたまま逃れようとする。

一旦引いては、また牙を武器に立ちむかってゆく。たよりない二本足の人間たちの割りこむすきを、猛々しい舞いを決して作らなかった。

犬たちは決して作らなかった。

「野の獣の穢れを、姫神の体はうけつけない。炎魔の火を工場で燃料として使ったあとに、微量の純化された火が残る。炎魔の火から獣の穢れをすすぎ落とし、地底を通して姫神のもとへ集める。その浄化された火によって、姫神は寿命を超過して生きつづけている。首都がここへ築かれたときから。――われわれは、根腐れを起こしているのだろ

うな。〈蜘蛛〉につぶされたほうが、まだよい幕引きであったかもしれない」

ギャン、と悲鳴をあげて突然身をふせたのは、エンだった。だれが命じたのか、大犬

は突如耳をたおしてその場にふせる。

風はない。しかし圧倒的な力が、たしかに生身の体をつらぬいていった。

天井でゆっくりと動く星の照明が、ちりちりとささやく。

それと同調するように、数珠つなぎになった飾りが、交差しながら神々を縛めている

鎖が、音を立てた。

"われわれは選ばれた血を持つ一族だ"

深いところから声がする。だれの口が動いているのか、視線をめぐらすことができな

い。これは耳がとらえている音なのか。それとも身の内に隠れた、べつの器官が聞きと

っている言葉なのかもしれなかった。

"人の子よりも、星にことほがれた者"

ひばりの顔が緊張している。神族宗家の者たちの、耳に響くのではない声音に、しの

びを操る異能を持った少年神がたしかにおののいている。

"われわれが、人の子と国土を生かしつづけている"

声が、足の裏から骨を伝いのぼり、同時に頭蓋の真上から降ってくる。

"姫神は柱。われわれの力を結わえ、正しくめぐらせるための"

"柱となる姫神は宗家からのみ生まれる。われらは返納の儀とともに、自らをここへ葬

った"

"われらが自らをここへ縛めたがゆえに、新たな姫神が生まれることはなくなった"

"たった一人の姫神を生かすため、これまでよりも多くの力が必要となった。その力は、人の子からもたらされる"

「……そんなことのために」

口をきいたのは煌四だ。ひばりですら色を失って口を真一文字に結んでいるのに、手をにぎりしめ、壁のくぼみの神族たちにむかって顔をあげている。その体を立たせているもの、言葉をたぐらせているものは、煌四がキリのもとへ残してきた緋名子であり、生まれ育った首都そのものであるはずだった。

犬たちが舞いあがらせたちぎれた紙が、ひらひらと降ってくる。

「工場毒は……なぜ工場毒はあのままなんだ。廃棄物に侵されてやがて死ぬような場所で、人間は、神族のために働いているっていうのか」

壁に縛められた宗家の者たちの体は動いていない。それでも、指一本動かさなくとも、神々から発せられる気配は、灯子たちの存在そのものをたやすくひしいでしまいそうだった。

「いまを耐えることによって、人の子も栄える"

「うそだ！　神族は、自分たちが特別な存在だとうそぶくだけの臆病者だ。自分たちが現実を見ないでいるためだけに、人間を無駄死にさせている」

灯子はたまらずまぶたを閉じた。神族宗家の者たちの気配が皮膚を溶かして、体に穴を開けてゆくようだ。かつて火を操り、火を失った神々が、その存在の気配だけでこの場にいる者たちを威圧している。明楽でさえ口をつぐみ、自分の狩り犬をなだめるのに精いっぱいのようすだった。

"獣の穢れをそそぎ落とし、姫神に清い力をあたえつづけるため"

"首都は、工場はそのための機構だ"

"それはやがて、人の子にも新しい世をもたらすだろう"

"神族は千年彗星を迎え、さらに強大な存在へ自らを高める"

"かつて手揺姫の似すがたとして生まれた千年彗星こそが、この世界に兆す希望だ"

「──勝手なことを言うな」

煌四の声が、まともに耳へとどかなかった。煌四の恐怖をしのいでいるのは、ただの怒りではないと、灯子は思った。耳の奥がざわめいて、ひばりに連れられて踏みこんだ部屋の、あの光景がよみがえる。光る液体を秘めた柱、寝台の上の眠りつづける者たち、その腹部にやどる、土や水や植物──

（あんなところで寝ておって、いい夢を見るんじゃろうか。こんなふうになる前の世界は、そんなに、ええ場所だったんじゃろうか）

人と同じ形をした神族たちが、同じ姿勢をして寝台にならぶさまは、まるで墓に入れられるのを待ちつづける死者たちのようだった。あのようなすがたでいることを選ぶほ

かに、道はなかったのか。工場地帯の地下の川を遡上していった銀の魚が、あの柱の中へ落ちて泳ぎ、溶けていった。床を這い、柱と寝台をつなぐ幾条もの管。……水の音が、灯子をふりむかせる。

「都合のいい夢を見ているだけの者たちに、どれだけの人間が苦しんで、殺されてきたと思ってるんだ……現実から逃げることしか考えない連中に、これ以上好きにさせておけない」

いまにも溶けて消えそうな煌四の声は、きっとここにいる神族たちだけにむけられているのではない。その言葉の射程はもっと遠い。

「《揺るる火》は、地上に残った神族たちの言いなりになる気はないみたいだ。ぼくたちも。……人間も、これ以上こんなあつかいをうけることはがまんできない。人間は、神族が思うほど些末な存在じゃない」

煌四が自分の言おうとする言葉への覚悟を決めるため、静かに息を吸った。

「火狩りの鎌をふるうのも、神族への火の供給源をにぎっているのも人間だ」

宗家の神族たちが沈黙する。空気を圧迫していた気配が、ふと薄れた。

くつくつと、そでで口もとを隠して瑠璃茉莉が笑った。

「下手におどしなどかけるものではない。宗家の者たちは自分では身動きがとれないが、異能を失ったわけではない。その気になればわたしやひばりを操り人形にも仕立てられようし、命じればすぐ動く炎魔になりそこなった犬がいるのだぞ」

小さな舌打ちの音が、空気をはじいた。自らを奮い立たせるように、ひばりは眼光をますますつめたくする。

「まったくもって、くだらない。お前たち人間は無論、神族すらどうでもいい。——ぼくはずっと、世界のために犠牲になりつづけてきた姉上たちを、お救いしたかった。人間の作った紙を操る異能も、そのために役立てることができるならいくらでも使った。……だが、所詮はぼくもまた神族の一人にすぎないのだ。宗家の者たちの言葉のとおり、人間を働かせ、結界をたもち各氏族の力の均衡を維持する姫神をたよることでしか、われわれは神の顔をしていられない」

ひばりの投げやりな声が、無垢紙の上に降りかかり、しとやかな紙に吸いとられてゆく。

宗家の神々がふたたび沈黙しても、空気の中に見えない流れが残っている。目にも耳にも肌にも感じることのできない、大きな力のうねりが消えずに動きつづけている。

ごぽ、ごぽと……水の中から、だれかが灯子を呼んでいる。

「神族はもともと、人間と変わらない存在だった、そういうことなんだろう？」

煌四が問うと、ひばりの足もとで、空気がうねって白い紙がざわめいた。

「炎魔に火を託したように、木々人の体を作り変えたように——旧世界で、神族はそのころの技術を使って自分たちの体を作り変えた人間だ。長い寿命と異能を持つ、新人類だ」

煌四の発した言葉が、壁や天井へ吸いこまれていった。瓶に入れられた炎魔の幼体たちといっしょにひっそりとならんでいた、人の胎児と同じ形のもの。ひばりは表情をこわばらせて返事をしない。その沈黙が、こたえだった。

ゆっくりと灯子の足は中央の水のもとへ吸いよせられていったが、それに気づく者はない。

灯子が水槽のへりまで進み出て、そのそばへひざをついても、止める者はいなかった。紙の上へ鎌を置く。手をついた水槽のふちは、よくかためられた土だった。無垢紙の下へ手をすべりこませると、ひんやりとした大地の感触が灯子をうけとめた。

ここは、部屋というよりも、墓の中に近いのかもしれない。五つの石を組んで上に載せる村の墓地のようなものではなく、昔語りに聞いた、古い神々や王たちの墓——とはうもない大きさの、大地の胎の中。神々を生き埋めにして抱きこんだ墳墓だ。

吐き出される気泡が先ほどより細かくなり、ぷくぷくと水面で消えるそれは、胎児のまぶたのようだった。部屋中に積もっている無垢紙、手揺姫が《揺るる火》に読ませるための祝詞を綴っているという紙には、なんと書かれているのだろう。この中に、炉六が姫神の身代わりへ託した願い文もあるのだろうか？

（そこに……おりなさるんですか？）

銀の魚たちが泳いでいる。ひれをふるって泳ぎながら、その体が青くにごった水に溶けて消えてゆく。つぎからつぎへ、それははかない蛍火のように舞っては消えた。

地底のせせらぎを遡上していた魚たちが、その身も骨も透明にして、光になって消滅する。その澄んだ光を、水の中で呼吸している何者かがいる。

最後の一粒が消えて、あぶくがやんだ。

水の底から、なにかが浮上してくる。魚たちとはちがう、おぼろな影が。藻屑のようなすじが水面に揺れ動く。

ゆらりと水中から現れたものを、なんと認識していいのか、思考も感覚もまるで追いつかなかった。

それはまったく、生きているものには見えなかった。たしかに円形の水槽から浮上し、ふるえながら動いて、周囲に耳をすましているように見える。見えるが……

痩せこけた腕は、透きとおっていた。目鼻のある頭部、それにつながる首と肩、腕。たしかに、人の形をしている。が、それは神族にも、ましてや人間にも見えない。わずかばかりの腐肉をまとった、透明な骸骨。そんな現実味のない印象だけを、それはまとっている。

姉上、とひばりが小さくささやくのが聞こえた。

姉？　──これが。まっ白な部屋の床にぽかりと開いた、まぶたを切り落とした瞳のような、青い水の中心にすがたを現したもの。人の形をきわどくたもっている、この動くものが。

この国の──生き残ったこの世界の、中心部。ここに、その場所にいる者。

折りかさなる無垢紙が、ふわりと軽く舞いあがった。天井から吊るされた星々の照明が、ふるえてちりちりと音を立てた。

現れた姫神のすがたに、空間全体がおののいている。

――手揺姫さまは、いったいだれだったろう。大勢の神族たちが顔をふせ、座してなんでいた。青々とつやのある畳の上に、ささやき声が地を這う風のように行き交う……

そう言ったのは、よくお務めらるることぞ。あのお体で。……

そうだ、あれは、ひばりが見せたまぼろしの光景だった。

「手揺姫さま」

ひばりも瑠璃茉莉も同時にひざを折り、その場にぬかずく。壁のくぼみに縛められている宗家の神族たちの、身じろぎをしない体すら、耳にはとらえられないほどの深いきしみをあげたのが感じられた。

とろとろとした透明な骨に、青い水の底から泳ぎのぼった銀の魚たちが群がる。銀色に発光する魚たちは、その身を溶かし光る水流となって混じりあい、透きとおった骨に吸いこまれてゆく。

「これが……?」

立ったまま姫神を、そう呼ばれるものを見おろして、明楽が愕然とつぶやいた。てまりが、はげしい警戒の声を響かせる。

煌四も水中から現れたものを凝視したまま、言葉を失っている。

ぬらぬらと、色のぬけ落ちた長い髪が、藻屑のように後頭部を、背中をおおっている。

これが、この国の、いまの世界の守り神、手揺姫。──眼球も頬もくちびるも失い、深々とひれふしていたひばりが、一切の無駄をはぶいた動作で、すばやく立ちあがる。

「……そうだ。この国の姫神。われわれ神族の力を結わえ、国土に安寧をもたらす唯一の存在──常花姫の姉妹神であり、〈揺るる火〉の双子の姉であられる」

ひばりの言う言葉が、頭に入ってくる前に消えてしまう。

後脚をかばって立つエンが、片方が欠けた耳を立て、長い毛におおわれた尾をぱたり

とふった。

（手揺姫さまの犬なんじゃ。キリが言うとった。エンは、この姫さまの）

エンはすがたを現した自分の主を前にして、うれしさをあらわにした。被毛のあちこちから火をのぞかせ、眼窩には煌々とした光をやどしながら、もとのすがたを失った犬は、それでも舌をのぞかせて口角をあげ、はたはたと尾をふるう。

しかしこれを、生きているものと呼べるのだろうか。

銀の魚たちが光の粒になって、透明な体に吸いこまれて消えてゆく。木に滋養を行きわたらせる雨水のように。けれどもあれは、火なのだという。工場の稼働によって生み出された、浄化された炎魔の火なのだと。

「どうして」

その先の言葉をついえさせる煌四のかたわらで、みぞれが青い水の中の者へ鋭い目をむけている。

どうして、こんな存在が、世界を支える守り神とされているのか。透きとおった骨ととろけた肉から形をなす体は、〈揺るる火〉の痩せ衰えたすがたよりもなおひどい。祠に住まう童さまのすがたとも、それはまったく似ていなかった。

「どうしてもなぜもあるか。人間でこのすがたを見るのは、お前たちがはじめてではないか？」

長い裳裾をさばいて、瑠璃茉莉が立ちあがる。

「あれが姫神だ。われわれ神族の力の柱。この国を支えている力のかなめ。見てのとおり、もうその体は長くはもたない。姫神としての力も、刻々と失われつつある。あちらこちらで異変が起きていたのも、そのためだ。だからこそ、帰還した千年彗星につぎの姫神を務めさせようと、各氏族は画策した。

この星がいやになって逃げ出した者が、なぜこんなところへつなぎとめられる務めを、よろこんで引きうけると思ったのか」

瑠璃茉莉のほがらかな、けれどもつめたい笑い声が、つつましくこだました。

まるで、そのこだまに呼び出されるように――

銀色のたなびく光が、天井をめぐる照明たちの真下に出現した。

長い白銀の髪が、風もないのに複雑にたなびく。星の形を模したガラス細工の照明に、

　その銀の髪が反射する。それは飛ぶ星の尾であり、大気から生まれるようにして現れた少女の、神々しい装身具にも見える。

　明楽が息を呑む音が聞こえた。その心臓がふるえるのが、灯子にも伝わった。

〈揺るる火〉が現れた。

　妖精。天の子ども。痩せ衰えたその身のまわりに銀の髪をすさまじくはためかせ、星型の照明が〈揺るる火〉の発している光を、きらきらと反射する。ガラスとガラスがこすれあって、それは愛らしく光りながら、きしみに近い音を立てた。

　ギャン、とてまりがひと声吠える。威嚇とも歓迎ともつかない声に、〈揺るる火〉が首をかしげながら頰笑んだ。天の子どもをふりあおぐ明楽の赤い髪が、おののいて揺れる。

〈揺るる火〉の目が明楽を見た。おぼつかない視界で、それでも灯子はそう感じた。

　虚空に働く引力をいまだに引き連れているかのように複雑に銀の髪をなびかせ、〈揺るる火〉が白い紙の上へおり立った。

　天の子どもの謎めいた色の瞳が水中の姫神を見おろし、労りをこめた微笑がその口もとに浮かんだ。

「あまり動かないほうがいい。体が崩れてしまう」

　自分のほうへ伸びてきた手に気をつけてふれながら、〈揺るる火〉は水の中から見あげる透明な骸骨へ呼びかける。ひざを折ってとろけた肉をまとった手をつつみこみ、

〈揺るる火〉が首をかしげる。

長いまつ毛にふちどられた目が、壁におさまる宗家の神族たちを射た。

「あなたたちも、なにもしないで。手を出したら、この場所を焼くわ」

火の色を模した装束の神々の気配がひたたとこわばり、壁が遠のいて感じられた。

〈揺るる火〉の動作にあわせて、髪の毛が宙にうねり、くるくるとなびく。胸から上を空気の中へのぞかせた異形の者――手揺姫は、慕わしい気持ちを表すかのように、ぎこちなく首をかしげる。床に埋められた水槽に身をひたし、ほとんど透明な骨ばかりになって、それでも〈揺るる火〉と手をつないでいる。わずかに残った頭髪が肩の骨の形をなぞり、きっととうの昔に目玉の溶けてしまった眼窩で、ひたむきに笑った。笑ったように見つめている。とろけた肉片がわずかに残る顔が、なつかしげに笑った。

二人の無言のやりとりは、まるで久方ぶりに再会をはたした姉妹のようだ。が、その
しぐさの自然さが、かえって光景の異常さを際立たせていた。

「エン。お前も、手揺に会えたのね。よかった」

手揺姫の透きとおった手をつつみこんだまま、〈揺るる火〉が部屋のすみへ顔をむける。エンが、ずっと尾をふりつづけていた。だがその動きはゆっくりとして、とりかえしのつかない老いを感じさせた。

「き……綺羅お姉さんは？　どこへおりなさるんですか、かえしてください」

　この世ならぬ空気をまとう少女たちへ、灯子はうわずる声で問いかけた。〈揺るる火〉の深い目が、飲みこむように灯子をとらえた。銀の髪が、見えない気流をなぞる。

「あの子は生きている。すぐに、かえしてあげられるから」

　薄い皮膚がしわになっている。乾ききった顔や手足が、なおのことやつれて見える。

「姉上」

　灯子たちが口を出すのをさえぎって、ひばりが〈揺るる火〉と手揺姫の前へ進みでた。

「よくおもどりくださいました。さぞやおつらかったことでしょう。──首都へ入りこんだ《蜘蛛（くも）》はついえ、神族にあらがおうという人間たちも失せました。あれこれと口を出す神族も、そのほとんどが死傷した。今度こそ、〈揺るる火〉の望まれる道をお選びください」

　かしずくひばりを見おろして、〈揺るる火〉が首をかしげた。小さな動作によって、背後になびく髪の動きが複雑さをます。

「選ばなくてはだめ？」

　〈揺るる火〉の問いに、ひばりが顔をあげる。そのおどろきが、衣（きぬ）ずれの音から読みとれた。

「かならず選ばなくてはならないの？　なにを選べるの？　わたしの入れ物になったあの子は、もうみんな滅びてしまえばいいと願った。わたしがもどったあとで、どれだけの者が死んだの？　わたしが消えても、これはつづくのでしょう。……ねえ、こんな世

界でなにかを選ぶなんて、とても無理なの」

「……お察しいたします」

ひばりが重苦しくうけこたえる。

〈揺るる火〉が、自分を姉と呼ぶ少年神から視線をそらした。

昔の人間は、星を壊滅させた。もう二度とそのようなことが起こらないよう、神族は古代の火を野の生き物に託した。

しかし――こんなにも多くの者が死んで傷つくいまの世界に、かつて人の手に火があった世界と、どれほどのちがいがあるというのだろう。

〈揺るる火〉の白いまつ毛が、乱れた前髪の下でふせられた。

「選んでいいというのなら、わたしは、あの子の感情を選びたかった。綺羅というの。わたしの名前を、何度も訊くのよ。会えなくなるのが怖いからって。親しい人たちがみんな、すぐにいなくなってしまうからって。あの子の中はからっぽだった。からっぽなのに、ものすごく怒っていた。目の前ではんとうにいなくなってしまったの。生み親が、二人とも。だれも死んでほしくないと思いながら、全部なくなればいいって望んだの。わたしの火を使えば、あの子の願いが叶えられたのに」

どこかうっとりと語るその顔が、さびしそうだ。つめたい場所へ置き去りにされた幼子のようだった。その陰にうるうるととろけた肉をまとう姫神の骨が、青い幻影じみて

寄りそっている。

「わたしは世界を見守るため、人々を救い、なぐさめるために空へはなたれたのに、なにもできずに世界が滅んでゆくのを見ているだけだった。殺しあうことを、だれもやめてくれない。破壊は止まらない。いったい地上の者たちは、自分たちが滅びるために棲息しているのかと思うくらいだった。こんなはずじゃない、こんなつもりではなかったと、たくさんの人間たちが困惑しながら滅んでいった――あるいは、滅ぼしていった。

聖者も愚者もない。非力な者も力ある者も、最後にはないまぜになった。人体発火病原体が星に住むすべての人間をひとしくした。……わたしが見たのは、この星の無意味だった」

そうして〈揺るる火〉は、髪をすさまじくはためかせながら、顔をあげる。純白の紙、細かな文字が書きつらねられた紙が、細い体のまわりをがさがさと舞う。

そのすがたを見あげながら、灯子は〈揺るる火〉がつぎに口にするであろう言葉を、なかば確信している。

「わたしは、この世界の人柱になるのはいや。これ以上この星で苦しみがくりかえされるの、もういや」

そのこたえは、もうわかりきっていたのだろう。笑みを消さないまま、瑠璃茉莉がそっと頭をさげた。

「星を、焼く」

その瞬間、なめらかにたなびく銀の髪は、息を呑むほど美しい紋様を空中にえがいた。

「待って――」

明楽が、乾いた声をしぼり出す。

「待って。それじゃあ、あんたの姉妹のしてきたことさえ、無駄になるじゃないか。こ

こにある手紙は、全部、〈揺るる火〉に読ませるためのものじゃないのか」

「黙っていろ、火狩り」

ひばりがにらみつけると、無垢紙の一枚が動いて明楽の折れた腕にからみついた。包帯のように見えるそれは、明楽の腕を絞めあげて顔をゆがめさせる。

大きな目が、明楽を見た。虚空のはてを一人で見てきたのだという、深みの知れない目。そのまなざしを、明楽は黒い森を生きてきたとび色の目で、必死にうけとめようとしている。

「手紙なら、みんな読んだわ。世界は美しい、神族の統治は安寧だ、滅びはもたらされるべきではない――どの紙にも、同じようなことが書いてあった。何枚も、何枚も、何枚も……こんなものを書かされるために、わたしの姉妹は無理やりに生かされてきたのでしょう」

明楽の問いかけにこたえる〈揺るる火〉の、不思議な色の瞳の底に、かすかな怒りが揺らいだ。その周囲に肌には感じられない風がうねり、姫神の手紙が――大量の無垢紙が宙を舞う。

「ちがう！」

明楽がさけんだのだと思った必死な声は、煌四の口から飛び出していた。

「無意味だと思っているのは〈揺るる火〉だろう。綺羅は、からっぽなんかじゃない。まちがっても、自分の決めることを綺羅のせいにするな。そんなことはぜったいに許さない」

鋭い目つきで〈揺るる火〉を見すえながら、煌四がつられる言葉を、ひばりは止めようとはしなかった。

「まだ生きている人がいる、人間にも、神族にも、木々人にも——ぼくは〈蜘蛛〉を何人も殺した、殺すための道具を作った。ぼくみたいな人間が罰せられるのはかまわない、だけど……この世界は、まだ変えられる。旧世界に起こった激変でも、完全には滅びなかった。いまとはちがう方法で世界を存続させることだって、できるはずだ。べつの道を、考えられるはずだ。だれか一人を人柱にするんじゃなく——そのための力が、〈揺るる火〉には備わっているって」

〈揺るる火〉が白銀の髪を複雑にはためかせるのを、水中から頭と手を出したままの手かなたとみぞれが、それぞれに舌を出して短い呼吸をくりかえし、この場にいる者たちに神経をすませている。

ふう、と、深く息を吐き出したのは明楽だ。狩りにおもむくときのように、火狩りは

その体をめぐる呼吸を大地になじませ、そうして顔をあげた。

「……思いあがるなよ」

狩人の目が、〈揺るる火〉を射た。明楽の声がすごみを帯びる。

〈揺るる火〉が選ぶのは、この星の末路じゃない。ここに生きる者たちを統べるべき王だ。千年彗星が機械人形じゃなかったって——半信半疑だったけど、ほんとにただの子どもじゃないか。灯子よりもたよりない、ちっちゃい子どもじゃないか。お前みたいな子どもに、生かすだの殺すだの、大それたことを選べると思うな」

〈揺るる火〉の目がまるくなった。言われた言葉を飲みこめないようすで、不思議そうにまばたきをくりかえしている。

ひばりが顔をふりむけた。骨折した腕に巻きつく紙に力がこもり、明楽が声をもらす。が、明楽は決して〈揺るる火〉から目をそらさなかった。腕の一本を犠牲にすることなど、いまさら明楽はいとわないにちがいない。

「やめて、ひばり。もういい。意味がないの。その火狩りの言葉にも、お前のふるう暴力にも」

〈揺るる火〉が、さびしげに顔をうつむける。

「ほんとうは……地上へ帰還して、ほんのすこしだけ、期待をした。かつてとはちがう、新しいなにかがあるのかもしれないって。探そうと思ったの。この星に、まだ人が生きる意味があるのを」

　そうしてそれは見つからなかったのだと、〈揺るる火〉は沈黙によってつけくわえた。

　そのとき灯子の前に、ほろりと小さな顔が現れた。前ぶれもなく降りだした雪のひとひらの、そこにふくまれる遠くのにおいが鼻をかすめた。まっ白な髪にまっ白な着物の、丁寧にこしらえた人形のような童さまが、鼻にふれそうなほど近くにいた。

　小さな手が、灯子の頬にふれる。

　真冬の川のにおいがよみがえった。あのつめたい空気も、体温を削りとってゆく水の感触も。白い雪と黒い川と、湿った灰色の空と。まっ白にうねる、無垢紙になる前の楮こうその白皮と。

　（意味なんか）

　姫神の分身にさそわれている。かなたが短く吠ほえたが、その声は抑えられていて、響きわたることはなかった。

　（意味なんか、いるんかなあ？　意味がないと、生きられんのかな。生きて、死ぬのに、そんな大それた意味なんか）

　灯子は泳ぐように紙をうしろへかきわけて、水槽に顔を近づけた。呼ばれている。せつないような使命感が、灯子をつき動かした。

　とぷんと音を立てて、手揺姫が水の中へすがたを消した。それを追って、童さまが水にすらりと溶けこみ、消えてなくなる。灯子は身をかがめ、その青い水へ、手をさし入れた。自分で考えたのではなかった。体が自然に動いたのだ。

ぬるい水が、灯子の汚れた手をつつむ。温かかった。ああ、と灯子は、胸の中で嘆息をつく。あったかい——火穂はかなたに手をなめられて、おどろいたようにそうつぶやいた。

　意味などなくとも、生まれて生きてきた。生きとって、うちの働きぶりを見せてやる——そう言っていた紅緒は死んだ。意味もなしに、それでもこんなに深々と、灯子の胸にその死は食いこんでいる。二人とも、どうか無事で、そして元気で——花嫁すがたのほたるがそう言うと、紅緒は面映ゆそうにくやしそうに、頰をまっ赤にしたのだ。

　意味などなくとも、生まれて生きて死んでゆく。意味を問うことすら、その営みには追いつけない。この星のことわりには。——

　同時に、それは起こった。あざやかな流れが、灯子の体にあふれこんでくる。言葉を失っていた口が、ひとりでに開く。おどろきはすぐに、納得にとってかわった。手揺姫には、しゃべるためののどがもうないから——だから、だれかの口を借りる必要があるのだ。

『あなたが帰ってこなくなってしまって、とてもさびしかった』

　声が、水の湧くように灯子の口からこぼれ出た。

　しかしそれは、灯子の言葉ではない。

『けれど、あなたが重い任務から自由になれたことは、ほんとうにうれしかった。あなたは、どこまでも飛んでゆける。空のむこうがどうか、あまりさびしい場所でないことを祈っていました』

知らない声。灯子の中には用意されていない言葉。それはきっと、ここにある紙には書くことのできなかった――手揺姫のほんとうの手紙だ。

『世界は焼きつくされ、そのあとに黒い森が発生した。返納の儀が執りおこなわれ、人の子は火を失った。わたしたち宗家もまた』

手揺姫の言葉、手揺姫が、神族たちを安心させるためではなく、ただ〈揺るる火〉に語るためだけに温めた言葉だ。

『わたしの寿命はとうにつきていたけれど、命を引きのばしてもらって、姫神として務めると決めました。あなたがもどったときに、さびしくないように』

それらの言葉は、まるで灯子の心が、ずっとだれかへ伝えたがっていたかのように、あふれ出してくる。

『ずっとここで待っていた』

灯子の前に立つ〈揺るる火〉が、まばたきもせずに大きな瞳をこちらにむけている。深く遠々しい色をしたその瞳の奥には、おどろきとおびえ、なつかしさがないまぜになって揺らいでいた。

灯子の口は言葉を紡ぐことをやめない。体に流れこんでくる手揺姫の言葉を、灯子は抵抗することなくうけとめ、のどをふるわせて空気にはなつ。体を通過してゆくこれは、なんと澄んだ、愛らしい力の流れだろうかと思いながら……同時になんと孤独で、身を切るほどに凍えているのだろうかと思いながら。

かなたがそばへ来て、灯子に体を寄りそわせる。犬が体温をわけてくれるのを、それだけをたよりに、灯子は圧倒的に大きな力が自分を通過するのを耐えつづける。

『内裏からは外がなにも見えない』

『だけど、たくさんの人の気配を感じていた。首都で暮らす人々。森のむこうの村に暮らす人々』

『だからわたしは、まだ世界が滅びていないのだと信じることができた。〈揺るる火〉の帰ってくる場所が、まだあるのだと』

『あなたはかつて、わたしの体に似せて生み出された。わたしの血をわけた妹。あなたを、常花姫がわたしにしてくれたのと同じに、案じていた』

「……やめて」

〈揺るる火〉が眉をゆがめた。灯子を通してしゃべっている手揺姫が感じているはずのその痛苦が、灯子の心臓をねじ切りそうになった。

「手紙なら、ここにある手紙なら、もうみんな読んだわ。もういい、やめて」

それでも、言葉はあふれてくる。手揺姫が無垢紙に書くことを許されたのは、神族たちが〈揺るる火〉に読ませたい言葉だけだった。自分たちの統治する世界は安泰だと、神族たちが吹きこむ言葉だけを書かされ、自分の姉妹へほんとうに伝えたいことを、手揺姫はずっと綴ることができずにいたのだ。……舌ものども使えなくなった姫神にかわって、灯子はその言葉をはなつことを、手伝うことができる。だから童さまを遣わせ、

手揺姫は一度は森へ逃がした灯子を呼んだのだ。

『一人ぼっちでどうしているか、ずっと案じていました。わたしの姉妹』

その言葉が口から紡ぎ出されたとたん、灯子の目から涙が出た。全身を、真冬の川の水にひたしているかのようだ。灯子の意識は自分の人間の形を忘れ、楮の白皮になって、暗くつめたい水の流れにすすがれている。

透明な指――手揺姫の手が、細かにふるえながら水中から現れ、水槽のそばに落ちている一枚の無垢紙を引きずり寄せる。しわの寄ったその紙には、青灰色の墨汁ではなく、黒い筆跡が刻まれていた。なんとか伝わるようにと、ひと文字ずつを祈りながら書いたために、文字の列は乱れ、線はふるえている。――明楽の、願い文だ。

『……わたしの兄が伝えに来たとき、なぜすぐに聞き入れてもらえなかったのですか』

どくんと、灯子の心臓がはねる。灯子が決して中身を見なかった明楽の願い文。そこに綴られた言葉が、姫神を通して灯子の体へと伝わり、声になって響く。痛々しいほどに力をこめて書いた文字。かたむいたくせのある、下手くそな。

『わたしはずっと神族を憎みました』

『世界を憎みました』

『みんな死んでしまえとさえ思った』

『〈揺るる火〉のまなざしがつめたい。

『それでも、まだあきらめられない』

明楽が、口を閉ざしてうつむいている。

『狩りのとき、火狩りは黒い森となる。人を襲う炎魔の思いを読んで、その動きを追う
のです』

『森に棲まい、人間を襲いに駆けてくる炎魔の気持ちを読みとる。狩りのとき、わたし
も一匹の炎魔となるのです。そのようにして、人を生かす火は得られる』

　ああ、それでだったのかと、灯子は手揺姫に声を貸したままで思う。ひどい目にあっ
ても明るい力がそそぎこまれているのを、ずっと不思議に思っていた。明楽の声に、い
つも明るさを話すときでさえ、その明るさは消えなかった。

　黒い森の中を流れ者として、たった一人で炎魔を狩ってきた。ちっぽけな狩り犬を連
れ、過去を話すときでさえ、その明るさは消えなかった。

　自分を襲い、傷つけるものに、明楽はつねに心を寄せてきたのにちがいない。明楽が
はじめて狩った炎魔は、自分を襲う火狩りから救ってくれた獣なのだという。自分にむ
けられる殺意を、明楽はわが身にうけ入れ、鎌をふるってきた。

　だからきっと、明楽はここへ、死ぬためにもどってきたのではない。

　明楽がなすべきことをなし、そのあと一人で死ぬには、ここは、首都は疲弊しすぎて
いる。回収車の乗員にひざまずいた、この火狩りは傷ついた人々を、最初からほうって
おくことなどできない。

（そんな人が王さまなら、ええのに）

　そう思った。必死に書かれた筆跡が、灯子の体にも刻みつけられてゆくようだ。

『神族も、人間も、木々人も、炎魔も、〈蜘蛛〉もまた、ひとしくこの星の一部です』

『〈揺るる火〉には、この世界を生かす力が備わっている』

『火狩りの王が世界を支えるでしょう』

『千年彗星を、夜に狩り場へ——工場地帯の鳥居の前へ導いてください』

『それが無理なら』

灯子の肺が、すうと縮む。

『この願い文を書いた者を、人々に見える場所で罰してください。それが、身の程を知らずに姫神へ手紙を書いた人間の、無礼へのつぐないです』

灯子は、火穂からの伝言を思い出していた。ほんとうに、明楽はばかだ。衆人の前で火狩りが処刑されれば、首都の人々が、神族に反旗をひるがえすかもしれない……せめてこの世界はおかしいと、だれかの胸に植えつけられるかもしれないと、それを期待したのだろうか。

手揺姫の溶けかけた氷柱（つらら）のような手から、明楽の文字が流れこんできた。うんと短く、強く。

『犬を連れた者たちを殺すな』

それっぽっちの文字のならびが、明楽の願い文の最後の数行を打ちひしぐ。

あの火狩り——みぞれを連れていた炉六の書いた言葉だ。明楽の願い文に、書きたした文字。……身動きがとれないまま、灯子は懸命に視線を横へむけた。手揺姫の手が、水槽のふちへ押しあてるように持っている紙。そのはしに、かすれて乱れきった筆跡が

あった。片手に大けがをおい、まともに文字など書けなかっただろう。神宮へ至るまでにどうやって書いたものか、線は乱れているが、綴る言葉に迷いはなかった。

とぷんと、願い文を手ばなし、水中へ細い手が消えた。

同時に、灯子の全身にあふれこんでいた姫神の力が消え、灯子は反動でその場に崩れかけ、危うく水槽から手を引きぬいてひじをつく。かなたが顔を寄せてにおいを嗅ぎ、労るように灯子の頬をなめた。肺がすり切れるようで、うまく息ができない。かなたが顔を寄せてにおいを嗅ぎ、労るように灯子の頬をなめた。

「……無理よ」

口をきいたのは、〈揺るる火〉だった。その目からは、いつからか涙がこぼれている。空のはてでこらえつづけていた涙が、いまやっと堰を切ったかのようだった。

「わたしには、選ぶことができない。世界がこんなになったことも、わたしの姉妹がこんなふうにされてきたことも、わたしには耐えられない。この世界を、この天体を、救済するため、祝福するため、わたしは空へはなたれた。だけど、できなかった。逃げきることさえできなかった。……」

澄んだ声が、ふるえている。一人ぼっちで泣きながら、どうしていいかわからずにとほうに暮れている——灯子には〈揺るる火〉のすがたが、どんどん病みついてゆくように思われた。ただでさえ骨と皮ばかりになって帰還し、なにかを選べとつきつけられ、さらにたくさんの死を、今度は間近で目撃して、天の子どもがその魂ごと弱ってゆく。かつてこの子は、あのまっ黒な月のそばから絶望的な光景を、一人きりでまのあたり

にしたのだ。

　姉上と呼んでかしずく者はあっても、そのむき出しの肩をつうんでやる者はなかった。

　……灯子のことでさえ、抱きしめて背中をさすってくれる手がいくつもあったという

に。かなたが夢中で灯子の顔をなめる。犬の鼓動がすぐそばにある。

　呼吸をするためだけにのどを動かしながら、懐から守り袋をたぐり出した。手揺姫に

貸していたために、灯子ののどには力がこもらず、声が出ない。

ぽけな紙片を、痩せ細った少女に見えるようかかげた。

　守り袋から、灯子はくしゃくしゃの紙きれをとり出した。しびれが根を張る手のせい

で、動きはずいぶんとじれったい。しわだらけになった紙をひろげて伸ばし、そのちっ

　『ごめん』と、たったひと言。燐のとがった文字が、そこには書かれている。灯子の宝

物にそえて荷物に忍ばされていた、あまりに短い手紙。

くるりとそりかえったまつ毛の大きな目が、まるく見開かれる。まるで年端のゆかな

い子どものように。──〈揺るる火〉の顔が、かすかに笑った気がした。夜空からこち

らを見おろす月の明かりに、その表情はよく似ていた。

　「……それは、あなたがもらった手紙なの？　あなたの、姉妹から？　そう、故郷の者

が、あなたへ宛てて書いたのね」

　はっきりと、〈揺るる火〉が笑った。はためく髪のえがく波形が、まろやかさを帯び

る。笑うと、小さな顔の中にひび割れのようなしわがならんだ。早くに生まれすぎた赤ん坊のようだ。もろい笑みには、けれどもどうしてか、深い慈しみがこもっている。灯子はあふれかえる感情になかばおぼれながら、その笑みに見とれた。

「わたしには、手揺らぎを救うことができない。この世界をおわらせることもできない。世界を変えてしまうこともできない。見守っていることにさえ、耐えられなかった。なのに逃げきることもできなかった。千年彗星として生み出されながら、わたしには、なに一つできなかった。だけど──」

〈揺るる火〉が、かがみこんで腕を伸ばす。その動作は、ほとんど灯子を抱きしめようとしているかに思え、しかしそうせずに、星の子は灯子の手をとり、反対の手で水槽のそばへ置いた火狩りの鎌をとりあげる。

「あなたにだったら、狩られてもいいと思う」

そんなに痩せた腕で、折れそうな指で、重い鎌を持ちあげられるわけはないのに。待って、それを言うだけの力はもどっておらず、言うためのいとまはあたえられなかった。

〈揺るる火〉は三日月鎌の柄(つか)をにぎると、ためらうことなくその切っ先を、自分ののどにつき立てた。

五　光

強烈な光が炸裂した。それは奔流になり、姫神のいる空間を満たす。　空気さえ、光に染めあげられて熱を帯びた。あらゆる影が消滅する。

気流ではない、見えない力が吹き荒れて、部屋いっぱいの紙を巻きあげた。狂った鳥の群れのように、白い紙が——無垢紙が舞いあがる。

網膜にとらえきれないまぶしさが、視界を塗りつぶした。方向感覚が一瞬にして失われる。

煌四は腕をかざして目をかばいながら、明楽を、灯子のすがたを探した。

（だめだ、見えない）

呼吸ができているのかすら、わからなかった。すさまじい勢いの光の波が、自分の体だと思っていたものをつらぬき、揺さぶって通過してゆく。

これが、〈揺るる火〉の火——千年彗星の核にこめられた、神族宗家の火。

こんなに大きな力を、綺羅はわけもわからずに体の中へほうりこまれていたのだ。……

…どこにいるのだろう。〈揺るる火〉がもとのすがたで現れたのだ、綺羅は依巫から解

放されているはずだった。早く、見つけなければ。

体を縛めた宗家の神々から発せられていた威圧感が、糸を断たれたように消え去っている。

手になにかがふれた。湿った鼻。やわらかな毛並みにおおわれた頭。犬がいる。みぞれが、かたわらにいる。

脚の長い犬の背中にてのひらを沿わせ、煌四はなにも見えないまま、とっさに犬をかばおうとその体におおいかぶさった。なにからかばおうとしているのか、それを考えることもできていなかったが、それでも。……かなたと同じに自分の火狩りを失った犬を、

これ以上ひどい目にあわせてはならないのだ。

あふれかえる光が、唐突に弱まる。雲間からさす陽光に似た鮮烈な光芒が幾すじも、放射状に天井や壁や、鎖につながれた神族たちを照射し、やがて光の源へ帰ってゆく。

その中心にいるのは、細い首に三日月鎌をつき立てた〈揺るる火〉と、愕然としてそれを見あげる灯子だった。部屋いっぱいの光といっしょに波をえがいていた銀の髪が、その動きをゆるやかにして持ち主の背中へ肩へ流れかかる。

光が消えたあとに立っている少女たちは、あまりにか細く、弱々しかった。

「これで、火狩りの王が生まれた」

薄い皮膚をつらぬいている鎌を、装身具のように自らの手で支えながら、〈揺るる火〉が口をきいた。真夜中に浮かぶ月のおもざしをやどして、その顔はおだやかに頬笑

んでいる。

「わたしはこの世界で、なにも選べない。なにも、選びたくなかった。だけどあなたを選ぶ」

灯子のあごが、ふるえている。やさしく頬笑む星の子を、なによりも残酷なものをまのあたりにした顔で、見つめている。

「な、なんで。こんなこと、なんで……」

声をわななかせる灯子のむこうで、ひばりが目を閉じ、うつむいた。少年神は悲愴な顔をしながら、それでもなにも言わなかった。

長いまつ毛をふせ、目を細めた〈揺るる火〉は、幸福そうですらあった。

「わたしがかつて、軌道上から見おろしていたすべての人に、あなたは似ているから。逃げまどい、泣きさけんで死んでいった、すべての生者と死者に、あなたは似ているから。絶望しながら、それでもたすかりたいと願いながら、洗いざらい死んでいった者たちに。人に生まれた意味さえ奪われて死んでいった者たちに。——わたしがたすけたいと願い、決してたすけることのできなかったすべての者たちに、あなたは似ているから」

灯子が目を見開いたまま、かぶりをふる。結わえた髪が、弱々しく自らの背中をさった。

ほのかに〈揺るる火〉が笑ったが、それは声にはならなかった。

「だけど、ごめんね。きっとあなたたちの望むほどふんだんには、もう火が残っていな

いの。この先の世界をずっと維持しつづけられるほどには。

と力を使ったし、あの子に、綺羅にわけてあげたから」

いたずらを打ち明けるように、〈揺るる火〉が言う。

「ねえ、入れ物を持っているでしょう?」

〈揺るる火〉の言葉の最後は、こちらに、煌四にむけられていた。煌四はみぞれの背中

から手をはなし、首に三日月を飾りつけた〈揺るる火〉に、ゆっくりとむきなおる。

手は自然と、ポケットの中を探っていた。願い文の最後の一通が入った雷瓶。蓋を開

け、中の紙をとり出す。ふたたび床へ降りつもった無垢紙の上を、煌四は部屋の中央の

水槽のほとりにいる〈揺るる火〉のほうへ歩みよっていった。

黙ってさし出した空の雷瓶を、細い手が伸びてきてうけとった。そばへ来た煌四に、

灯子が血の気を失った顔をむける。土で汚れた頬に、涙がすじを作っていた。

〈揺るる火〉の首から鎌の弧を伝って流れた銀色のしずくが、瓶の中へ落ちてゆく。雷

瓶の一本をちょうど満たして、その流れは止まった。

痩せこけた手がかえすそれをうけとり、煌四は慎重に蓋を閉めた。雷火を封じたとき

とはべつの輝きが瓶の中にやどり、そのつめたい感触が、指先から心臓へ伝わった。

「黒い森から人間の生息地をへだてる結界。いままで手揺りがたもってきた結界を、すこ

しのあいだなら、その火で守ることができる」

「いや……」

遠くまで飛ぶのにずいぶん

顔をゆがめ、うんと幼い声音になって、灯子が言葉をしぼり出す。

「いやじゃ。せっかく、帰ってきなさったのに。姫神さまに──お姉さんに、やっと会えたのに。なんで？　なんで、死なんとならんの？」

自分の体にあった火をとり出しおえて、〈揺るる火〉はもう一人の姉妹であるはずの常花姫が鍛えた火狩りの鎌のみごとな弧を、その感触をたしかめるように手でなぞる。

「手揺ももう、これ以上、無理に延命をうけなくていい。姫神の務めは、もうおわり。神族による統治もおわり。これからは」

「だめです。納得できん。昔に死んだ人たちに似とるというんなら、明楽さんも、お兄さんも、緋名子もクンも、みんな似とるはずじゃ」

はげしくかぶりをふる灯子を見おろし、〈揺るる火〉は首に刺さった鎌の弧をてのひらでなぞった。

「だから、あなたなの」

よろめきかける灯子を、駆けよった明楽がうしろから抱きとめた。くくりあげた赤毛を揺らし、明楽は灯子の頭に自分の顔を埋める。明楽の肩がふるえている。自分たちを守る犬を連れた明楽と灯子のすがたが、そのとき、姉妹のように一つになって見えた。

衣擦れの音をさせて肩を揺すったのは、木の神族の瑠璃茉莉だ。

「千年彗星が決めたのなら、逆らえる者はいないと言ったろう。それがどれほどばかげた決断であろうと、だれにも止めることはできない」

わずかの動揺もふくまずにそう言い、紅を引いたくちびるには、形のよい笑みを浮かべたままだった。

「お前も異存はないのだろう？」

問いをうけて、ひばりは張りつめた表情をまっすぐに〈揺るる火〉へむけた。

「……姉上の選択を、だれにも邪魔立てさせない。これまでの長きにわたるお務め、その孤独とご心労を、ずっと案じてまいりました。どうかどかに憩われますよう」

明楽の短刀に斬りつけられて血のにじんだそでを姫神から隠すように体をかたむけ、片方のひざを立てて、〈揺るる火〉に、そして水中へもぐった手揺姫にかしずく。ぎこちないながらも、その言葉や動作にためらいはなかった。

「灯子」

背中から抱きすくめている灯子に、呆然（ぼうぜん）としているその顔に、明楽が呼びかけたときだった。

体をふせていたエンが動いた。立ちあがると同時に、被毛のあいだから噴き出す金の火の色を、いっそう濃くする。老いた犬は力をふりしぼり、ひと息に距離をつめると、高々と飛んでおどりかかった。つめたく発光する目が、灯子をとらえていた。

明楽が折れている腕で灯子をかばい、自分の体を下へかまえた。かなたが牙をむいて身をおどらせたが、エンがふりまわす頭部にはじかれて、敵を捕らえそこねる。吹き飛ばされたかなたを呼んで、灯子が手を伸ばす。その手を、敵意をあらわにしたエンの牙

がねらう。　煌四は、灯子の前へ出ようとした。

しかし、それより速く、小さな白いものが動いた。

「てまり！」

灯子とてまりの悲鳴がかさなった。灯子と明楽の前へ身をおどらせたてまりの後脚と尾が、大犬の牙に捕まり、咬み裂かれた。

うなりながら頭をふるって、エンが邪魔者をふりはらう。戸口のほうへ大きく投げ出されたてまりの下に、点々と血が飛んで無垢紙を赤く染めた。

「お前……」

なおも脚に力をこめるエンに、明楽が鎌をふりかざす。だがこの距離から襲ってくる獣を、片手で迎えうつのは無理だ。煌四はとっさに、灯子と明楽をつき飛ばそうとした。

せまる牙から、わずかでもよけさせることができれば——

そのとき、どっと音を立てて、エンになにかがぶつかった。

跳躍しかけていたエンはあっけなくはじき飛ばされ、無垢紙の上へうしろざまに落下する。小柄な影がその上へ乗りかかり、ふりまわされる脚を素手で押さえこむ。さらにこぶしをわき腹へたたきつけると、大きな年老いた犬は、悲鳴をあげて飛びすさり、尾をまるめておびえの姿勢をとった。

参をしめしている大犬を見おろして立っているのは、白い寝間着すがたの影だった。エンの横腹に、水晶の守り石がつき立っている。体をぐら

りとかたむけてこちらをふりむいている小さな顔。……緋名子だ。

クンといっしょにキリのもとにいたのに。高熱がさがらないまま、眠っていたはずだ

った。こちらをむいた顔は、赤黒く火照っている。充血した目がうるんで、いまにも涙

が頬へこぼれそうだった。

前脚で宙をかいて起きあがろうともがくてまりを、すべらかな紙の海がじれったく邪

魔している。

緋名子は身をひるがえし、恐慌状態で短い悲鳴をあげつづけるてまりのもとへひざを

ついた。

傷をおって体勢を崩したエンを、鼻面にしわを寄せて牙をむいたかなたとみぞれが、

前後から威嚇する。狩り犬たちにうなり声をあげるエンの体に、ずるずると地中から現

れた樹木の根がからみついた。

「よせ、エン。お前にはもう、守るべき主人はないのだ」

異能で大犬を縛りながら、瑠璃茉莉が告げた。毛並みから火をのぞかせる大犬へそそ

がれていた目が、立ちつくしたままの灯子へ移る。

「しかし無茶な。この娘が新たな統治者か。《揺るる火》、最後の選択までこのざまか」

《揺るる火》の背後で揺らめいていた銀の髪の、めくるめく動きがいっせいに止まる。

関節のつき出たひざを折って、その場へ座りこむと同時に、《揺るる火》の首から火狩

りの鎌がぬけて落ちた。その音にびくりと反応して、自分の身じろぎで姿勢を崩し、灯

子もまたへたりこんだ。

「……〈揺るる火〉、ごめんなさい」

灯子の声は細かくふるえ、まばたきは完全に忘れられていた。

煌四が灯子の肩を支えると、明楽が身をひるがえし、てまりのもとへ駆けていった。

鳴き声が小さくなる。緋名子が顔をあげ、明楽に犬のそばをゆずった。

「どうして？　無茶ではない。わたしが選んだのよ」

鎌でのどを裂き、火を失った〈揺るる火〉からは、おそらく急速に生命が失われつつある。それでもなお、背を伸ばして座り、頬笑んで言葉を発した。

「……衛星、というんですって、ほんとうは。地平をいつも見守っている星の呼び名。だけど、わたしには彗星――ほうき星の名がつけられた。遠くから訪れて、希望をもたらすものであるように。……地上があそこまで早くに壊滅状態にならなければ、回収と打ちあげをくりかえすつもりだったのかもしれない。だけどそれは」

星の全土で争いがくりひろげられていたという当時、その計画が遂行されることはなかったのだろう。〈揺るる火〉は一度も地上へもどされず、空へはなたれたままになったのだ。

「手揺の姫神としての力がつきたあとも、わたしの火があれば、黒い森からの結界はすぐには消えてしまわない。けれど、きっと人一人の寿命よりも短いわ。それ以上は無理。

そのあとは――」

「そのあとは、考える。炎魔から身を守る方法を、一人の姫神にたよらない方法を」

しだいに声が小さくなってゆく〈揺るる火〉へ、煌四ははっきりと言った。死んでゆ

こうとする天の子どもを安心させなければと、なぜか強く思ったのだ。

——らいかを　むかえ火のときにとっておく。

父がそう言っていたのだと、母の遺した手紙に書かれていた。迎え火。雷火は、絶望

し、とほうに暮れた千年彗星のための、導きの火だ。千年彗星のためだけではない、星

を迎えたあとに、地上で生きてゆく者たちのための火なのだ。

まだ、残っている。いかずちにあんなに大量に使ってしまったが、まだ父が遺した雷

火はある。その使い道を考えるための知恵が、首都にはある。

「父が遺した雷火を、今度はたくさんの人のために使う。その使い道を、かならず考え

る。約束する」

漆黒とも透明ともつかない色あいの瞳が、こちらを見てうなずいた。

「ひばり。お前は子どものままでいて、いつまでも長生きをして、この子たちを見守っ

てあげて。……ああ、もうすこしだけ、お前といろんな話ができたらよかったのに。ご

めんね、もう遅い」

言葉をむけられて、少年神は目をふせ、かすかにわななきながらこうべを垂れた。

「手揺を連れていっていい？　ずっとここから出られなかったのでしょう。今度は二人

で、空に行く。軌道からはなれて、もっともっと遠くまで行く」

灯子の細い肩が、煌四の手の下で身じろいだ。

「……もどってきますか？」

その声があまりにも慕わしげで、煌四は、灯子の意識が知らない場所へ行ってしまわ

ないよう、肩をつかむ手に思わず力をこめた。

ゆっくりと大きなまばたきを一度して、〈揺るる火〉は笑った。それまでの消え入り

そうな頰笑みとはちがう。感情の揺らぎからすなおに生まれた笑みだと、そう感じた。

「彗星だから、きっといつか」

〈揺るる火〉のうしろから透きとおった手が伸びてきた。　透明な骨になった手と、骨と

皮ばかりに痩せこけた手がかさなる。

銀の髪が放射状に逆巻いてひろがり、それは渦巻きながら縮まって、極小の一点に収

斂する。まぶしい光の一粒が、銀色に強く輝き、空間をつらぬいて照射した。

目のくらむ一瞬ののち、その光は消えた。　静まる。

〈揺るる火〉と姫神。二人の子どもが、跡形もなく消え去った。

白々と明るく感じられた室内の空気が、暗さをまし、重く皮膚へのしかかってきた。

手揺姫の体がひたっていた水槽から、あの銀の魚の光が失せていた。巨大な生き物が

眠りながら嘆息するような深い音が一度、足もとからどよめきわたった。工場の大型の

機械の動力を落とすときの音と振動に、それは似ていた。

振動をうけた天井の照明が、ちりちりと揺れる。揺らぎながら、ガラス製の星々は軌

道をなぞりつづける。

（──時刻計のむきと、同じだ）

円形に針のめぐるそのむきと、この空間を照らす照明の複雑な軌道は同じだった。

消えてゆく光を見送ることなく顔をふせたまま、みずらの髪を揺らしてひばりがきびすをかえした。この場に残った者たちになにも告げずに、そのすがたが空気に溶けて消える。

いまになって、煌四はそのことに気がついた。燠火家の応接室に置かれた昔の時刻計。

瑠璃茉莉だけが、残ってなりゆきを見守っていた。

木の根に縛りつけられたエンは、牙をおさめて身をふせている。被毛のあいだに火を噴くその体から、もう敵意はこぼれ去っていた。

ぐらりと、灯子の肩がかしいだ。煌四の手から逃れて、灯子は体をまるめてつっぷし、しぼり出すように泣きだした。身におさまりようのない嘆きをこめた泣き声が、室内に響きわたった。

灯子のにおいを嗅ぎ、落ちている鎌のにおいを嗅いだ。汚れた灰色の被毛から、荒々しくほがらかな気配が立ちのぼった。

火狩りの王に……灯子がなったのだ。

父親がたすけたのだという少女が。黒い森を越えて、かなたを連れてきてくれた少女が。この部屋を埋めつくす無垢紙を作っている村で生まれたという少女が。

けれど、王になったはずの少女は、下をむいて背をまるめ、迷子のように泣いている。

「灯子」

狩衣のそでを裂いて、そこへつっんだてまりを抱いた明楽が、こちらへ近づく。そうして、泣いている灯子へ、まっすぐに告げた。

「生まれた。火狩りの王が」

つづく言葉をかけようとする明楽を、頭をはげしくふるって顔をあげ、灯子がさえぎった。

「ち、ちがう……ちがいます。明楽さん、明楽さんが、火狩りの王になりなさらんと、だめじゃ」

涙を引きずった声で、灯子が訴える。明楽はなにも言わずに、灯子の頭にてのひらを載せた。煌四の手には、〈揺るる火〉の火が入った雷瓶がある。

顔をごしごしとぬぐって息を吸うと、灯子は自分の体の深いところから、声を呼び起こした。もう揺るがないその声が、かたわらにいる犬にむけて、命じた。

「かなた」

たったのそれだけで、通じる。

かなたは〈揺るる火〉の手から落ちた火狩りの鎌をとり、口にくわえたそれを、明楽にさし出す。細かに痙攣する手が、雷瓶をつつむ煌四の手にそえられた。灯子が煌四の手ごと、明楽のほうへ動かす。

煌四は自分の身が慄然としてふるえるのを感じた。灯子の、泣き濡れた目にやどる光、それがはるかに遠く、深いどこかからさしているように思えて、細い手に一切あらがうことができない。

「あ、明楽さんにもろうた、コバルト華。わたし、あれを、紙漉き衆のとこへ、持って帰らんと……叱られます。なぐられて、ごはんもぬかれる。王さまには、なれんです」

ぎゅっと目をつむってべそをかく灯子に吹き出して、明楽がその頭をくしゃくしゃとなでた。

「ばか。せめて王さまらしく、命令だって言うもんだよ。……だけど、そうだね。灯子には、帰らなきゃならない場所がある。こんなにチビなのに、よくやった、よく生きてた。あとは、ちゃんと帰らなきゃ。──でも、責任とれるかわからないや。あたし、こへ願い文をとどけることだけで頭がいっぱいで。ばかだからな。きっとしくじるよ」

低めた声で言う明楽をまっすぐ見あげて、灯子がかぶりをふる。

やがて明楽が真剣なおもざしで鎌と雷瓶をうけとった瞬間、煌四は圧倒的な安堵に、押しつぶされそうになった。体を支える力がぬける。

明楽の腕の中で、てまりがふるえていた。早く手当てをしなければならない。

「その傷は、自分たちでなんとかしろ。これからはお前たちが国土を治めるのだろう。神宮から去るまでは手を貸してやるが、それ以外はなにもせん」

瑠璃茉莉が、明楽の折れた腕とてまりとを見やった。

　煌四は立ちあがり、緋名子のほうへ体をむけた。そのとき、ひと声吠えて犬が呼んだ。みぞれだ。ふりむくと、層をなしている無垢紙を前脚でかき、床を踏んでもう一度吠える。

　犬の合図にはっとすると同時に、足が駆けだしていた。みぞれの呼ぶほうへ走る。みぞれの細い前脚に蹴散らされて、白い紙が舞う。手揺姫の文字が書き記された紙が、雪のように惜し気なく舞い散ってまた落ちる。

　みぞれが大量の無垢紙をかきわけたそこには、黒い土が顔を出していた。やわらかい。だ犬がさらに掘ろうとするその土へ、煌四はひざまずいて手をふれた。やわらかい。だれが寒さをしのぐためかぶせたかのように、その部分の土は空気をふくんでいた。爪を立て、土を掘った。夢中で土をどけ、ほぐれている土にも負けて感覚が消えかける指先が、やがて質感のちがうものにふれる。痛む手を止め、慎重にそれをなぞった。その下にあるはずのものを決して傷つけないように、息をつめながら土をどける。

　目を閉じた白い顔が現れた。首に巻かれていた包帯ははずれ、赤黒い傷口がむき出しになっている。高く通った鼻すじも秀でたひたいも、もう子どものものではなくなりつつあるのに、力のぬけきった顔は幼子のようだ。土のからみつく髪のすじに指をさし入れ、綺羅の頭と上体を、土の中から抱き起こした。土が、あっけなくその形を崩し、人の手の形をして綺羅の体にまとわりついて見えた土が、あっけなくその形を崩し、ほろほろとこぼれていった。

名前を呼ぶことができなかった。返答がなかったらと思うと、おそろしさで視界が青黒く染まった。

緋名子がうしろに立つ気配がする。

「綺羅お姉ちゃん」

ひどくなつかしそうに呼びかけて、妹にまだひどい熱があるのがわかる。

近づいただけで、安らいでいた綺羅の顔に、苦痛が刻まれた。——生きている。

浅い息を吸う音がして、綺羅に呼びかけなくてはと焦りながら、声を出すことができなかった。

綺羅に寄りそう緋名子の背中へ腕を伸ばした。背骨の浮いたか細い背中は、犬のような体温をやどして鼓動を打っている。

やがて綺羅の手がゆるゆると持ちあがって、緋名子の手をにぎった。綺羅が伝えようとして、しかし言葉を見つけることができないでいることをみんなくるむようにして、緋名子がその手を自分の胸へ抱きよせた。

真上で、星がめぐっている。世界がいつまでもおわらないと無邪気に信じているかのような、古い時刻計と同じに。一度は死んだ世界にも、いまだにその円がめぐりつづけている。

「お姉ちゃん！」

キリの手を引いて部屋へ入ってきたクンは、明楽に突進しかけ、あわてた灯子に危うく止められた。やっと形見の面を抱いて、炎魔の入った瓶がならぶ棚から這い出てきたのだと、煌四はほっとした。

「外へ出ろ。下へおろしてやる」

瑠璃茉莉が言い、自分をにらみつけるキリにあごをしゃくった。綺羅を支える煌四のうしろで、よろよろと走ってきた灯子が、しゃがんで緋名子に背中をむけた。灯子の慣れた動作にとまどった顔をしながら、緋名子はおとなしくその背中につかまった。

犬たちを連れ、暗い坑道をぬけて地上へ出る。幾度か長い階段をのぼった先に出口があり、それは外からの侵入者を拒んでふさがれていた。出口をふさいでいたのは、木の氏族の異能でからめた植物のつるだ。瑠璃茉莉が手をふれると、それはするすると、ほどけて煌四たちを外気にさらした。

肌が、肺が、ぷつぷつと空気に反応する。

崖の上に、まともな足場はなくなっていた。地面はほとんどでたらめに隆起しあるいは陥没し、神宮の瓦礫もつき出した岩も、もろともに土の中に埋もれかかっている。この場で命を落とした者たちの骸もまた、崩れた地面の下へ深くくるまれて、もとの場所にとどまってはいなかった。

炉六の亡骸も、見あたらなかった。なにかの下敷きになったのか、土に呑まれたのか、

あるいは崖下へ投げ出されたのか……みぞれがあちらへこちらへと鼻のむきを変えてにおいを探ろうとしていたが、やがて明楽のそばへ自分から寄りそい、抱かれているてまりへ気遣わしげに顔をむけた。

視界のはてに、光りながら横たわっているあれはなんだろう。反射する巨大な鏡がひろがっているかのようだ。その手前には工場地帯が、複雑な影を入り組ませている。

（……海だ）

むこうに燦然とひろがっているあれは、いつも見ている海だった。灰色に鈍く揺れるしか能がないと思っていたものと同じ、海。海が照りかえしているもの。目よりも先に皮膚に感触がとどく、そのまぶしいものの正体を、煌四は生まれてはじめて見るように思った。

太陽だ。

のぼったばかりの日の光が、まっすぐに神宮のあとと地へとどく。

神族の住まうこの場所には、春の日の出の光が一直線にとどくのだ。そのように計算して、首都をここに築いたのかもしれない。

地を這う者の思惑も、その破滅もひとしなみに、燃え輝く天体の波がひたしてゆく。そのどれ光。炎魔の火も、雷火によるいかずちも、〈蜘蛛〉の炎も遠くおよばない。天体から照射されるまぶしさと暖かさに、煌四は危うく、綺羅をよりも遠く大きな火。担いだままひざを折ってしまいそうだった。

足を踏みしめながら思い出す。世界におわりが来ないと信じる、その愚かな無邪気さの象徴だとばかり思っていた、古い時刻計のめぐる針。それはただ単に、この圧倒的な循環を小さな機械に写しとっただけのものだったのだ。耳障りな、実直な作動音が耳によみがえる。

天体のめぐりを、人の手が精緻に模倣した形。明楽の兄が隠した中央書庫の手綴じ本の文字列のしかけも、それと同じ形だった。

その形をなぞって、世界はまだめぐっている。

かなたが崖の上で朗々と遠吠えをした。それにこたえる声が、工場地帯の方々からあがる。まるで犬たちが、新しい王を歓迎しているかのようだった。

まだここで生きてゆくのだ。動かなくなるまで、ずっと。

（生きるに値する世界）

ここがそうだ。揺るがしようもなく、はじめからここが、煌四たちの生きて死ぬ場所だ。

肩に頰をあてた綺羅が呼吸の音だけでなにごとかをささやき、煌四はそれにこたえようと、浅くうなずいた。綺羅が泣いているのが、においでわかった。

「帰ろう」

首都へ、町へ、これから生きてゆくべき場所へ。

工場地帯を見つめる明楽の赤毛が、滅びへの反旗のようになびいていた。

六　千年彗星

崖の下へ、キリはおりなかった。　生き木が神宮の地下、木の神族のもとにあるのだという。

「早く治せ。治して、もう一度ここへ来い」

キリが、大けがをおったてまりを抱く明楽を強いまなざしで見つめ、そう言うのを灯子は聞いていた。　明楽がうなずく。　キリへむける横顔が、たのもしげだった。

あんなに光に満ちていた崖の上からおりると、地上はまだ夜の懐の中にあった。

〈蜘蛛〉たちの墓を作りかけて、クヌギは立ったまま動かなくなっている。　その足もとに、生き木が完全にしおれて枯れていた。　生き木を失い、クヌギは動かない。　死んでいるように見えなかった。　どうしても見えなかった。　長い年月をへた巨樹が、生えるにはふさわしくない場所へ、それでもわがもの顔をして立っている……その樹木化した皮膚のあちこちにやどる種子や眠る虫たちの気配に、灯子にはそうとしか感じられなかった。

〈蜘蛛〉の死体の一つに抱かせた。　小さな手で、上からいくつかみかの土をかぶせる。

クンがかがみこんで、黒い森から採ってきた虫の入った瓶を、土に埋もれかかった

封をしたままほうっておけば、虫たちはやがて死ぬ。人体発火を無効にする毒ごと、葬られる。——クンが仲間たちの死体といっしょに特別な虫を埋葬しようとするのを、だれ一人とがめなかった。

するすると足もとから、日に干された血管のような木の根がしりぞく。木の根を操って灯子たちを崖下へおろした瑠璃茉莉のすがたはいつのまにか消え、キリと同様、神宮のあと地へとどまったらしかった。

工場群の影が、朝の陽にさらされて濃く舗装の上へ引きずり出される。その焼きつくような影の上を、灯子たちは歩いて町へむかった。

おぶっていたはずの緋名子はいつのまにか、背中からおりて灯子の腕を抱きかかえていた。これでは、どちらが支えられているのだかわからない。緋名子の体は熱いままで、呼気からは苦いにおいが立ちのぼった。

全身が砕けるほどの苦痛にさいなまれているはずなのに、緋名子がほのかに笑う気配がした。

「灯子ちゃん、歩きながら夢を見てる」

透明な虫の羽音ほどのささやかな声は、きっといま自分と、そばをはなれず歩くかたにしか聞こえていない。そう思った。

（……うん。よう見えんもの、夢の中みたいじゃ。うんとくたびれた）

このおぼつかない体が、焼けてしまった両親から引きうけたものだと思うと、こんな

ふうに使って申し訳のない気持ちがした。ひりひりとする足も、からっぽに慣れた腹も、重い両手も、ようやっと灯子にそれぞれの苦痛を訴えながら、寄りそってきた。

灯子の思ったことに、緋名子がうなずく。まるでこの子と、もうずっと姉妹であったかのような気持ちに、灯子はなった。

「疲れた。……もし、先に死んじゃったら、お兄ちゃんがこまるかな」

（こまる。ううん、悲しんでじゃ。治るよ。もう、充分に死になさった）緋名子は、も

う、死んだらいかんよ

なんとはげしい光と影だろう。豪雨が降りやみ、空を鈍くおおっていた雲も去って、きつすぎるほどの太陽の光がさす。それは工場地帯の壊れた建物や生き残った建物を洗いざらい照射し、読みとれない文字のように黒い影を地面へ刻印する。

日光が、疲れきっていまにもひしゃげそうな灯子の意識までつらぬいて照らしてゆく。

灯子はそのまぶしさに揺さぶられて、痛む首を伸ばし、くらんだ目を頭上の空へむけた。

夜はもうしりぞいて、懐深い藍色が高らかな青へ変じてゆく。……その青さの中に、灯子は意識が吸いこまれるのを感じて目を閉じた。

もう一度まぶたを開いたとき、そこは、地平を見おろすあの空間だった。灯子のほかに、まわりにはだれもいなかった。いまいっしょに歩いていたはずの、明楽もクンも煌四も、緋名子も犬たちもいない。黒々としたはてしない空間に、灯子はぽつんと浮かんで、なつかしい地平を見おろしていた。

緋名子の言ったとおり、夢を見ているのだ。片腕には、高熱のこもる細い体の感触がはっきりとある。ちゃんと目をさまして、緋名子を町へ連れもどしてやらなければ……

そのとき灯子と地平とのあいだに、揺らめく銀の髪が現れた。あらゆる天候を内に秘めた雲のように、それはひろがってたなびき、渦を巻いている。

「〈揺るる火〉……」

灯子をたすけた火狩りの鎌で、自らのどを裂いたはずの天の子どもが、そこにいた。

痩せ細った体のかたわらに、もう一人──大きな目をうっとりとふせた少女が、〈揺るる火〉と手をつないで浮かんでいる。

〈揺るる火〉の銀の髪とは対照的な、深い黒髪。地面のある場所へ立っていれば引きずる長さの赤い装束には、金の花模様がちりばめられている。長いまつ毛を備えた目もとが、〈揺るる火〉と瓜二つ[瓜二つ]だった。そしてそのほのかな笑みは、童さまにそっくりなのだ。

「手揺姫さま」

灯子の声に、その少女はこくりとうなずいた。やっと再会できた姉妹と手をつなぎ、心から安らいだ顔をしていた。

"千年たったら、また帰ってくるかもしれない。空から、またこの景色を見に。──だけど、この星での千年が、空のかなただとうまく計れないかもしれないから、約束はできない"

〈揺るる火〉の声が灯子に告げた。

黒い月はこちらを見おろさず、後方に浮かんでいる。地平のふちから、光が兆した。まぶしい、昼間をもたらすあの巨大な天体だ。土をぬくもらせ、木々にも虫にも畑の菜にも、川の水にも、人にも獣にも滋養をあたえる、あの天体の光がさす。夢を見ている灯子の頭にいま、くらくらするほどの力をそそいでやまない光の源。

その光からそむいて、〈揺るる火〉と手揺姫は、澄んだ銀の尾を引いて飛びたった。虚空のかなたへ。

千年ののちには、またこの近くをめぐるのかもしれない。あるいはもう、会えないのかもしれない。

それでも、その軌跡が一切の迷いのない線をえがいていたので、灯子は安心して、見送った。

「灯子ちゃん」

緋名子が呼んだ。

「うん」

うなずいた瞬間、灯子は自分の重みに足をくじきそうになった。緋名子の熱い腕が灯子を支える。……早く、この子を寝せてやらなければ。よくしぼった布巾を、ひたいに載せてやらなければならない。

灯子は視線をあげ、明楽のうしろすがたただけを見つめて、重すぎる体を前へと運んだ。

　その腕に抱かれているてまりは、もう悲痛な鳴き声をあげてはいない。

　犬たちの声が、壊れた景色に朝をうけ入れる工場地帯に響く。灯子たちと同じ方向へ駆けてゆく足音が、走る影があった。かなたの遠吠えにこたえた犬たちもまた、帰るべき場所へもどってゆくのだ。鍛えられた四肢に力をこめ、尾をふり立てて。

七　祈り花

　町へもどってから、灯子は六日間も眠っていたのだと、やっと目がさめた日の夕方に教えられた。

　ひしひしと骨や肉に沿ってやどる痛みを、それでもようやく自分の体になじませて、灯子は眠りを脱ぎ捨てるように、目をさました。そばにずっといたかなたが、落ちついたしぐさで鼻や口をなめ、頬に頭をこすりつけてきた。

　そうしてゆっくりと、日常に這いもどった。

「手足のしびれはなあ、ちゃんと食って寝て、毎日もんで血の流れをよくするくらいしか、できそうにないな。こんな状態でも、まあ動くには動けるだろう。幸運といえば幸運だったのかもなあ」

　海際の家まで具合を診に来てくれた闇医者は、ぶっきらぼうにそう言いながらも、どこかくやしそうに口をゆがめていた。

　何日も休んでいないのだろう。顔色が悪いうえに、着がえもろくにしていないようで、服や体がにおった。

「もうしばらくは安静にしていろと言いたいところだが、そうもいかんのだろう。まあ、そんな連中ばかりだ。燃料もたらんし、勤め先がまるごとなくなった連中であふれかえってるからな。働かずに寝転がっていたら、回復どころか飢え死にする。まったくひどい世界だ」

口をはさまずにただ聞いている灯子にむかって、ほとんど愚痴のように言葉をつらねてから、闇医者は苦々しい顔のままつけくわえた。

「お前さんも回復するのを待ってたら、回収車に乗り遅れるんだろ」

「……はい」

灯子は、すなおにうなずいた。

照三の家の、ここは台所として使われている部屋だ。もう隠れる必要もないだろうと、ぶ厚い窓掛はとりはらわれていた。窓から、午前の陽がさしている。

おじさんは工場の復旧にむかい、おばさんは作業場へ仕事に出ている。工場地帯は壊滅的な状態で、復旧のために工員たちや技術者たちが昼夜の境なく働いているのだという。おじさんも、ここへもどるのはほぼ三日置きで、休むひまなく工場地帯につめている。服の替えをとりにもどったとき、灯子が起きたので安心したと、表情のかたい顔で、それでも笑っていた。

医者は、やれやれと息をつき、きついにおいのする飴を口にほうりこんだ。

「で、あの重傷の息子はどこにいるんだ？」

晴れている。神宮から出たときに見たあのつらぬくようにまぶしい光と、窓ガラスに降りそそぐおだやかな陽光が同じ天体からもたらされているのだと思うと、不思議な気持ちがした。

「照三さんは、火穂といっしょに出かけとって」

や知りあいに、挨拶に行くんじゃ、言うて」

こたえると、医者は思いきりいまいましそうに顔をしかめた。

「あの娘っ子とか？　あの小娘、ずっとこの家から出てなかったんじゃないのかよ。いきなりこんな天気に、けが人連れて外うろついて、たおれちまうぞ」

灯子は、医者の荒っぽい言葉に、かたわらに座るかなたの頭に手をそえてこくりとうなずく。

歩けるようになるなり、照三は火穂に支えられながら、自ら回収車の乗員たちの家族や身内のもとに、それぞれの鑑札をとどけてまわっている。寝ついて弱りきった体を引きずり、時間をかけて。片方しか目がないと、距離が読みとりにくくなるらしい。水路だらけの町を、うっかり転倒することのないよう、火穂がぴたりとつきそって歩いているのだ。

「はい。心配じゃから、あとで迎えに行きます。……ありがとうございます、お薬屋さんの時間じゃのに、診てもろうて」

頭をさげると、闇医者は虫でもはらいのけるように手をふった。

「いいよ、薬局どころじゃないんだよ。けが人だらけで、こっちが本業になりそうなぐらいだ」

けが人、とひと言で言った中には、炎魔との戦いで負傷した火狩りもふくまれ、そして神族によって体を作り変えられた人々もふくまれる。緋名子のように体を作り変えられた者は、その後まともに動くこともできずに寝ついているのだという。あるいは目や手足に変調をきたし、もとどおりの暮らしができなくなっている。それでなくともわが身に起きた変化をうけとめられず、正気をたもっていられない者もあるという。いまだに行方知れずの者も多く、どこへすがたをくらましたのか、あるいは命を落としたのかもわかっていない。

「赤毛の火狩りは?」

いま口に入れたばかりの飴を、医者はぼりぼりと嚙み砕きはじめる。

「燃料の調達に、って、狩りに行っとりなさります」

炎魔を狩って火を得るため、神族がふさいだ崖のトンネルは、どの工場よりも優先させて復旧を急いだのだという。トンネルの復旧に神族が手を貸したのだとうわさされているが、ほんとうのところはさだかでないのだとおばさんが言っていた。

「ああ?　あれはまだ、腕の骨がくっついとらんだろうがよ。なんだって無茶しかしないんだ、あのじゃじゃ馬は」

悪態をついてまた飴玉を口へほうりこむ医者に、灯子は自分が叱られたような気にな

って肩をすくめた。かなたが口を開け、舌を出して眉間を持ちあげた。

「あ、あの、どうしても火がたらんそうで、そいで、動かんとおっては体がなまってし

まうから、て……」

「腹が立つなあ、まったく。知らんぞ。ばかは医者には治せんからな」

医者はそうこぼして、日あたりのよい台所のすみを見やった。

床に置かれた後脚は、動かすこともまげることもできず、そろえて伸ばしたままになってい

砕かれたかごの中、かさねた毛布の上に、てまりがまるまっている。エンに噛み

る。視線に気づいたてまりが、顔をあげもせずにこちらを見、フンと鼻を鳴らしてまた

昼寝にもどった。白いにこ毛に、日の光がたっぷりとそそいで甘いにおいをさせている。

「……ちょ、ちょっと待てチビすけ。歩くの、早すぎだ」

「あ……すいません。座って、休んでですか？」

灯子がふりむいてそう問うたときには、もう照三は水路わきの小さな石塔にしりを引

っかけ、荒い息をなんとか整えようとしていた。

「暑いなあ」

ぼやいて、ひたいの汗を右手でぬぐう。左腕は、折りまげて包帯で吊るしたままだっ

た。動かす訓練はしているのだが、指先の感覚が断ち切られ、思うようにはいかないら

しい。

照三の座るそばまで歩みをもどして、灯子は照三が背後の水路へ落ちないよう、それとなく気をつけながら、空を見あげた。工場の稼働が以前の半分以下になっているというから、空を流れる排煙はすくない。でたらめな光の粒が泳ぎまわる目にも、空が色を深めていることがわかった。村を出たときには、まだ春も深まりはじめたばかりだったが、もう季節は初夏へ移ろうとしている。

「火穂にも、来てもろうたらよかったですね」

首をかしげる灯子のかたわらには、かなたがいる。かなたもまた、この陽気に、長い舌を出して息をしている。　照三は石塔に腰かけたまま、汗をぬぐっていた手をひらひらとふった。

「いや、今日は挨拶まわりじゃねえしよ。　火穂も、ちょっとは休ませてやらねえとな。ずいぶんと、無理させちまったし」

回収車の乗員たちとともに工場地帯へ出てきたあのときをのぞいて、それまで家から一歩も出ることのなかった火穂が、死んだ乗員たちの家族のもとまで幾日にもわたって首都を歩きまわり、嘆きや悲しみの感情をあらわにした人々をまのあたりにして疲れはてているのを、照三はひどく申し訳なく思っているようだった。今日は火穂が家で休み、かわりに灯子が外出につきあっている。

灯子が首都へ来たとき、景色には色彩がなかった。昼間でもひとけがなく、汚水のにおいがよどんでいるばかりだった。

あんなことが起こったあとだから、町の空気はさらに重くなるものだとばかり思っていた。ところが、軒先や街頭に色とりどりの細布が結わえられ、それが風になびく下を、何人もの人が行き交っている。人々が、壊れてしまった日々を飾りたて、にぎやかにし、せめてもの抵抗を試みているように、それは思われた。力仕事のできる者は工場とトンネルの復旧に出むいているため、ほとんどが子どもや女たち、老人たち、あるいは負傷者だ。

たくさんのにおいがする。路地の開けた場所を見つけては、人々が急ごしらえの露店を開いているのだ。食べるもの、着るもの、器や糸や照明器具、どこから持ち出されたものか、床几や敷布を使った即席の店には、寄せ集めの品々がならんでいる。品はどれももどぼしく、呼びこむ声には空腹のため力がこもっていない。それでも人が、町で生きてゆこうとしていた。

めざす先は、海に近い共同墓地だ。

かなたが、ひらひらと飛んでゆく小さな蝶を見つけ、鼻先だけでその飛行のあとを追う。

クンの遣い虫だろうかと、一瞬その虫を目で追った。

クンは町の人目につかないよう、いまは、明楽の新しい住まいにいる。神宮のあと地に近い、栽培工場の中に。雷火による攻撃に加担していた工場主が、火狩りの王となった明楽に建物を提供したのだ。工場であるから、人が住むのに適してはいないはずだが、

そこならば生き木からも近く、キリもいっしょに住むことができる。

クンとキリ。《蜘蛛》の子どもと木々人の生き残りである二人が、新たな統治者となった明楽のもっとも近くにいる。世を治めるのは、人間だけでも、神族だけでもない。火狩りを生業とする者たちだけでもなく、まるでちがう出自を持つ者たちにそばにいてほしいのだ――明楽は、そう言っていた。まちがいを犯しそうなときには、それを教えてくれるはずだからと。

「花がないんですね、首都には……」

灯子は地面をきょろきょろと見まわす。ごたつく町並みに、細い緑の葉を、舗装の割れ目からするすると伸ばしているばかりだ。煌四の父親である火狩りの墓へは、供え物の花を欠かさなかったのに。

いまそれらは花を咲かせる時季ではなく、雑草ぐらいしか、いくらでもあるんだけどな」

「ああ、首都にはそんなもんねえよ。食えねえし、売れるわけじゃなし。ぱっとしないよろよろと立ちあがりながら、照三があくび混じりに言う。

「危ない、落ちてですよ。落っこちてけがでもしたら、また火穂に叱られる」

あわてて背中を支える灯子に、照三はぼりぼりと、首のうしろをかく。ひょっこりと重心を前にずらして、だらしのない姿勢をとった。だるそうな目もとは、すっかりもとの照三のものだった。

「落ちねえよ。火穂、あいつ、あんなにおっかなかったっけか？　たしかに、回収車を

あちこちぶち壊して脱走してたけどよ」

うんざりしたようすの照三に、灯子の口から、笑いがもれた。

「照三さんが、危なっかしいから怒るんじゃ。火穂は、もともと強いですよ。鬼嫁さん

じゃ」

包帯でおおわれていないほうの頬をかき、照三はくちびるをまげた。

「……なんか、チビすけ、変わったな」

「え？」

灯子が目をまるくすると、かなたがぱたぱたっと首をふるった。照三が歩きだし、灯

子と犬はそれについてゆく。

「もっとべそかいて、外へも出られなくなるんじゃないかと心配してたんだ。あの無鉄

砲な女火狩りといっしょに、大変だったんだろうけど――よかったな。お前、強くなっ

たな」

思わず足を止め、照三の背中を見あげながら、灯子はうなずいた。かなたがゆるやか

に尾をふるのと同時に。

「うん」

よく晴れて、町のいたるところにはためく細布が色あざやかだ。風が空気中の埃を吹

きはらったためか、今日は灯子の目にも幾分景色がくっきりと見える。さかんに寄って

くるカラスをものともせず、路地には露店があふれ、食べ物をこしらえる油のにおいが流れてくる。この町のごたついた景観と祭りのようなにぎわいが、日常だったものを失った人々をつつむのに、ふさわしいように思われた。

「照三さん。明楽さんがおりなさったら、もう大丈夫ですよね。きっと、この世界は。――それに、明楽さんのそばにクシやキリがおって、煌四さんや照三さんがたすけてあげなさるんなら」

照三が、心底うんざりしたようすで肩をすくめた。

「まわりは全員苦労するぜえ。なにしろあれは、無鉄砲とむこう見ずと運動神経だけでやってきたんだからな。あとは運。……権力者なんてのはなあ、自分にとってはなんの恨みもない連中となんの恩義もない連中をまとめて束ねて、きらわれ役をやるもんだろうよ。あのお人よしに、そんなこと、まともに務まるかよ」

「そいですから、照三さんが手伝うてあげなさるんでしょ？」

灯子がそう言うと、照三はうへえ、とおかしな声をもらした。

明楽からの招集に応じた火狩りたちはこれから、回収車で各地をまわる。土が狂った村や、もっと深刻な事態が起こっている村もあるだろう。《揺るる火》が残した火の力で、各村の結界はしばらくはもつはずだが、それもいつまでもというわけではなく、いずれ消える。村だけではない、首都も。

これからの世界をどうするのか――いま、火狩りの王となった明楽を支える照三や煌

四、首都の火狩りたち、工場の経営者たちや学院の知恵ある教師たちが、話しあっている最中だった。その中で、すでに決定しているのは、一つずつの村に、最低一人の火狩りを専属者として配置すること、そして村人への火狩りの技術の継承だ。そうなれば、村人は半年に一度まわってくる回収車の持ってくる火を待たなくともすむようになる。

村の生きる道は、これからは首都との物品のやりとりだけではなくなるだろう。

　町をはさんで、工場地帯とは反対側が共同墓地だ。なだらかな丘陵地に、石に根もとをかこまれた低木がひしめくように植わっている。そのむこうには、海がどこまでも開けていた。

「あの木が墓なんだ。実もつかねえし、でかくならないけどな。それでも……なんかいいだろ。死んだやつらが、ちゃんと土になってる感じがして」

　灯子はかなたとならんで、墓地の土の上にひざを折り、手をあわせた。新しい苗木が、そばにいくつもならんでいる。犠牲になった人たち、狩り犬とともに埋葬された火狩りたちのもの。遺体はないが、回収車の乗員たちのもの。湾で死んでいた、流れの火狩りたちのもの。町の住人たちと火狩りたちが作ったのだという。

「これ……紅緒さんの？」

「おう」

　苗木の中に一本、赤い飾り紐が結ばれたものがあった。灯子はそのそばにひざまずくと懐から守り袋をたぐり出し、自分の守り石を墓に供えた。紅緒に石をわたすことに、

ためらいはない。

（ごめんなさい、ほかにお供えするもんが、なにものうて。今度、綺羅お姉さんに会う
たら、飴玉をもろうてきます。紅緒さん、きっと好きじゃろ？）

灯子は時間をかけて、手をあわせた。海から風が吹く。日差しはきらめきを強くし、
潮風がにおい立った。

もう帰ろうぜ、と照三がぼやくまで、ずっと手をあわせていた。

墓地をはなれる間際、かなたが海のほうをむいて、長く遠吠えをした。なにかを見つ
けたのかとふりかえったが、鈍くひろがる海には、ただ微細な網目状の波がつづくばか
りだった。

**

弱い雨が町の屋根屋根をなでてはいつのまにかやんでいる、そんな天気が何日か、く
りかえされた。そのたびに町の埃っぽさは清められ、半壊状態の工場地帯は雨後にさす
陽光をうけて光った。ずっと暮らしてきた町がこんなに明るい場所だったのかと、朝に
なるたび煌四は静かにおどろいた。

回収車はそうして、予定どおりに首都を発った。

これから黒い森をぬけ、点在する村をまわる。通常なら、回収車に乗りこむ火狩りは

一人か二人だが、今回は乗員とほぼ同数の火狩りが車に乗った。〈蜘蛛〉の毒によって首都付近からへやってしまった炎魔を、いまの調子で狩りつづければ、獣たちが絶えてしまう。遠方の森から火を得てくることが必要だった。

「あーあ、これからは首都でずっと働くだなんて、できるかな。　流れ者の暮らしが長かったからさ」

灯子を見送り、笑いながらぼやく明楽のかたわらには、みぞれがぴたりと寄りそっている。そして明楽の腕には、後脚の動かなくなったてまりが、得意げな顔をして抱かれていた。

「あたしの狩り犬は優秀だろ。　動けなくなったって、ずっと番犬としてそばにいてくれる」

会う者みなに犬を自慢して、明楽はそう語っているのだそうだ。

火を求めてくることとはべつに、明楽が火狩りたちに言いわたしたのは、今後、半年ごとの回収車から火を供給するだけではなく、各村に火狩りの技術を伝え、それぞれの村に狩人を置くようにすることだ。——それに志願した火狩りたちが、回収車に乗ったのだった。森での狩りで回収車に火を蓄えたのち、彼らはおり立った村で長期間、狩りの技術を伝授するためにすごすこととなる。

「鎌も犬も、死んだ仲間のぶん、うんとあまっているからな」

火狩りのだれかが、そうこぼしたという。

かなたを回収車に乗せて送り出すことは、緋名子と二人で決めた。　明楽にはみぞれと

てまりがおり、首都には、かなたと組める火狩りがいない。

　その日はあっけないほど晴れていて、以前ほどの莫大さを失った工場の排煙が、遠い

だれかへむけてふる旗のように風に揺れていた。　修復中の鉄塔の上に、白い水干をまと

ったすがたを見たような気がしたが、はっきりとたしかめることはできなかった。

　灯子を見送り、かなたを見送り、工場地帯で一度会った乗員たちに挨拶をし、泣きや

まない火穂を、煌四は海際の家まで送っていった。　照三はまだこちらまでは歩いてくる

ことができず、年老いた両親はそれぞれに、また仕事へもどらなければならなかった。

　首都に登録している火狩りには、死亡者、または二度と鎌をにぎることのできない負

傷者が多くいる。だが、これから火狩りの技術をひろめていくとなると、いま残ってい

る鎌をすべて使っても到底たりなくなる。

　（雷火を使えば……）

　かつて常花姫が、自ら人体発火を起こしながら鍛えたという火の鎌。雷火を使えば、

犠牲を出すことなく同じ鎌を鍛えることができるのではないか。その方法を煌四は探る

つもりだった。　時間をかけて。

　火十先生をはじめとした学院の教師の中に、いっしょにとりくんでくれる大人たちが

いる。今度は、一人ではない。まちがいそうになれば、教えてくれるだれかがいる。

　火穂を送りとどけたあと、むかう場所があった。　煌四は先のことを考えつづけながら、

ひたすら歩く。

　共同墓地に新しく植えられた苗木を前に、簡素な喪服をまとった綺羅が立っている。簡素な、といっても、裾の長いスカートにはたっぷりとしたひだがとってあり、風が吹くたびその生地が暗い雲のようになびくので、たたずんでいるだけでもそのすがたは充分に優美で、そしてさびしげだった。

　編んで結いあげた髪が、まとまりきらずにほつれ、風の形をなぞっている。

　綺羅は三人の使用人たちに背後を守られるように立ち、ずいぶんとふえた共同墓地の墓標へ、じっと顔をむけていた。

　煌四はためらいを靴の下に踏んでゆきながら、綺羅のもとまで歩く。そばにひかえている使用人たちに、丁寧に挨拶をした。

　ほつれた髪を揺らがせて、綺羅が顔をあげた。その顔は泣いてはおらず、ただ痩せてしまった頬におさまりきらない悲しみが、皮膚からひしひしと漂い出していた。煌四のことをじっと見て、綺羅が首をかしげる。手に持っていたぶ厚い帳面を開いて、その場でなにかを書きつけた。

　『緋名子ちゃんは、元気？　ずっとようすを見に行けなくて、ごめんなさい』

　弱々しい筆致で、それでも緋名子の名前を丁寧に書くところが、綺羅らしかった。

　「……謝ることなんかないよ。ありがとう、気にかけてくれて。もう、歩いて大丈夫

か？』

　煌四の問いかけに、綺羅はこくんとうなずいた。

　緋名子のことはいま、いわお――かなたと組んだことのある狩り犬の飼い主の家族が、見てくれている。綺羅は、使用人たちだけを連れて、自分の両親の弔いにやってきたのだった。

　一本だけ植えられた苗木。名前や碑文を刻印した石は、一つも配置されていない。

『見つからなかったの。お父さまもお母さまも。』

　綺羅がまた文字を綴る。丁寧に書こうとする字が、大きく乱れた。紙の上に、ぱたっと涙が落ちた。綺羅が泣いたことに動揺しながら、煌四はそれをさとらせまいと努めた。

　油百七と火華は、もろともに崖（がけ）から落ちた。あの一帯はクヌギの体からこぼれた植物ギの手によって埋められたのかもしれないが、〈蜘蛛〉（くも）たちの死体といっしょに、クヌがすさまじい勢いで育ち、掘りかえして探すことはできなくなっていた。

　海から風が吹く。かなりの数の工場がまだ機能しておらず、空をくすませる排煙もすくなかった。晴れていると、こんな色をしているものなのかと、煌四は太陽の温度をいだいている空を見やった。

　依巫（よりまし）にされていた綺羅は、しばらくは意識がなく、ふせったきりの状態だった。いまも声が出ないままだ。それでも起きあがって使用人たちと筆談ができるまで綺羅が回復すると、煌四は緋名子を連れて、屋敷を出た。前に住んでいた、町の家にもどったのだ。

金を借りてまでそうしたのは、町で、これからのことをちゃんと考えたかったからだ。学院の教師たちも、そのために手を貸してくれた。

「緋名子が、綺羅のことを心配してた。元気になってほしいって」

綺羅が、黙ってうなずく。

煌四はそのかたわらに立ったまま、名前のない墓標を見つめた。

神族にあたえられた薬の影響で、緋名子は起きあがることができなくなり、口へ食べ物を運んでも、加熱したものをうけつけなくなっていた。しかし、調理していないものを消化できるような頑丈な内臓を、緋名子は生まれつき持っていない。水だけをやっとの思いで飲みくだし、どんどん痩せこけてゆきながら、それでも緋名子は泣き言を言わない。意志の強い獣のように、確実に近よってくる自分の死を、妹は注意深く見すえていた。明かりを消した夜中にも、目だけを大きく開いて、どこか一点を見ているのがわかった。

——かなたを、灯子ちゃんのそばにいさせてあげてね。

灯子の出立が近づいたとき、緋名子は、小さな声で、それでもしっかりとそう言った。

もともと、煌四もそうするつもりだとこたえると、妹は笑った。

——かなたは、さびしがり屋だもんね。

——でも、お兄ちゃんのそばに、だれもいなくなっちゃう。

ごめんね。ごめんなさい。ほのかな頰笑みを、痩せて骨と皮ばかりになった顔に浮か

べて、緋名子は何度も何度も謝った。

綺羅が手ににぎっていたなにかを、苗木の根もとに置く。透明な紙につつまれた、蜂蜜色の飴玉だった。

「……綺羅が、燠火家を継ぐんだな」

煌四の言葉に、墓のほうをむいたまま、綺羅がうなずく。あるいは共同墓地のむこうの、海を見やっているのかもしれない。

うつむく綺羅の目が、墓標よりも深いところをのぞきこんでいる。両親のための、だれも入っていない墓。綺羅の手が、またペンを動かした。

『煌四が、前に言ってくれた。偽肉工場をとだえさせないで、使用人たちを呼びもどす。帰ってきてもらえるようにする。』

のぞきこむ煌四の視界に、ページの上の文字を飾るように、綺羅の髪のすじが揺れる。一度手を止め、それから綺羅は、早口で言いそえるように文字を書きたした。

『首都の人たちが、ひもじい思いをしなくてすむように。村で暮らす人たちも、おなかをすかす心配がないようにしたい。』

決然とした文字に煌四はすこしのま、見入った。

綺羅はほつれた髪を押さえることもなく、海へ視線を転じる。初夏の海は青みがかり、波頭に光の粒を浮かべている。

泣きだす気配をふくめて、綺羅は何度も目をしばたたいた。うつむく綺羅の横顔を、

煌四は見つめる。思いつめたようすのその顔は、目の前に山と積まれたとりくむべきことへのおそれにやつれ、けれども、決して迷ってはいなかった。

海のはてへ視線をやった。死者の魂がためこまれてゆくという海。あそこへ、いったいどれほどの死者が流れていっただろう。視線をさげて、煌四は自分たちの母親の墓標を見つめた。寒々とした雨の日に墓守たちによって植えられた背の低い常緑樹は、もう土に根をおろし、しっかりと自力で立っていた。

「〈蜘蛛〉や神族の遺体は、あれでよかったんだろうか」

口がひとりでに、その言葉を生み出していた。

〈蜘蛛〉たちの亡骸は、神宮下の崖のふもとにクヌギが埋めたものを、さらに土を盛って埋葬された。神族も相当数が命を落としたが、その亡骸もまた、同じ神族たちの手によって、神宮の地下へ隠された。あの場で樹木化したクヌギが、巨大な墓標となっているようなものだ。

綺羅がこちらをさしのぞく。その目に、煌四を案じる色がこもっていた。いま綺羅は、人の心配をしているようなときではないというのに。

風がほつれた髪を揺らす。黒い喪服が、依巫にされていたときのすがたを思い起こさせた。

首をおおう飾り襟の下にも、衣服に隠れている手首や足首にも、きっとあの赤黒い傷が刻印されたままになっている。

ページをめくって、綺羅が新たな文字を綴る。手がふるえるのを、歯を食いしばってこらえているのがわかった。うしろの使用人たちは、決して口をはさまずに、煌四と綺羅のやりとりを見守っている。

『わたしは、自分の親たちを葬った。』

線に乱れを引きずり、それでも毅然と書かれたその言葉に、煌四は心臓がぐらりと揺らぐのをおぼえ、かたわらに立つ少女に顔をむける。綺羅が自分の腹を裂くような思いでそれを書いたのがわかる。それを煌四の目の前で書き、こちらへ見せている意味が、たしかにあった。

呼吸を落ちつけてからでないと、言葉をたぐることができない。

「……死にすぎた。大勢の人が死にすぎたんだ」

そうして煌四のもたらした死は、いまも神宮の崖下、クヌギの作った墓に、大量に封じこめられている。消し去ることはできない。忘れることも。

「弔おう。いっしょに、ここで――首都で、弔いつづけよう」

そのとき、ざ、と墓地のむこうにひろがる海でおだやかな音がした。おだやかだが、大きな音が。

海面から軽々と身をひねりながら、一頭の巨大な鯨がはねたのだった。黒い背が、銀色の腹が、水とたわむれるようにおどりあがる。胸びれにしぶきをまといつかせ、巨体を大きくねじりながら一度だけはねてまた海中へもどると、それきりすがたを消し

た。

　煌四と綺羅はならんで、いま目にしたものの残像を鈍色の水面に探そうとし、あとはもう波とも呼べないような無表情なうねりがつらなるばかりなのがわかると、やがて顔を見あわせた。綺羅がおどろいて、目を見開いている。小さな子どものような顔だった。

　……見た？

　そうたずねているのが、文字に書かなくとも表情から読みとれる。綺羅は瞳を輝かせるように、たっぷりと涙を浮かべている。

「うん、見た」

　その悲しそうな、けれども深い安堵をかかえた顔にむかって、煌四はしっかりとうなずく。

　ごみごみとして煤けた首都の空気を、海からわたってゆく風が、涼やかに吹きはらってゆく。その風の中に、かすかな歌が聞こえた。人の声とも、空気のうねりともつかない、歌──

　煌四はそれを、たしかに聞いた気がした。

〈終章〉

灯子が祖母を看取ったのは、回収車に乗り、四ヶ月あまりをかけて村へたどり着いた直後のことだった。

村を出たときには春の花がさかりのころだったが、回収車が紙漉きの村を訪れたのは、もう秋の気配が空気の透明度をあげているころ。今度は、紅や黄に色づいた木の葉が、飾り紙に漉きこまれる季節だ。

「……灯子、よう見えるか。わしの目は赤子の時分から暗いままじゃが、よう見えるよ。灯子の、立派に帰ってきたのが」

床の中から痩せ細った手を伸べて、ばあちゃんは灯子の頬をつつみこみ、その形をいとおしげになぞった。しわばかりでできたばあちゃんの顔は、やがてくちびるからまっ暗な闇をのぞかせ、ゆっくり、ゆっくりとため息にも似た呼吸をくりかえしたあと、ついに動かなくなった。すう、とばあちゃんのにおいが薄れ、ばあちゃんのまとっていた気配が家の中に拡散してゆくのを、灯子はたしかに感じた。家の中に、気配はすみやかにひろがって、風に乗って外へ駆けてゆく。

いちばん大きな声で泣いたのは、燐だった。最後まで息を吐ききったばあちゃんの肩にすがりついて泣く燐を、灯子はその嗚咽がおさまるまで、黙って見守った。

楓もヤマボウシも、じんわりと火の色を葉先にやどらせている。

ばあちゃんの埋葬は、よく晴れた昼間におこなわれた。澄んで遠のいた空に、体の中身ごと吸いあげられてしまいそうな、小さな子どもの駆け足に似た風がたわむれる、軽やかな天気の昼間に。

村の墓地のそばに祀られた、小さな祠——もうそこに、童さまはいない。

「よう、ばばさまの最期にまにおうたことじゃ。孫娘にはもう二度と会えんと思うておらした。お前のことじゃ、とろくさうて、どうせまにあうまいと思うとったが。ちゃあんと、朱一の遣い物まで持って」

家へ帰る林道のとちゅうで、前を行くおばさんがふいに立ち止まった。燐は埋葬のときにまたひどく泣いて、それでも仲のいい茜や小紅になぐさめられ、肩を抱かれながら畑仕事へもどっていった。収穫のこの時期、畑は忙しい。ほんとうならば灯子も、かごをしょい、鎌をにぎって手伝いに行かねばならないのだが——金の三日月鎌ではなく、鉄製の鎌を。このふるえる手では刃物をあつかうのは無理だろうと、おばさんと二人で家の片づけにむかうところだった。

「きれいじゃなあ」

うんと目を細めて、おばさんが金の木洩れ日を、それをうけてちろちろと燃えそめて

いる木々の葉を見あげる。ばあちゃんの最期には不思議と静まっていた灯子の胸が、お

ばさんのそのしぐさに、危なっかしくざわついた。

「おばさん、目が……」

灯子の声に、おばさんはいつものぶっきらぼうな調子で鼻を鳴らす。

「ああ、まだ、見える見える。けども、紅葉を見るのは今年がしまいかね。つぎの春に

は開くかわからん。それでも……」

目を細めて、毎日通る林道を焼きつけようとながめるおばさんは、どこか楽しげだっ

た。

「ほんに、きれいな光がさしよることじゃ」

その一瞬、おばさんの顔が灯子のほうをむいていたのは、ただの気のせいなのかもし

れない。

竈（かまど）に火を入れて夕飯をこしらえ、燐が畑から帰るのを待った。

つねにふるえのやどる手では、思うように動作をこなせないが、それでも灯子はおば

さんに指図されながら、どうにか雑炊をこしらえた。

「手がしびれるといって、働かずにいてもらうわけにはいかんからね」

作った雑炊は、三人ぶん。ばあちゃんのぶんはない。

（これっぽっちで、たりるじゃろうか）

かなたのための上澄みを先にすくいとっておきながら、灯子は心配した。かなたはい
ま、外を歩きまわって、きっと林のあたりで餌になるモグラでも捕まえている。もう、
首都へ発つ前のように、灯子以外の者に牙をむくことはなかった。

「――しかしまあ、あの犬まで連れ帰ってきよるとは。養うもんがふえてかなわん。お
まけに、狩り犬として働かんときた」

「かなたは、もう立派に勤めあげたんです。あとは、静かに暮らせばええと……かなた
の家族のお兄さんが、言うてくれなさったん」

灯子の返事に、おばさんがひゅっと眉を持ちあげた。たるんだ頰をゆがめたが、その
口もとは、どこか笑っているようだった。

「いまじゃあ童さまもおりなさらん。祠の手入れもしがいがのうて、ばばさまのお世話
ものうなって。かわりに、あんたとあの犬と、世話せにゃならん。わたしも燃もたまら
んわいね」

手揺姫の命がはてて、各地の村の結界を守っていた姫神の分身も消えた。かわりにい
ま、森の中に点在する村の結界を保護しているのは、〈揺るる火〉の残した火だ。長持
ちはしないと煌四が言っていた。これからも村を炎魔から守るための力を、それをたも
つ仕組みを作らなくてはならないと。

明楽が、火狩りの王として治める首都。そして森の中の村。灯子はその世界が、明楽
とそっくりになるだろうと思った。迷いつづけ、考えつづけ、それはどんどん変化して

ゆくのだろう。このようにささやかな村の暮らしでさえも。村だけではない。灯子のた
いせつな人々が暮らす首都でも、木々人たちの住みかでも、やがてはいろんなことが形
を変えてゆくだろう。

それがどのような形へ移ろってゆくにしろ、この世界でまだ生きる者たちがあり、火
狩りの王は、この土の上に生きる者たちを一人も見捨てまいとあがく。

季節は変わらず、めぐっている。やがて寒さが深まり、また春の花が咲くころには、
おばさんの目は見えなくなっているのかもしれない。それでも、おばさんが記憶に焼き
つけた光は、同じようにさすのだろう。

灯子が出会い、そしてもう会うことのない人たちにも、ひとしく。

帰ってくるかなたを待とうと、灯子は暮れかかるおもてへ出た。

空気が寒さの予感をいだき、流れてくる風には集落のあちこちからの夕餉のにおいが
混じっている。どの家も変わり映えのしない食事、同じにおいの湯気。

目を閉じると、古びた家のまろやかにすりへった木材や、夜の呼吸に切りかわる葉裏
の気配、おびただしい生類をかかえた土の精気やここに暮らす者たちのにおいが、耳に
髪に肌に、ひしひしと感ぜられる。

ひと声、高く鳴いて呼びかけながら駆けてくる犬の足音に、灯子はまぶたを開けた。
色彩をとろかす宵の空に、一つっきり、強く輝く星が見えた。かなたが走ってきて、
灯子に体をすりよせる。外のにおいを体毛の中にたっぷりとふくませて帰ってきたかな

たの耳や背をなで、いま一度空へ目をやると、もう先ほどの光は消えていた。

それでもたしかに見たのだと灯子は思い、灰色の犬の目をのぞきこむ。

かなたの深い色をした目が、なにもかもにうなずくかのように、灯子を見つめかえした。

　　解説

　　　　　　　　　　　　　　　　　　　　　　　　押井　守

　ファンタジイと呼ばれる形式の小説があります。架空の世界を舞台に、架空の登場人物たちが、世界の命運を賭けて繰り広げる冒険の物語。

　童話とはやや趣を異にするが、要するに「大人向けの寓話」であり、現実逃避のための娯楽に過ぎず、いつまでも子供じみた夢物語の世界を捨てきれぬ「大きな子どもたち」の嗜好を満たすための夢物語――。概ねそういった認識が一般的なのではないでしょうか。人間のありようを真摯に追求する、いわゆる「文芸作品」ならいざ知らず、いい歳をした社会人が真面目な顔で語るような小説ではない。好意的に考えたとしても、SFや推理小説と同じ、やや専門的で高踏的な趣味人の欲求を満たすための形式に過ぎないし、なんであれ、現実に立ち向かうことを放棄して「現実逃避」に耽ることはよろしくない、と。

　果たしてそうでしょうか。

　ファンタジイ小説の金字塔として、その表題だけは誰もが知りながら、その膨大な物量ゆえに読了したものが殆どいないことでも有名な『指輪物語』の作者、J・R・R・

トールキンはかつてこう語ったことがあります。

「現実社会という名の牢獄（ろうごく）に不当に投げ込まれたことに気づいた人間が故郷へ逃げ帰ろうとするとき、どうしてそれが非難の対象になるのか？」

その「牢獄」からの脱獄が絶望的とも思える状況の中で「看守や独房の粗壁」から眼を逸（そ）らして、ほかの楽しいことがらに想いをめぐらす——かつて社会から落ちこぼれた高校生であり、それこそ「牢獄」のような学校や家庭から逃れるためにSF小説を読み耽ることでなんとか生き延び、気がついてみれば監督として、それこそ「逃避」そのもののようなアニメ作品を量産することを生業（なりわい）としてきた自身の来歴を振り返るなら、私もまたトールキンの意見に全面的に賛同せざるを得ません。

人は「現実」だけを生きることはできないし、人生とは「日常」を重ねることだけではありません。

架空の世界の架空の人物として「もうひとつの世界」を生きる体験もまた、人間本来の在りようであり、そして間違いなく人生の一部なのです。

というところで、本格的なファンタジイであり、また野心的な試みでもある「火狩りの王」のお話です。

本格的であることは本書を一読すれば、ファンタジイのファンならずとも直ちに了解できることなので敢（あ）えて触れませんが、どこがどう野心的なのか。ファンタジイという形式の持つ魅力に触れながら、その点について解説らしきことを記してみます。

　ファンタジイという形式は、創作するものにとっては甚大なエネルギー消費を強いる形式です。

　なにしろ架空の歴史を辿った、架空の世界の、架空の人間たちの物語なのですから、これを読者の納得のいくように、あたかもその世界の住人であるかのように体験して貰うためには、世界の端々に至るまで──小は日常の描写から大は世界の成り立ちに至るまで、現実の世界とは異なる衣服や食料、住宅や乗り物の設定から始まって、その世界の歴史や社会の経済構造、統治システム、さらには距離や重さなど度量衡の単位や言語体系に至るまで、実に膨大な設定を考えなければならず、しかもこれら全てを名づける、つまり「命名する」という気の遠くなるような作業が必要となります。先にも掲げた『指輪物語』三部作だけでなく、これも表題だけは多くの人が知っているであろう『ゲド戦記』や『ナルニア国物語』など、高名なファンタジイがもれなく大長編である所以でもあります。「SFは設定を語ることがそのまま物語となる形式である」という言葉もありますが（私が言ったのですが）、ファンタジイもまた膨大な設定によって現実とは異なる「もうひとつの世界」を構成する形式であり、そしてその膨大な設定を知ることとそれ自体が大きな楽しみとなる、読者にもそれなりの労力が要求される形式でもあります。当今流行りの量産型ファンタジイである「異世界転生もの」とはわけが違います。

　書く側にとっても読む側にとっても、想像力を駆使することを要求されるのが、ファン

タジイという形式の本来の在りようなのです。この膨大な作業だけでも大変なのですが、

これら全ての設定に基づいて、世界観との違和を感じさせることのない固有名詞を与えるという、これまた膨大な作業が必須となります。「気合」とか「根性」とかいう言葉だけでは足りません。『指輪物語』で設定されたエルフ語はケルト語を参考に発音法まで創作されたことで有名ですが、時には架空の言語体系まで構築する凝り性の作者もいたりします（ちなみにトールキンの本業は言語学の教授です）。文字通り気の遠くなるような仕事なのですが、ではなぜそんな困難な作業に挑戦する作家がいるかと言えば、実はこの「命名」という作業こそがファンタジイを創作するものにとって最大の苦難であるとともに、喜びでもあるからなのです。

想像力を駆使して「もうひとつの世界」を築き上げるということほど楽しいことはありません。

そして「命名する」という行為は、世界を築き上げることと同義であり、支配することでもあります。

わけても登場人物に名前をつけることは、文字通り「名付け親」になることであって、その名前には作者独自の思い入れがあるものです。「火狩りの王」にもさまざまな人物が登場しますが、その名前は単なる思いつきではなく、「火」に関わる文字という制約に加えて、時に個性や役割を象徴する数字を末尾につけるという独自のルールが存在し、作品世界を構成する重要な要素にもなっています（そのユニークな命名法については作

中でも語られています）。名前が単に固有名詞であるだけでなく、物語の中での役割を
も象徴し、その運命を決定するものでもある――「命名のルール」にも重要な意味が隠
されているのがファンタジイ独特の面白さであり、ファンタジイが実は何よりもまず
「言葉の世界」であることの証明でもあるのです。そして、だからこそファンタジイを
映像化することは困難であり、本作のアニメ化にあたって脚本を担当した私の悩みのひ
とつでもあったのですが、それはまた別のお話ですので割愛させて貰います。

「命名」に関連して言うなら、ファンタジイにはその世界に固有の職業というものがし
ばしば存在するものですが、本作におけるそれは表題にもなっている「火狩り」がそれ
にあたります。「火を狩るもの」の「火」とは「黒い森の炎魔の輝く血液」であり、こ
の世界において明かりを灯す「光」であり、日々の生活を支え、機械を動かして産業を
支える「エネルギー」でもあります。「火狩り」は犬とともに凶暴な「炎魔」を狩りた
てる猟師のことなのですが、現実の世界の猟師が獣を狩って肉や皮を得るように、「火
狩り」はこの世界を支える「エネルギー」を集める者たちの職名なのです。そして、そ
うであるがゆえに、「火狩り」は人々に畏敬の念を持って迎えられるとともに、例外者
として疎まれもする、作中において重要な存在なのですが、その彼らが命懸けで採取す
る「火」とはいったい何か――本作を読まれた読者なら、この「火」が何を象徴してい
るか、すでに察していることでしょう。かつて存在した世界を滅ぼした巨大な「火」。
人間が生きるために不可欠でありながら、扱いようによっては人間社会を再び滅ぼしか

ねない「火」とはいったい何の暗喩なのか。作品世界を根底から支える「火」というユニークな設定が、実は「火狩りの王」という小説を、たんなる冒険物語であることにとどまらない、現実社会をもその射程に収めた、謂わば「開かれたファンタジイ」にしている重要な要素でもあるのです。

そしてもうひとつ、本作には「火狩り」に関わる重要な設定があります。

それは、本作の主人公である少女と少年がどちらも「火狩り」ではないことです。

ファンタジイの主人公といえば、特殊な能力を持つ選ばれた人間——つまり「英雄」であったり高貴な血筋の人間であったりすることが通例であり、だからこそ多くのファンタジイが「英雄譚」「貴種流離譚」として書かれてきたのですが、本作の主人公である灯子と煌四は、ごく普通の子供たちに過ぎません。煌四は「火狩り」であった父とは正反対に知的で学業に秀でた少年ですが、ひとりでは病弱な妹を守る力も持たず、意に沿わぬままに富豪の家人となります。灯子はありふれた村娘でしたが、命を救ってくれた煌四の父の遺品と犬を遺族に届けるために首都へ旅立ちます。どちらも大望を抱いたり、野心から行動を起こしたわけでもなく、謂わば成り行きに身を任せて、それぞれの運命に向かうのであって、常に周囲の人間たちへの思い遣りを忘れることがない、心優しい、しかしこれといって突出した能力もない普通の子供です。彼らの共通点と言えば、二人が二人とも両親を失っていることくらいで、煌四の父親が灯子の命を救うかわりに命を落としたという経緯はあるものの、ファンタジイにつきもののロマンスが描かれる

わけでもなく（なにしろ子供ですから）、アニメや漫画でお馴染みの「超能力が発動」
することもなく、最後まで非力な庶民の子として、周囲の人間たちに支えられ、身も心
も傷つきながら強大な敵に立ち向かうことになります。なぜファンタジイの定番ともい
うべき設定を敢えて外して、主人公たちに過酷な試練を与えるのか──そこに作者の強
い思いが、市井に生きる人々への思いが込められていることは確かでしょう。そしてそ
の強い思いこそが「火狩りの王」という小説を、先の「火」という主題とともに、特異
なファンタジイにしていることは間違いありません。

その「思い」の拠って立つところが、作者の児童文学者としての独自の視点に由来す
るかどうかは措くとしても、「逃避」として出発しながら、翻って現実世界への視野を
新たに広げる、ファンタジイという形式の不思議な可能性を「火狩りの王」という作品
は指し示しています。

本作をして本格的でありつつも特異なファンタジイ、と書いた所以であります。

「火狩りの王」がさらに巻を重ねて長大な物語になるのか──本邦においては珍しい
本格的なファンタジイであり、野心的な試みでもあるだけに、その続編にも期待したい
と思います。

そして最後に、読者にはアニメ版「火狩りの王」にも期待して戴きたい、と一言申し
上げておきます。

本書は、二〇二〇年九月にほるぶ出版より刊行された単行本を加筆修正のうえ、文庫化したものです。

イラスト／山田章博
目次・扉デザイン／原田郁麻

火狩りの王

〈四〉星ノ火

日向理恵子

令和5年 2月25日　初版発行

発行者●山下直久

発行●株式会社KADOKAWA
〒102-8177　東京都千代田区富士見2-13-3
電話　0570-002-301（ナビダイヤル）

角川文庫 23537

印刷所●株式会社暁印刷
製本所●本間製本株式会社

表紙画●和田三造

◎本書の無断複製（コピー、スキャン、デジタル化等）並びに無断複製物の譲渡および配信は、著作権法上での例外を除き禁じられています。また、本書を代行業者等の第三者に依頼して複製する行為は、たとえ個人や家庭内での利用であっても一切認められておりません。
◎定価はカバーに表示してあります。

●お問い合わせ
https://www.kadokawa.co.jp/　（「お問い合わせ」へお進みください）
※内容によっては、お答えできない場合があります。
※サポートは日本国内のみとさせていただきます。
※Japanese text only

©Rieko Hinata 2020, 2023　Printed in Japan
ISBN 978-4-04-112891-6　C0193

角川文庫発刊に際して

第二次世界大戦の敗北は、軍事力の敗北であった以上に、私たちの若い文化力の敗退であった。私たちの文化が戦争に対して如何に無力であり、単なるあだ花に過ぎなかったかを、私たちは身を以て体験し痛感した。西洋近代文化の摂取にとって、明治以後八十年の歳月は決して短かすぎたとは言えない。にもかかわらず、近代文化の伝統を確立し、自由な批判と柔軟な良識に富む文化層として自らを形成することに私たちは失敗して来た。そしてこれは、各層への文化の普及滲透を任務とする出版人の責任でもあった。

一九四五年以来、私たちは再び振出しに戻り、第一歩から踏み出すことを余儀なくされた。これは大きな不幸ではあるが、反面、これまでの混沌・未熟・歪曲の中にあった我が国の文化に秩序と確たる基礎を齎らすためには絶好の機会でもある。角川書店は、このような祖国の文化的危機にあたり、微力をも顧みず再建の礎石たるべき抱負と決意とをもって出発したが、ここに創立以来の念願を果すべく角川文庫を発刊する。これまで刊行されたあらゆる全集叢書文庫類の長所と短所とを検討し、古今東西の不朽の典籍を、良心的編集のもとに、廉価に、そして書架にふさわしい美本として、多くのひとびとに提供しようとする。しかし私たちは徒らに百科全書的な知識のジレッタントを作ることを目的とせず、あくまで祖国の文化に秩序と再建への道を示し、この文庫を角川書店の栄ある事業として、今後永久に継続発展せしめ、学芸と教養との殿堂として大成せんことを期したい。多くの読書子の愛情ある忠言と支持とによって、この希望と抱負とを完遂せしめられんことを願う。

一九四九年五月三日

角川源義